W0282016

Überlege genau, was du dir wünschst.
Es könnte in Erfüllung gehen.

Sylvia Bergman
c/o Skalavik GmbH
Am Schifferwall 3
21335 Lüneburg

Copyright © 2021 Sylvia Bergman

Alle Rechte vorbehalten.
Jede Verwertung oder Vervielfältigung dieses Buches – auch auszugsweise – sowie die Übersetzung dieses Werkes ist nur mit schriftlicher Genehmigung der Autorin gestattet. Handlungen und Personen im Roman sind frei erfunden. Ähnlichkeiten mit lebenden oder verstorbenen Personen sind rein zufällig und nicht beabsichtigt.

All rights reserved.
ISBN 9798776641831

Ein großes Dankeschön für ihre unschätzbare Unterstützung geht an:
Meine lieben Testleser/innen Svenja und Daniel
&
Michael Lohmann (worttaten.de) für sein Lektorat und Korrektorat
sowie
Covergestaltung: Buchcoverdesign.de / Chris Gilcher – https://buchcoverdesign.de
Bildrechte: Adobe Stock ID 234092308, Adobe Stock ID 400067558, Adobe Stock ID 317020527, Adobe Stock ID 462313324 und freepik.com

SYLVIA
BERGMAN

Tadellose Nachbarn

THRILLER

Die Autorin:

Was gibt es Schöneres, als mit einem Buch in eine andere Welt abzutauchen? Dich davontragen zu lassen, während Du die Seiten umschlägst? Innerhalb eines Blinzelns bist Du Teil einer fremden Sphäre.

Mich hat diese Reise fasziniert, solange ich denken kann. Ich liebe es, diese Welten von beiden Seiten aus zu erkunden – mit dem Buch in der Hand und als Autorin an der Tastatur.

Und nun wünsche ich Euch viel Spaß beim Eintauchen.

Weitere Informationen unter
www.sylviabergman.com
Auf meiner Website könnt Ihr den kostenlosen Newsletter abonnieren. So werdet Ihr regelmäßig über Neuerscheinungen informiert.
Außerdem findet Ihr mich bei Instagram - @SylviaBergman78 und Facebook - @ SylviaBergmanAutorin.

KAPITEL 1

Er atmete ganz flach und leise durch die Skimaske, während die Spaziergänger ein Stockwerk unter ihm vorbeigingen. Eine Frau und ein Mann, sie hatte sich bei ihm eingehakt. Gerade zwei Uhr morgens und immer noch Leute unterwegs. Das war eben Hamburg. Diese Stadt schlief nie. Zugegeben, zu dieser Zeit hatte er mit niemandem gerechnet, der ihn stören würde. Der Hinterhof lag verlassen da, außerhalb der Sichtachsen von Passanten oder Autofahrern. Einfach perfekt.

Er beobachtete sein Opfer seit geraumer Zeit. Wusste, wo sie arbeitete, wann sie nach Hause kam, welches ihr bevorzugtes Café war. Er wusste, dass sie allein lebte. Genau so wie die anderen Frauen. Sie wähnten sich sicher in dieser pulsierenden Großstadt, die ihnen auf den ersten Blick Leben bot, aber sie auf den zweiten unsichtbar werden ließ. Er wusste, selbst wenn er gesehen werden würde, kümmerte sich niemand um ihn, wie er hier auf diesem Balkon im

Dunkeln stand, an die Hauswand gelehnt und darauf wartete, dass die Luft frei war. Dass er eintreten konnte. Großstadt eben.

Vor einer halben Ewigkeit hatte er hier Silvester gefeiert, die Jahrtausendwende, in Hamburg. Hatte nicht allein sein wollen, sondern unter Menschen, Gleichgesinnten, Hamburgern. Immerhin verband sie eines. Der Stolz auf die Stadt. Achtzehn Jahre später, heute, wusste er, dass er allein gewesen war, auch wenn er in einer grölenden Masse gestanden und das Feuerwerk an der Binnenalster bewundert hatte. Allein wie üblich. Inzwischen unternahm er etwas gegen diesen Zustand.

Heute war es leicht. Die Nächte wurden wärmer. Unter der Maske wurde es ihm fast ein bisschen zu warm. Doch er brauchte sie. Er hatte nicht vor, bis zum Äußersten zu gehen. Zumindest hatte er es noch nie gemusst.

Die Aprilluft strömte in ihr Schlafzimmer und streichelte ihre Haut, da war er sich sicher. Sie hatte ihm die Tür offen gelassen. Eine trügerische Sicherheit, in der sie sich wähnte, da sie im ersten Stock wohnte. Er konnte von Kindheit an wunderbar klettern. Alles, was er über seine körperlichen Fähigkeiten hinaus benötigte – ein wenig Ausrüstung – erhielt er in jedem gut sortierten Sportgeschäft.

Das Pärchen war inzwischen außer Sichtweite. Er konnte in der Ferne ihre leiser werdenden Stimmen hören. Sie lachten, als hätten sie sich die letzten Stunden in einer Bar vergnügt.

Er drückte sich von der Wand ab und wandte sich zur Tür. Nie hatte er sie mit einem Haustier gesehen, deshalb war er sicher, nicht auf einen unerwarteten Gegner zu treffen. Auf leisen Sohlen trat er ein. Ihr Bett stand direkt gegenüber vom Balkon. Lange samtene Vorhänge streiften sein Gesicht, bewegten sich im Wind. Mit kontrollierten Bewegungen schloss er die Tür. Er wollte schließlich nicht, dass ein schlafloser Nachbar die Polizei rief. Ohne ein Geräusch schlich er neben sie. Wunderschön, wie sie da in ihre Decke gekuschelt lag und friedlich schlief.

Viel Zeit, den Anblick zu genießen, nahm er sich nicht. Mit dem Frieden war es vorbei, sobald sie wach wurde, und das würde sie gleich werden, wenn er sie noch länger anstarrte. Die Leute hatten einen eingebauten Sensor, insbesondere Frauen. Sie spürten eine weitere Person, auch im Schlaf. Das Überraschungsmoment sollte auf seiner Seite sein. Inzwischen hatte er eine gewisse Routine entwickelt und machte nicht mehr die Fehler vom Anfang. Alles glich einer Art Choreografie, der er penibel folgte.

Er seufzte. Dann fingerte er das Panzertape aus seiner Tasche und riss ein Stück ab. Zunächst der Mund, um alles andere konnte er sich dann kümmern. Ein letzter Blick auf ihren makellosen Körper steigerte seine Erregung. Seine Mundwinkel bogen sich nach oben. Ihre porzellanfarbene Haut, die langen tiefschwarzen Haare, die Lippen im Schlaf leicht geöffnet. Er atmete tief ein, während er sich zu ihr runterbeugte und sog ihren verschlafenen Duft auf. Nur ein winziger Kuss, bevor er ihre Lippen würde verschließen müssen, nur ein ganz kleiner, bevor ihr Tanz begann.

KAPITEL 2

Becca strich sich durch die kastanienbraunen Haare, schnappte sich ihren Rucksack und stürmte aus der Tür. So ein Mist! In zehn Minuten begann die Vorlesung. Um entspannt mit dem Fahrstuhl nach unten zu fahren, war es jetzt zu spät. Es würde sie einige Minuten kosten, bis er sie hier oben im dritten Stock eingesammelt hatte. Zu Fuß war sie schneller.

Sie rannte leichtfüßig die paar Meter bis zu den ersten Treppenstufen und hechtete hinab. Den Rucksack schwang sie sich über die rechte Schulter und hielt ihn mit der Hand an Ort und Stelle. Immer drei Stufen auf einmal, zum Podest auf halbem Stockwerk, bis zum nächsten Geschoss und das Spiel von vorn. Immer um den quadratischen Fahrstuhlschacht herum. Sie hörte, wie er fuhr.

Offensichtlich bewegte er sich nach oben. Das musste einer der anderen Mieter sein. Im Erdgeschoss zögerte sie einen Moment, folgte dann aber der Treppe in den Keller. Geradeaus ging es in den Wäschekeller und die einzelnen Kellerräume der Mieter, nach rechts gelangte sie in die Garage. Dorthin wandte sie sich. Sie zog an der schweren Feuerschutztür zu ihrer Rechten und schlüpfte in einen kleinen Flur. Neonlicht erhellte dieses fensterlose Loch. Weitere Stufen, eine weitere Feuerschutztür. Das war die Abkürzung. Wäre sie außen ums Haus rumgelaufen, käme sie definitiv zu spät. So gab es noch eine kleine Hoffnung.

Kühle, abgasgeschwängerte Luft schlug ihr entgegen, als sie an der letzten Tür zog. Der Bewegungsmelder erfasste sie in der Türlaibung und zündete die Neonlampen in der Garage des Mietshauses Grindelallee Ecke Grindelhof im Hamburger Stadtteil Rotherbaum. Ein leichtes Brummen drang an ihre Ohren. Becca rannte los. Sie redete sich ein, dass es um die Vorlesung ging: Sie wollte pünktlich zu ›Umweltmanagement‹ erscheinen. Es war definitiv nicht die Angst, die sie manchmal erfasste, wenn sie allein durch diesen kalten Raum ging.

Nach kurzer Zeit erreichte sie die Stelle, an der eine Schnur von der Decke nach unten hing, die das Tor der Garage betätigte. Sie zog daran und öffnete das Rolltor. Langsam ging sie die steile Einfahrt nach oben. Licht flutete ihr entgegen, warme Frühlingsluft streichelte ihr Gesicht. Der erste Vogel ließ ihre düsteren Gedanken in Vergessenheit geraten. Becca atmete tief ein und schloss die Augen. Jetzt aber los. Sie blinzelte. Mit zügigem Schritt setzte sie ihren Weg zur Hamburger Uni fort.

Heute war es knapp. Alles durch ihre Schuld. Doch sie bereute keine Sekunde, die sie zu lang geschlafen hatte. Sie liebte den Müßiggang. Ihre Freundin würde sie wie immer damit aufziehen, dass sie zu spät kam. Becca hatte den kürzesten Weg zur Uni, kam aber immer als Letzte. Irgendeinen Platz würde sie schon kriegen. Diese Vorlesung war nicht ausgebucht. Sie fand in keinem großen Hörsaal wie WiWi A statt, sondern in einem ganz normalen Klassenraum im zweiten Stock des WiWi-Bunkers, dem Gebäude für die Wirtschaftswissenschaften.

Sie war auf dem Weg dorthin in einen Sprint übergegangen. Über den Allende-Platz, vorbei an eingegrenzten Rabatten in Betonkästen, Beeten mit knospenden Bäumen, einem Wasserbassin und vereinzelten Grüppchen von plaudernden Studenten. Sie passierte den Fachbereich für Psychologie, das Audimax und erreichte endlich den WiWi-Bunker, das Gebäude, das die Wirtschaftswissenschaften in der Hamburger Universität vereinte.

Keuchend riss sie die Glastüren auf. Zwängte ihren zierlichen Körper an anderen Studenten vorbei. Diesmal zum Fahrstuhl. Sie hatte noch eine Minute. Peinlich, wenn man in so einem kleinen Raum zu spät durch die Tür trat. Ihre Leistungen waren nicht herausragend. Es würde ihr Image nur bestätigen, sowohl bei der Professorin als auch bei manchen ihrer Kommilitonen. Egal. Das war ihre Zeit! Sie war nicht im Druck. Weder finanziell noch durch sonstige Zwänge genötigt, an ihrer Lage etwas zu ändern.

Vor dem Raum standen Studenten, schwatzten, liefen hinein und hinaus. Becca steuerte auf ihre Freundin Steffi zu. Dass noch niemand an seinem Platz saß, irritierte sie.

»Was ist los?«, fragte sie sie.

»Na? Gerade erst aus dem Bett gefallen?«, war die wenig aussagekräftige Antwort von Steffi. Deren grüne Augen waren nur zur Hälfte erkennbar. Die Lider hingen wie üblich gelangweilt auf halbmast. Ihre roten wilden Locken standen im krassen Gegensatz zu ihrem schläfrigen Wesen. Doch der Schein trog. Steffi war die Pünktlichkeit in Person. Ihr gelang das augenscheinlich ohne jede Anstrengung. Der geregelte Rhythmus lag ihr im Blut.

»Worauf wartet ihr denn? Ist sie noch nicht da?« Becca warf einen Blick in den Raum und ließ ihn über teilweise besetzte Plätze und den leerstehenden Dozententisch streifen.

»Bisher nicht. Ungewöhnlich. Ich habe noch nie erlebt, dass diese Frau zu spät kommt.« Steffi drehte sich Richtung Tür und betrat den Raum. Becca folgte ihr, lehnte ihren Rucksack gegen einen Tisch und setzte sich. Ihre Freundin hatte im Schneidersitz auf der Tischplatte Platz genommen und dehnte ihren ohnehin übergroßen Pullover an den Ärmeln.

»Wollen wir gleich in die Cafeteria, wenn es ausfällt? Ich habe noch nicht gefrühstückt«, fragte Becca.

»Gern. Wie lange wollen wir warten? Sie ist jetzt schon fünf Minuten über der Zeit. Ein paar Minuten geben wir ihr noch. Jette ist gerade ins Sekretariat gegangen, um nachzufragen.«

»Streberin.«

Steffi hob bestätigend die Augenbrauen und nickte.

Leises Gemurmel drang aus dem Gang in den Unterrichtsraum. Hier und da saß ein Kommilitone an seinem Platz und las im Buch. Manche arbeiteten bereits weiter, nutzten die freie Zeit, um sich auf die nächste Prüfung vorzubereiten. Becca wandte sich ab, unterdrückte ihr aufkeimendes schlechtes Gewissen. Sie hatte in diesem Semester noch nichts für dieses Fach getan.

Das Gemurmel auf dem Gang wurde lauter, die ersten schnappten ihre Taschen und verließen den Raum. Becca stand auf und ging neugierig zur Tür. Eine Traube von Studenten stand um ein schmales, scheues Mädchen herum und redete durcheinander auf sie ein. Es sah so aus, als wäre Jette aus dem Sekretariat zurückgekehrt.

»Was ist los?« Becca richtete ihre Worte in die ganze Runde, nicht nur die Studentin, die augenscheinlich über neue Informationen verfügte. Sie sprach niemanden konkret an. Jemand würde schon antworten.

»Sie ist überfallen worden.«

»Was? Wie das denn?« Becca spürte Enge im Brustkorb.

»Im Sekretariat wussten sie nur, dass sie angerufen und sich entschuldigt hat. Die Gespräche mit der Polizei hätten zu lang gedauert. Es ist wohl in der Nacht passiert, in den frühen Morgenstunden. In ihrer Wohnung.« Jette klärte sie von der Seite auf. »Mehr hat man mir auch nicht gesagt. Der Unterricht fällt vorerst aus, bis sie eine Vertretung gefunden haben.«

Becca sah Steffi an; sie war leicht geschockt. Sie entfernten sich von der Gruppe. Alle Neuigkeiten waren verbreitet worden, der Rest nur noch Tratsch.

»Glaubst du, es geht um den ›Balkon-Vergewaltiger‹?«

»Meinst du?«

»Klingt so. Findest du nicht?«

Sie schnappten sich ihre Taschen und verließen den Raum, den Flur, das Stockwerk. Auf dem Weg in die Cafeteria überschlugen sich ihre Vermutungen geradezu. Die Fantasien wuchsen.

Als Becca ihrer Freundin bei einer Tasse Kaffee gegenübersaß, grübelte sie, ob es ihrer Professorin gut ging. Sollte sie ihr nachher eine Mail schicken? Nachfragen, ob alles in Ordnung sei, ob sie Hilfe benötigte? Das ging dann doch etwas zu weit, oder? Sie war sich noch nicht sicher. Sie legte ihre kühlen Finger um die heiße Tasse und schaute durch die große Glasscheibe neben sich hinaus, auf den Campus. Vor einem strahlend blauen Himmel drängten Studenten in verschiedene Richtungen, Rucksäcke über eine Schulter geworfen, manche mit Umhängetaschen. Einige saßen mit ihrem Kaffee-to-go auf den Einfassungen der Hochbeete und unterhielten sich. Vereinzelt zog es die ersten auf die Wiese vor dem Philosophenturm zurück, auf ihre ausgezogenen Jacken. Becca entkleidete einen Schokoriegel, den sie sich eben gekauft hatte, und genoss das Glücksgefühl, das sie beim Verzehr von Schokolade immer empfand. Noch ein paar Stunden Vorlesung und sie konnte das schöne Wetter ebenfalls genießen.

Am späten Nachmittag kam Beccas Verlobter Christoph nach Hause. Sie spürte Erleichterung, als sie das Klimpern seines Schlüssels im Schloss der Eingangstür hörte. Seit Stunden hatte sie darauf gewartet, die neuesten Gerüchte mit ihm zu teilen.

Er öffnete langsam die Tür, stellte müde seine Umhängetasche in den Flur und lächelte sie an, als er sie im Wohnzimmer erblickte. Ein großer Mann, Mitte zwanzig. Sie liebte seine verspielten strohblonden Locken. Becca sprang ihm entgegen und drückte ihm einen Kuss auf die Lippen. Sie konnte ihm deutlich ansehen, dass ihm der Tag in den Knochen steckte. Umso ärgerlicher fand sie es, als sie erfuhr, dass er nicht zu Hause bleiben würde. Er hatte andere Pläne gemacht.

Ihr blieb nicht viel Zeit, um ihn auf den neuesten Stand bezüglich der Vorkommnisse in der Uni zu bringen, den Überfall auf ihre Professorin und um die gemeinsame Zeit mit ihm zu genießen. Freitag Abend, das Wochenende stand vor der Tür, doch es fühlte sich nicht so an, weil er sie so schnell wieder allein ließ.

Gegen sechs Uhr musste er wieder los, einem Freund helfen. Der wollte seinen Computer neu aufsetzen und brauchte Christophs Expertise. Selbst Abendessen wollte er nicht mehr zu Hause.

»Ich kann jetzt nichts essen. Björn und ich bestellen uns nachher noch eine Pizza«, hatte er gesagt und war wenige Minuten später losgezogen. Von dem Überfall hatte sie ihm noch erzählt. Möglicherweise, um ihn zu sensibilisieren für die Gefahr, die vor ihrer Tür lauerte. Vielleicht hatte sie auch gehofft, dass er bleiben würde, weil er verstand, was diese Vorkommnisse mit ihr machten, wie sie sie beeinflussten und schließlich, weil er sich tatsächlich um sie sorgte, um ihre Sicherheit. Doch er war gegangen.

Becca saß allein auf der Couch und schaute fern. Sie hielt eine riesige Schüssel Salat vor sich in den Händen und sah sich einen alten Klassiker an. Das Fenster zum Hof. Das war ohnehin nicht Christophs Fall. Den Film hatte sie schon oft genug gesehen, sodass sie ihre Gedanken schweifen lassen konnte, während Grace Kelly hartnäckig darum bemüht war, James Stewart von ihren Qualitäten zu überzeugen.

Die Mail an ihre Professorin lag inzwischen in ihrem Postausgang. Sie hatte sie doch noch geschrieben, sich aber nicht getraut, sie rauszuschicken. Womöglich drängte sie sich auf. Das wirkte nur übermäßig neugierig. Womöglich war Becca das auch. Sie wüsste zu gern, ob an den Gerüchten etwas dran war. War ihre Professorin von dem Typen überfallen worden, der seit Wochen Hamburg in Atem hielt, den die Boulevard-Medien den ›Balkon-Vergewaltiger‹ nannten? Er kam nur nachts und drang über die Balkone der Leute ein. Bisher waren alleinstehende Frauen sein Ziel gewesen. Er hatte sie vergewaltigt und dann gezwungen, ihm EC-Karte inklusive PIN rauszugeben. Kurios, wie sie fand. Was hatte es damit auf sich? War er ein Dieb oder ein Perverser? Hatten die Medien vielleicht mit der Vergewaltigung übertrieben? Becca hoffte es. Wünschte sich, dass es nur um Geld ging. Nichts, wovor sie sich fürchten müsste.

Sie rieb sich die Arme und warf einen vorsichtigen Blick in den dunklen Flur. Der führte in ihr Schlafzimmer. Überall waren die Lichter ausgeschaltet. Das einzige Licht in ihrem Wohnzimmer spendete der flackernde Fernseher. Zu ihrer Rechten, hinter der großzügigen Fensterfront, sah sie die sechsspurige Straße unter sich, die Grindelallee, eine der Hauptverkehrsadern in diesem Stadtteil.

Die Lichter der Großstadt, Menschen, die in der Dämmerung von der Bushaltestelle gegenüber ihren Heimweg antraten und der angenehme Lärm der Fahrzeuge, beruhigten sie. Ihr würde so etwas bestimmt nicht passieren. Sie lebte in einem der belebtesten Teile Hamburgs. Wer würde es wagen, unter den Augen so vieler Menschen einen derartigen Überfall zu begehen? Dieses Viertel schlief nie. Einen Steinwurf entfernt befand sich die Polizeiwache. Diese Überlegungen gaben Becca Sicherheit. Wenn es so etwas wie Sicherheit gab, dann hier.

Nach dem Film, dem sie praktisch nicht gefolgt war, weil ihre Gedanken ständig abschweiften, ging sie schlafen. Christoph musste auch bald nach Hause kommen und dann war sie ohnehin nicht mehr allein.

Mitten in der Nacht wurde Becca wach. Sie konnte nicht sagen, was sie geweckt hatte. Etwas hatte sich verändert. Sie lauschte. Neben ihr tickte ein alter Wecker, ein Museumsstück ihrer Großmutter. Sie richtete sich auf. Neben ihrem Bett wehte die Gardine ins Zimmer. Der lange Store schwebte wie ein Geist über den grauen kurzen Teppich. Der Mond erleuchtete ihr Zimmer. Jetzt, da sich ihre Augen an die Dunkelheit gewöhnt hatten, erkannte sie nur bekannte Umrisse. Alles wie immer. Sie blickte auf den Wecker. Bereits halb eins. Mit einem Blick registrierte sie: Das Bett neben ihr war leer, Christoph noch nicht zurück. Sie kramte nach dem Handy, das sie beim Einschlafen in der Hand gehalten hatte. Fand es schließlich unter Christophs Kopfkissen. Keine neue Nachricht.

Plötzlich bäumte sich die Gardine auf, zog sich fast einen Meter ins Zimmer hinein. Durchzug? Sie hatte doch nur die Balkontür im Schlafzimmer auf Kipp gestellt. Das einzige geöffnete Fenster in ihrer Zwei-Zimmer-Wohnung. Beccas Nackenhaare stellten sich auf. Zwischen den Schulterblättern spürte sie ein Kribbeln. Sie schlug die Bettdecke beiseite, schwang die Beine aus dem Bett und stand auf. Sie lauschte. Ihr Schlafzimmer lag nach hinten zum Hof. Hier war es meistens ruhig. Sie drehte sich zur Balkontür und schaute in die Nacht. Mit der Hand schob sie sanft die Gardine beiseite. Über den Häusern lag eine leuchtende Aura. Zu hell, um Sterne zu sehen. Ihre Stirn berührte das kühle Glas. Dahinter lag ihr kleiner Balkon. Gerade einmal zwei Quadratmeter. Eine Betonplatte mit Geländer. Sie hatte zwei kleine, schmiedeeiserne Stühle und einen winzigen Bistrotisch darauf gestellt. Wie in einem süßen französischen Café. Ihr Lieblingsplatz bei schönem Wetter. Jetzt zauberte das Mondlicht einen bläulichen Schimmer darauf.

Sie suchte die gegenüberliegende Hauswand ab, dann den Platz zwischen den Häusern, das Eiscafé, das seit Stunden geschlossen war. Nirgends regte sich Leben. Sie schloss die Balkontür. Augenblicklich fiel die Gardine nach unten und streifte ihre Wange. Becca ging zurück zu ihrem Bett. Ihre Knie zitterten. Draußen vom Flur hörte sie das Geräusch einer Tür, die über Teppich schleift. Sie erschrak. Hastig tastete sie nach ihrem Telefon. Was jetzt? Christoph war noch nicht da. Das war nicht ungewöhnlich. Diese Computerabende dauerten bei ihm gern die halbe Nacht und er schätzte es gar nicht, wenn sie ihn mit nervigen Nachrichten daran erinnerte, dass sie auf ihn wartete. Auch wenn es so war, bemühte sie sich, sich zusammenzunehmen. Er brauchte seinen Freiraum. Das hatte er sehr deutlich zu verstehen gegeben. Dass sie diese Freiheit nicht suchte, sondern mied, weil es sie ängstigte, durfte ihre Beziehung nicht belasten. Sie wusste und bedauerte, dass er sie im Grunde nicht verstand, akzeptierte aber, dass dies ihr Problem war. Sie musste einen Weg finden, damit zu leben. Auch wenn es sie viel Kraft kostete.

Sie ging einige Schritte zur angelehnten Schlafzimmertür. Was sollte schon passieren?, beruhigte sie sich. Hinter diesem Hauseingang wohnten neun Parteien. Sie müsste bei Gefahr nur schreien und irgendjemand würde die Polizei rufen. Die Polizeistation war in einer Seitenstraße direkt gegenüber. Sie wären in fünf Minuten hier. Entschlossen ging sie ein paar Schritte nach vorn.

Genau genommen kannte sie ihre Nachbarn kaum, nur vom Sehen. Sie wohnten jetzt seit einem Jahr in dieser Wohnung und hatten mit den anderen Mietern noch keine Bekanntschaft geschlossen. Zu ihrer Verteidigung … die alte Frau unter ihnen war erst vor sechs Monaten eingezogen, die attraktive Frau nebenan vor einem Jahr. Die ältere Dame über ihnen mit einer Wohnung so groß wie die drei darunter musste eine Einsiedlerin sein: Becca bekam sie nur sehr selten zu Gesicht. Sie war sich nicht einmal sicher, ob die Frau einkaufen ging oder ob ihr alles gebracht wurde. Das Einzige, das sie von ihr kennengelernt hatte, war ihr wunderschönes Klavierspiel. Manchmal spielte sie stundenlang. Ihr einziges Lebenszeichen. Becca schluckte. Es war nicht ausgeschlossen, dass keiner die Polizei rufen würde, sollte er einen Schrei aus ihrer Wohnung hören.

Sie hielt die Luft an und griff nach der angelehnten Schlafzimmertür.

Du übertreibst! Alles Einbildung. Das ist nur deine Scheißangst, dachte sie.

Entschlossen öffnete sie die Tür vollständig. Ein einzelner Lichtstrahl erhellte den Flur. Der Grund war eindeutig. Ihre Wohnungstür stand einen Spalt offen. Daher also der Durchzug. Sie erschrak und wurde steif. Zu hören war nichts. Ihre Wohnung schien leer. Oder irrte sie sich? Sie überschlug einen Moment, ob es besser wäre hinzurennen und die Tür zuzuschlagen oder die Chance zu nutzen, aus der Wohnung zu fliehen. Sie wusste nicht mit Sicherheit, ob sie allein in der Wohnung war. Das Handy brannte in ihrer Hand, doch sie wagte nicht, ihre Stimme zu erheben, um jemanden anzurufen. Sie entschied, dass es das Beste wäre, in den Hausflur zu gelangen. Hier drin war sie gefangen. Draußen konnte sie direkt bei den Nachbarn klingeln. Wer auch immer dort wohnte.

Vorsichtig bewegte sie sich über den Teppich, die Augen auf die vor ihr liegenden Räume gerichtet. Das Wohnzimmer voraus und die Küche, die zu ihrer Rechten abging.

Mist, sie hatte das kleine Badezimmer vergessen. Der Raum lag geschlossen hinter ihr. Sechs Quadratmeter, kein Fenster. Was, wenn sich dort jemand verbarg? Ihr Kopf wanderte unruhig zwischen den Räumen hin und her, während sie geräuschlos zur Tür schlich. Ihre Hand tastete nach der Klinke. Vorsichtig zog sie die Tür weiter auf, glitt hinaus und zog sie hinter sich wieder zu. Das Licht im Hausflur ging in der Sekunde aus. Erneut schrak sie zusammen. Sie spürte, wie sie anfing, heftiger zu zittern. Hastig tastete sie nach dem Schalter an der Wand. Das Licht wurde über einen Bewegungsmelder geregelt, konnte aber auch manuell eingeschaltet werden. Becca hörte, wie der Fahrstuhl sich zeitgleich in Bewegung setzte. Er fuhr zu ihr nach oben.

Das Licht war wieder an. Was jetzt? Sie trug einen Schlafanzug und keine Schuhe. Unter ihren Sohlen spürte sie die Kälte und kleine Sandkörner.

Becca wählte Christophs Handy an. Sie betete, dass er bereits auf dem Weg nach Hause war. Es ging kein Ton raus. Sie starrte auf das Display. Verdammt! In diesem Treppenhaus gab es kein Netz. Hektisch rannte sie die Treppen zum Erdgeschoss hinunter.

Inzwischen hatte die Panik das Ruder übernommen. Sie nahm, wie am Morgen, mehrere Stufen auf einmal. Am Hauseingang würde sie Empfang haben. Besorgt stellte sie fest, dass sie den Wohnungsschlüssel oben gelassen hatte. Oh Gott! Einen Hausmeister gab es hier nicht. Der wohnte irgendwo anders. Auf dem Weg nach unten starrte sie immer wieder aufs Handy und betete um Empfang. Der Fahrstuhl hatte inzwischen gehalten. Dritter Stock. Sie schluckte. Als sie die Briefkästen erreichte, sah sie den ersten Balken auf ihrem Handy. Sie versuchte erneut ihr Glück. Sie hoffte inständig, nicht zum Telefonieren nach draußen zu müssen.

Es klingelte im Hausflur. Ihr Herz blieb stehen. Im selben Rhythmus, in dem der Ruf rausging, klingelte es in ihrem Hausflur.

KAPITEL 3

Christoph war fix und fertig. Was für ein Abend! Gott sei Dank war Freitag! Morgen musste er nicht raus und konnte ausschlafen. Das letzte Bier war geradeso die Grenze gewesen. Hätte er mehr getrunken, wäre an Fahren nicht mehr zu denken gewesen. Mit einem ängstlichen Blick auf seine Uhr stellte er fest, wie spät es war. Nach Mitternacht. Okay, Samstag also. Da würde er sich etwas anhören müssen. Mit Glück schlief Becca schon und merkte nicht, wie spät er dran war. Er tastete in seinen Hosentaschen nach dem Schlüssel. Wo hatte er den gerade hingesteckt? Dann fand er ihn in der Jackentasche. Sein Handy schrillte. Er schrak zusammen. Wer konnte das so spät sein? Jetzt würde Becca wach werden und seine Heimkehr mitten in der Nacht wäre aufgeflogen.

Sein Handy schrillte erneut. Er kramte in seiner Jackentasche danach und hoffte inständig, dass er es zum Verstummen bringen konnte, bevor der Krach seine Verlobte weckte. Ein Blick auf das Display ließ ihn die Stirn runzeln.

»Hallo? … ja, ich steh schon vor der Tür … wo bist du?«

Das Handy am Ohr schlurfte er schwerfällig die Treppe nach unten. Auf Höhe des zweiten Stocks kam ihm Becca entgegen. Sie sah abgehetzt aus, trug nur ihren Schlafanzug und war barfuß. Er steckte sein Mobiltelefon weg und nahm sie kurz in die Arme. Dann hielt er seine verstörte Freundin ein Stück von sich ab und schaute ihr ernst in die Augen.

»Was soll das Ganze?«

»Nicht hier. Lass uns reingehen«, sagte sie mit Blick auf die umliegenden Wohnungstüren. Sie ließen den neonlicht-gefärbten Hausflur hinter sich und betraten ihre Wohnung. Becca schaltete sofort alle Lampen an und blickte sich hektisch um. Dann nötigte sie ihn, die Wohnung abzusuchen, was er bereitwillig tat. Augenscheinlich war etwas vorgefallen.

Fehlanzeige. Er konnte ihr nichts Ungewöhnliches liefern. Inzwischen hielt sie ihre Füße über die Badewanne und duschte sich den Staub ab.

»Was ist los?«

Becca saß auf der Toilette und trocknete sich ab. Christoph lehnte in der Tür und gähnte herzhaft.

»Ich bin vorhin aufgewacht, weil ich dachte, ich hätte was gehört. Es gab Durchzug, und ich musste feststellen, dass die Wohnungstür offen stand.« Ihre Augen hatte sie weit aufgerissen und sah ihn flehend an.

»Okay. Komisch.«

»Das ist alles? Ich wüsste schon gern, wie das passieren kann. Sie war geschlossen, als ich ins Bett gegangen bin. Ganz sicher!« Ihre Stimme klang brüchig.

»Aber die Tür war doch zu, als wir gerade rein sind?«

»Klar. Ich hab sie ja hinter mir zugezogen, als ich raus bin.«

»Was wolltest du denn draußen?«

»Ich habe gedacht, es wäre jemand in der Wohnung. Ich habe mich nicht getraut nachzusehen.«

»Aber hier ist keiner. Das siehst du doch.« Er hatte Schwierigkeiten, sich auf den Beinen zu halten.

»Vielleicht ist er verschwunden, als ich abgehauen bin.«

»Dann wäre er dir doch auf der Treppe begegnet. Also ich habe niemanden gesehen, als ich aus der Garage kam. Auch nicht im Fahrstuhl.« Christoph spürte, wie es seinen Körper immer stärker Richtung Horizontale zog. Becca hatte sich inzwischen hingelegt und er zog sich zügig aus, um es ihr in wenigen Sekunden gleich zu tun.

»Mach dir keine Sorgen, Schatz. Das hast du dir eingebildet. Ich bin ja sogar noch einmal zurück. Der Hausflur war leer.«

Becca richtete sich neben ihm auf. »Was meinst du mit ›zurück‹?«

Sein Kopf hatte inzwischen das Kissen berührt und die Lider fielen ihm entspannt zu. Becca rüttelte an ihm. Übermüdet sah er sie an.

»Na, ich hatte mein Handy im Auto vergessen. Das ist mir erst hier oben an der Tür aufgefallen. Da musste ich noch mal runter. Die Tasche hatte ich schon reingestellt.

Hast du vielleicht nicht gemerkt, weil du schon unten warst.«

»Als ich unten war, fuhr der Fahrstuhl nur nach oben. Das kann nicht sein.« Sie sah ihn an. Dann kam sie ganz dicht.

»Sag mal, kann es sein, dass du die Tür nicht richtig geschlossen hast, bevor du noch mal runter bist?«

Christoph zuckte in Gedanken mit den Schultern. Sie rüttelte energisch an seiner Schulter. Er stieß einen genervten Laut aus. »Kann sein. Ich dachte eigentlich, ich hätte sie zugezogen.«

Neben sich konnte er hören, wie seiner Freundin die Last von den Schultern fiel. »Dann hast du mich geweckt, als du heimgekommen bist. Dann habe ich mich ganz umsonst aufgeregt!«

»Wie so oft«, murmelte er kaum hörbar. Doch Becca hatte ihn gehört. Sie stieß ihm in die Seite, lachte aber inzwischen wieder.

»Du hast dich zu sehr in die Sache mit dem Überfall reingesteigert. Lass dich von so etwas nicht so sehr aus der Bahn werfen. Du weißt nicht mit Sicherheit, was deiner Professorin passiert ist. Ihr könnte auch am Hauptbahnhof die Brieftasche gestohlen worden sein, als sie auf dem Weg in die Uni war. Alles reine Spekulation. Wahrscheinlich stellt sich noch heraus, dass es nichts mit den Vergewaltigungen zu tun hat, über die seit einiger Zeit berichtet wird.«

»Ja. Du hast ja recht. Trotzdem gibt es da draußen diesen Wahnsinnigen und das macht mir Angst.«

»Du musst ja nicht mit offener Balkontür schlafen. Außerdem kennst du keine Einzelheiten zu diesen Fällen. Vielleicht kannten die Opfer ja ihren Peiniger und wollen es nur nicht zugeben. Möglich, dass einige von ihnen ihn über die Haustür hereingelassen haben und dann ist so etwas passiert. Vielleicht schämten sie sich zuzugeben, dass sie eine Teilschuld trifft.«

Christoph spürte, wie er bei den letzten Worten abdriftete. Sein letzter Gedanke galt der Tatsache, dass er am Wochenende sein Auto einmal gründlich waschen wollte.

Am nächsten Morgen weckte ihn der Duft von frisch gemahlenem Kaffee und Stimmen, die aus dem Hof durch das offene Fenster drangen. Die Bettseite neben sich fand er leer vor. Ein Blick aus dem Fenster bestätigte ihm, dass die Sonne bereits relativ hoch am Himmel stand. Seine Fitness-Watch zeigte zehn Uhr dreißig an. Er schwang seine Beine aus dem Bett, zog die Gardine auf und öffnete die Balkontür. Das Eiscafé unter ihnen hatte gerade geöffnet. Besucher spazierten über den Innenhof, mit einer Eistüte in der Hand. Die Sonne kitzelte seine Nase und provozierte einen kräftigen Nieser. Er wandte sich ab und lief zur Küche. Becca kramte dort in den Schränken und deckte den Tisch. Sie hatte Brötchen vom Bäcker im Erdgeschoss geholt und sich einen Kaffee gemacht. Christoph betätigte den Vollautomaten und setzte sich dann Augenblicke später mit seinem Cappuccino zu ihr an den Tisch. Er genoss dieses Leben.

Bevor er und Becca sich kennengelernt hatten, wohnte er in einer Wohngemeinschaft mit drei anderen Männern. Kaffee gab es damals nur beim Bäcker auf dem Weg zur

Arbeit, frisches Geschirr war eine Seltenheit. Er strahlte sie an. Beccas Miene war reserviert.

»Hast du das gestern ernst gemeint, dass die überfallenen Frauen eine Mitschuld tragen?« Sie funkelte ihn herausfordernd an.

»Hab ich das so gesagt? Ich glaube nicht.« Er griff nach einem Kürbiskernbrötchen. »Ich meinte, dass sie die Person vielleicht kannten oder ihr die Tür geöffnet haben. Mehr nicht.«

»Daran glaubst du doch nicht wirklich. Dann hätten sie den Kerl doch längst gefasst. Wer behält denn dessen Identität für sich?«

»Da hast du mich falsch verstanden. Ich war gestern schon sehr müde, als wir das besprochen haben. Ich könnte mir nur vorstellen, dass nicht alle Überfälle auf das Konto dieses Vergewaltigers gehen. Vielleicht handelt es sich auch um verschiedene Täter, Trittbrettfahrer oder die ein oder andere Frau hat es dem Typen in die Schuhe geschoben. Stattdessen war es ein durchgeknallter Liebhaber, von dem sie nur ihrem Mann nichts erzählen wollte.«

Er biss kräftig in sein Marmeladenbrötchen. Beccas Augen weiteten sich. Sie sah ihn geringschätzig von der Seite her an und schüttelte den Kopf. Hoffentlich hatte sie bald genug von dem Thema. Sie würde sich nur in etwas hineinsteigern und er hätte keine Chance mehr, allein das Haus zu verlassen, ohne lange Diskussionen führen zu müssen. Ihre Ängste nahmen zu, in letzter Zeit. Das war ihm aufgefallen. Er musste ein bisschen gegensteuern.

»Wollen wir heute nach ›Planten un Blomen‹? Wir nehmen was zum Snacken mit und gehen spazieren.«

Ihre Miene hellte sich augenblicklich auf. Sie stand von ihrem Stuhl auf, setzte sich auf seinen Schoß und küsste ihn. Dann eine lange Umarmung. Ihre kinnlangen braunen Haare kitzelten seine Wange. Sie war leicht wie eine Feder, so zart und jung. Die Dinge würden besser, entspannter laufen, sobald sie verheiratet waren, sobald Becca ihr Studium abgeschlossen hatte, das ihr keine Freude zu bereiten schien. Nach ihrem Abschluss könnten sie von hier wegziehen. Raus aus der Stadt. Irgendwohin aufs Land, wo sie mehr Ruhe hatte und die Natur genießen konnte.

Sie löste sich von ihm und setzte sich wieder auf ihren Platz, wie sie es immer tat. Das rechte Bein angewinkelt, auf dem Fuß sitzend.

»Du hast mir noch nicht erzählt, wie es gestern gelaufen ist. Habt ihr alles zum Laufen gekriegt?«

Christoph verzog das Gesicht. Er wusste, was ihm gleich bevorstand. Augen zu und durch.

»Nein. Björn hatte gestern keine Lust. Muss einen ziemlichen Stress auf der Arbeit gehabt haben. Er wollte was trinken gehen.« Er zuckte genervt mit den Schultern. Versuchte, enttäuscht auszusehen, auch wenn der gestrige Abend sehr lustig gewesen war.

»Du warst was trinken?« Sie starrte ihn fassungslos an. Er wusste, wie sehr sie sich ärgerte. Wusste, dass sie es runterschlucken würde. Sie konnte schlecht verlangen, dass er wie ein Einsiedler lebte, nur weil sie es so bevorzugte.

»Wieso hast du nicht gefragt, ob ich mitkommen will?« Er hatte sich geirrt. Sie ließ doch nicht locker.

»Björn hat mich erst eingeweiht, als ich schon da war.«

Sie sah nicht aus, als würde sie ihm das abkaufen. Er stöhnte innerlich. »Komm schon! Das ist doch kein Problem. Ich werde doch mal mit meinem besten Kumpel was trinken gehen können.«

»Schon. Aber ausgerechnet gestern? Ich habe hier Todesangst und du amüsierst dich in 'ner Bar.«

»Das konnte ja keiner vorhersehen, oder? Außerdem wissen wir inzwischen, dass du dir das nur eingebildet hast. Becca, du warst nie wirklich in Gefahr! Bitte verwende das nicht gegen mich.«

Sie schmollte. Er wusste, dass sie in Wirklichkeit neidisch war. Dass sie eigentlich, auch wenn es ihr nicht bewusst war, gern rausgegangen wäre, sich mit Freunden getroffen hätte. Freunde, die sie kaum hatte. Stattdessen igelte sie sich ein, wurde zur Einsiedlerin und versuchte, ihn mit sich zu ziehen. Er legte seine Hand auf ihre. »Das heißt leider, dass ich mich immer noch um seinen Computer kümmern muss.«

»Das ist nicht dein Ernst! Etwa heute?«

Upps, das hätte er kommen sehen müssen. Wie lang war er doch gleich mit ihr zusammen? Fünf Jahre?

»Das war sein Vorschlag, ja.« Er sah sie zerknirscht an. »Irgendwann muss ich es machen. Ich beeile mich auch.«

»Nein! Das sehe ich gar nicht ein. Es ist Wochenende! Ich habe mich auf die Zeit mit dir gefreut. Dann muss er warten!«

»Wie lang denn? Süße, er braucht den Rechner.«

»Wozu? Zum Zocken? Er muss warten. Er hatte den gestrigen Abend.«

Sie verschränkte die Arme und warf ihm einen geringschätzigen Blick zu. Er stand auf und näherte sich ihrem Platz. Sie wirkte unversöhnlich. Liebevoll drückte er sie an sich, küsste ihr aufs Haar. »Ich beeile mich. Wenn du heute Abend nicht allein sein willst, fahre ich am Nachmittag kurz hin. Heute Abend bin ich wieder hier. Dann gehen wir zum Mongolen, okay?« Er wusste, wie sehr sie dieses Lokal liebte.

»Wenn's sein muss. Ich bin aber nicht begeistert.«

»Lass uns was anziehen und dann gehen wir erst mal raus. Das Wetter sieht gigantisch aus. Endlich ist es Frühling. Ich habe die Schnauze voll von diesem Matschwetter!«

Sie nickte und griff sich noch ein Brötchen.

Als sie ›Planten un Blomen‹ ein paar Stunden später wieder verließen, steuerten sie nicht nur auf ihre Wohnung zu, die Stimmung im Gespräch änderte ebenfalls die Richtung.

»Nervt es dich nicht auch, für solche Gefälligkeiten dein wertvolles Wochenende zu opfern?« Sie liefen am Fernsehturm vorbei. Christoph hatte bereits damit gerechnet, dass Becca langsam nervös werden würde. Sie war nicht gern allein. Am liebsten würde sie ihn überall hin begleiten. Sie tat ihm leid. Es musste sich schrecklich anfühlen, so abhängig von jemandem zu sein. Er wusste allerdings nicht, wie er ihr noch helfen konnte. Was sein Wochenende anging, so hatte sie recht. Die einzige freie Zeit, die er hatte. Unter der Woche das Studium und der Halbtagsjob als Produktionsplaner in seiner alten Firma. Freitags fühlte er sich wie hundert. Als Björn ihm gestern in Aussicht gestellt hatte, dass sie die nächstbeste Bar aufsuchen würden, wäre er ihm am liebsten um den Hals gefallen.

Manchmal war er so müde, dass er darüber nachdachte, nie wieder aufzustehen. Morgens einfach liegen bleiben … so wie Becca, wenn sie keine Lust hatte, zur Vorlesung zu gehen. Für ihn gab es diese Privilegien nicht. Kein Geld von der Familie, keine gesicherte Zukunft, keine Sicherheit überhaupt. Er schaute verstohlen zu ihr rüber, wie sie mit ihm an der Ampel stand. Sie blickte sehnsüchtig auf die andere Straßenseite, ins Leere. Um nichts in der Welt hätte er mit ihr tauschen mögen. Er kannte seine Ziele, seine Pläne, Wünsche, Hoffnungen. Er hatte erste Etappen in seinem Leben mit harter Arbeit erreicht, war nach einigen Warte-Semestern zum Studium zugelassen worden, hatte erst eine kaufmännische Ausbildung absolviert. Sich in seinem Unternehmen einen Namen gemacht. Die wollten ihn unterstützen. Hatten ihm das Studium nahegelegt.

Und Becca? Becca folgte dem Werdegang, der in ihrer Familie üblich war. Sie wusste nicht, wo sie hinwollte, im Gegensatz zu ihm. Sie legte keine Leidenschaft in ihre Ausbildung, wozu? Sie musste sich keine Sorgen um ihre Zukunft machen. Da, wo sie herkam, gab es Geld. Mehr als sie in einem Leben würden ausgeben können.

Nein, tauschen wollte er mit ihr nicht. Die Tatsache, dass er mit harter Arbeit auch bald an diesem Ziel sein würde, beflügelte ihn, ließ ihn vergessen. Dass er zu wenig schlief. Noch vier Semester und er konnte den Job ausüben, den er wollte, konnte in die Produktionsleitung wechseln. Führung, das lag ihm, Planung und Organisation. Und Menschen. Menschen unterschiedlicher Motivationen für ein und dasselbe Thema zu begeistern, zu einem Team zu schweißen. Synergien zu erzeugen, wenn er sie in eine Richtung lenkte. Das Studium half ihm, gleichwohl wusste er, dass es nur sein Profil schärfte. Führung lag ihm im Blut. Doch ein anerkanntes Zertifikat war unerlässlich, wenn er es zu etwas bringen wollte.

Er legte seinen Arm um Becca. »Mir ist die Zeit mit dir auch sehr wichtig. Ich werde mich beeilen. Um sieben hole ich dich ab. Den Tisch habe ich schon für viertel nach sieben bestellt. Du siehst, es kann nicht später werden.«

Sie lächelte.

»Ruf mich an, wenn etwas ist. Vielleicht guckst du einen deiner Klassiker.«

Sie schmunzelte. Ihr Haar wehte im warmen Frühlingswind. Sie sah bezaubernd aus. Was für ein Glück er doch hatte!

KAPITEL 4

Christoph stand vor der birkefurnierten Tür im zehnten Stock des Bürogebäudes von Bartelsen Welding & Steelworks. Montag Nachmittag. Ein entspanntes Wochenende lag hinter ihm. Sein Arbeitstag war seit dreißig Minuten beendet, doch man hatte ihn gebeten, um fünf Uhr nach oben zu kommen. Die Personalleiterin hatte sich kurz und knapp am Telefon verhalten, emotionslos wie eine Maschine.

Christoph fühlte sich träge. Resigniert starrte er auf das Namensschild der Frau an der Tür zu ihrem Büro, spürte, wie sich das kalte Licht der hässlichen Wandlampe hinter ihm in seinen Rücken bohrte. Noch drei Minuten, dann war es fünf. Christoph verspürte keinen Antrieb, eher einzutreten. Gegen Mittag hatte er seinen Vorgesetzten in der Kantine getroffen. Björn und er pflegten seit Jahren einen sehr freundschaftlichen Umgang miteinander. Sie kannten sich seit Christophs Ausbildung zum Industriekaufmann, die er bei Bartelsen Welding & Steelworks absolviert hatte. Er hatte ihm zu diesem Studium geraten, das er momentan parallel zu einem Halbtagsjob absolvierte.

Björn hatte ihm vor Augen geführt, wie viel mehr er mit so einer Ausbildung erreichen könnte. Die Führungspositionen würden ihm sonst für immer verwehrt bleiben. Nach einigem Hin- und Herrechnen mit Becca hatten sie sich darauf geeinigt, dass er während der Dauer seines Studiums weniger als die Hälfte zur gemeinsamen Wohnung beisteuern müsste. Reine Formsache, ihre Eltern zahlten ohnehin die Miete. Becca hatte diese Möglichkeit vorgeschlagen, ohne mit der Wimper zu zucken. Ihm war es zunächst schwergefallen. Immerhin wollte er sich seinen Luxus selbst erarbeiten.

Björn hatte sich in der Chefetage für ihn stark gemacht, ihm eine Position, eine Stelle beschafft, die er halbtags ausfüllen konnte. Björn war ein echter Kumpel. Heute Mittag hatte er ihn nur mit einem Kopfnicken begrüßt, sich dann schnell aus dem Staub gemacht und Christoph völlig perplex stehen lassen. Das konnte nur eines bedeuten. Das wusste Christoph, sobald die Personalleiterin bei ihm angerufen hatte.

Er schaute auf seine Uhr. Noch eine Minute. Ein letztes Mal, wie er dachte, schaute er sich um. Rechts und links von ihm das gleiche Bild. Blauer Teppich mit einem sich unendlich fortsetzenden Rautenmuster, alle sieben Meter die gleiche hässliche Wandlampe, hellbraune Türen aufgereiht wie auf einer Perlenkette. Büros, Verhandlungsräume und die Toiletten. So sah bestimmt jedes Stockwerk aus, das zu Bartelsen Welding & Steelworks gehörte. In diesem

Gebäude waren das vier. Christoph wusste, sobald er diese Türschwelle übertreten würde, würde das, was er sah, nicht mehr dasselbe sein. Er wäre nicht mehr derselbe. Schwermut legte sich auf seinen Schritt, als er auf die Tür zuging. Nachdem er geklopft hatte, öffnete er sie und trat ein.

Er biss sich auf die Backenzähne, spannte den Kiefer an, als er der Personalerin gegenüberstand. Sie bat ihn, sich zu setzen. Er blickte auf den penibel aufgeräumten Schreibtisch vor ihr. Braune Lederunterlage, exquisites Schreibwerkzeug – dem Unternehmen ging es nicht schlecht.

Sie würde ihm gleich etwas anderes sagen.

Vor ihr sah er, sorgfältig übereinandergelegt, Zettel, ein Vertragswerk offenkundig. Christoph zögerte. So viel wusste er, wenn er jetzt auf dem Absatz kehrtmachte, galt, was immer sie ihm geben wollte, als nicht zugestellt. Heute war der 30. April 2018. Die Post würde ihn diesen Monat nicht mehr rechtzeitig erreichen. Was machte er sich vor? Die Firma konnte einen Boten schicken, noch heute Abend, wenn sie wollten.

Selbstsicher ging er auf die Frau zu und setzte sich. Sie schob ihre Brille auf der Nase zurück und sah ihn mütterlich an. Das zog nicht. Seine Mutter kannte solche Anwandlungen von Sorge nicht.

»Es tut uns sehr leid ...«, begann sie ihren Satz. Uns? Er wüsste nicht, dass er noch jemanden in diesem Raum gesehen hatte. Er schluckte. Jetzt keine Überraschung zeigen, Alter, kein Bedauern oder gar Trauer. Davon ernährt sich diese Frau.

»Leider sehen wir uns mit sehr schweren Zeiten konfrontiert ...«

Was glaubte sie, was ihm jetzt bevorstand? Er hatte weder ein Stipendium noch irgendwelche Ersparnisse, stattdessen lebte er in einem kostspieligen Stadtteil von Hamburg und hatte seiner Freundin gerade einen Heiratsantrag gemacht.

Die Nachmittagssonne tauchte den Himmel hinter der Personalleiterin in einen goldenen Ton. Der ließ ihn an warme Frühlingsluft, Tische vor den Restaurants und Cafés und kühles Bier denken. Plötzlich verspürte er eine irrationale Wut auf die Frau ihm gegenüber, dass sie ihm die Chance nahm, seinen Feierabend genauso zu verbringen, locker, ohne Sorgen.

»Wir müssen uns deshalb von Ihnen trennen. Ihr Vertrag läuft zum Ende des nächsten Monats aus. Selbstverständlich erhalten Sie von mir auch ein entsprechendes Empfehlungsschreiben, ein ordentliches Arbeitszeugnis.«

Sie hatte es schon fertig und reichte es ihm über den Tisch. Vier Wochen. Na klar, er hatte erst vor ein paar Monaten einen neuen Vertrag unterschrieben. Trotz der langen Betriebszugehörigkeit war diese Frist darin auf vier Wochen geschrumpft. Er hatte es akzeptiert, weil er die anderen Vorteile des Vertrages gesehen hatte. Mehr Geld, flexiblere Arbeitszeiten. So wie er es in der derzeitigen Phase seines Studiums benötigte. Er hatte nicht damit gerechnet, dass es eine Rolle spielte, spielen würde.

Christoph nahm mechanisch das Blatt entgegen und starrte auf die Unterschrift. Björn Rahkamp, Freitag ausgestellt. Der Typ wusste es das ganze Wochenende, sicher schon viel länger. Warum sollte man ihn erst kurzfristig eingeweiht haben? Christophs Wut wuchs. Diesem Saftladen hatte er sein gesamtes Arbeitsleben gewidmet, hatte geschuftet wie ein Tier, um allen Ansprüchen gerecht zu werden. Die Produktion lief reibungsloser, seit die Planung in seiner Hand lag. Reserven wurden seltener ausgeschöpft, die Rüstkosten waren gesunken. Warum zur Hölle konnten sie auf ihn verzichten? Würden sie klarkommen mit den Praktikanten, die wenig kosteten und die die Firma seit Neuestem en masse beschäftigte? Er hoffte nicht. Seit neun Jahren arbeitete er hier und das war der Abschied! Eine Personalleiterin, die er nicht kannte, kein persönliches Gespräch mit seinem Vorgesetzten, keine erklärenden Worte, kein Lebewohl.

Er zerknüllte den Wisch und warf ihn im hohen Bogen in den entfernt stehenden Papierkorb. Er traf, das waren drei Punkte.

»Das Arbeitszeugnis dürfen Sie mir gern mailen. Björn hat die Adresse: lecktmichamarsch@gmail.com. Geben Sie sie ihm aber gern noch einmal, falls er sie doch vergessen hat. Wo darf ich unterschreiben?«

Wortlos schob sie ihm die Papiere über den Tisch. Er überflog sie. Hatte keine Motivation, in einzelne Passagen einzusteigen. Sein Leben ging gerade den Bach runter, wozu sich länger auf diesem Pfad aufhalten? Er setzte seinen Namen ganz ans Ende. Die Frau erstellte sich eine Kopie, die sie sorgfältig in die oberste Schublade ihres Schreibtischs legte. Einen wirren Moment lang fragte sich Christoph, was er dort alles finden würde, wenn er jetzt nachsah. Sicher waren Björns Eier auch darin. Er griff nach den Papieren, bevor sie sie in einem niedlichen Umschlag mit Firmenlogo verstauen konnte und stand auf. Er hatte ihr bereits den Rücken zugedreht und war auf dem Weg zur Tür, als er hinter sich ihre süßliche Stimme hörte.

»Herr Beckmann, Sie sind mit dem heutigen Tage freigestellt. Das Unternehmen verzichtet ab sofort auf Ihre Dienste. Ich möchte Sie bitten, Ihre persönlichen Sachen aus dem Großraumbüro zu entfernen, bevor Sie gehen.«

Er blieb stehen, als hätte sie ihn angeschossen. Sein Kiefer verspannte sich, die Backenzähne malten. Dann verließ er das Büro. Wie er die Tür hinter sich geschlossen hatte, wusste er, dass er recht behielt. Der Flur wirkte anders als noch vor einer halben Stunde. Dunkel und feindlich.

Rebecca Wolf starrte nervös auf ihr Handy. Das sah Christoph nicht ähnlich. Manchmal arbeitete er länger, doch dann hatte er sich immer gemeldet. Er wusste, dass sie sich Sorgen machen würde, wenn er es nicht tat. Sie überlegte, ob sie ein paar seiner Freunde anrufen sollte. Ihn selbst hatte sie bisher nicht erreicht. Doch was würden die denken? Sie wusste nicht, wie offen er mit seinen Kumpels sprach. Möglich, dass er ihnen gesteckt hatte, wie ängstlich sie manchmal sein konnte. Sie runzelte die Stirn. Was, wenn er sie als Klammeraffen vor den anderen Männern bezeichnete? Redeten Männer so offen und vertraut über ihre Partner miteinander? Sie tat das ab. Wahrscheinlich nicht. Irgendetwas musste sie unternehmen.

Neun Uhr. Vielleicht war er noch einmal zu Björn gefahren, um ihm mit seinem Computer zu helfen. Möglicherweise hatten sie Samstag nicht alles geschafft. Sie hatte ihm ja die Pistole auf die Brust gesetzt. Zeitlich gesehen. Sie kramte in ihren Kontakten nach Björns Nummer. Die hatte sie. Es klingelte. Niemand meldete sich. Nach zwanzig Sekunden ging die Mailbox ran. Becca legte auf.

Christoph saß irgendwo in der Sternschanze in einer Kneipe und bestellte sich noch ein Bier.

Dieses Arschloch! Zuerst hatte er mit dem Gedanken gespielt, direkt zu seinem ehemaligen Freund und Vorgesetzten zu fahren und ihn zur Rede zu stellen. Dann war er ziemlich schnell in Selbstmitleid zerflossen und hatte schließlich die Bahn Richtung Schanze genommen. Den Wagen nutzte er unter der Woche kaum. Die S-Bahn war auf dem Weg zur Arbeit schneller. Irgendwo wurde immer ausgeschenkt, egal, wie früh es am Tag war. Na ja, so früh war es gar nicht mehr, stellte er mit Irritation und verschwommenem Blick auf seine Smart-Watch fest.

Schon zehn. Der erste Impuls war, seine Sachen zu greifen, die er auf den Stuhl neben sich gelegt hatte und die Lokalität zu verlassen. Doch dann dämmerte ihm, dass er morgen ausschlafen konnte. Die erste Vorlesung begann um dreizehn Uhr und ein Arbeitstag zuvor fand nicht statt. So fühlte man sich also, wenn man nur ein Studium vor der Brust hatte. Er grinste. Dann verzog er das Gesicht. Schön wäre es, wenn er keinerlei Verantwortung tragen müsste so wie einige seiner Kommilitonen, Becca eingeschlossen. Doch das galt für ihn nicht. Er musste sich überlegen, wie es weitergehen sollte. Er hatte Ziele. Müßiggang würde ihm diese Ziele für immer entreißen.

Wie weit würde ihn der heutige Tag von seinen Plänen wohl entfernen. Die Karriere lag in weiter Ferne. Oder etwa nicht? Er konnte das Studium beenden und sich anschließend mit dieser Grundlage bewerben. Bachelor of Science, der ehemalige Diplom-Wirtschaftsingenieur, was ihm lieber gewesen wäre, doch der Diplomstudiengang wurde in dieser Form seit einigen Jahren nicht mehr angeboten. Er kannte niemanden, der mit diesem Abschluss arbeitslos geblieben wäre, im Gegenteil. Die Ehemaligen, die er kannte, waren in führenden Unternehmensberatungen tätig, arbeiteten in den höchsten Positionen oder leiteten nicht selten ihr eigenes Unternehmen.

Christoph fuhr mit dem Finger dem nassen Rand nach, den sein Glas auf der Oberfläche der Bar hinterlassen hatte. Dann rieb er seine Schläfen, bekämpfte die aufkommende Müdigkeit, die ihn wieder eingeholt hatte. Diese Erschöpfung! Diese Zustände würden ohne seinen Halbtagsjob weniger werden. Aber neben all seinen ehrgeizigen Zielen hatte er sich immer eine Familie gewünscht, eine liebevolle Frau, die ihn unterstützte, Kinder und ein Heim, am liebsten außerhalb der Stadt.

Langsam stand er auf. Er legte ein paar Scheine auf den Tisch und nickte der Frau hinter dem Tresen zu. Dann griff er sich seine Umhängetasche und eine Plastiktüte, die er aus einem Papierkorb im Büro gefischt hatte.

›Mister Wongs Spezialitäten‹. Mister Wong musste für seine wenigen Habseligkeiten aus dem Büro herhalten. Wirklich armselig, doch er hatte nicht gewusst, wie er das Zeug sonst hätte transportieren sollen. Den Tacker hatte er mitgehen lassen – was machte das schon? – und einige Kugelschreiber.

Mit Mister Wong in der Hand und seiner Tasche über der Schulter verließ er schwankend die Bar. Draußen standen ein paar Typen und quarzten. Seltenes Bild heutzutage, wie er fand. Allerdings hatte er sich lang nicht mehr in der Schanze sehen lassen.

Auf dem Weg zur Bahn angelte er mit der freien Hand in seiner Ledertasche nach seinem Handy. Noch war es nicht vorbei. Es war gut gewesen, eine Bestandsaufnahme zu machen, reinigend. Jetzt wusste er, dass er seine Ziele erreichen konnte, nach wie vor. Die Kündigung hatte ihn zurückgeworfen, für den Moment. Diesen Puzzlestein würde er austauschen, gegen einen, der besser passte. An seinen anderen Plänen würde das nichts ändern. Die perfekte Vorzeigefrau hatte er immer noch an seiner Seite, und wenn er sich beeilte und sie anrief, um ihr mitzuteilen, dass er noch lebte, würde sie auch bei ihm bleiben. Er lächelte, während er ihre Nummer wählte.

Becca hörte die entspannten Schnarchlaute neben sich. Sie war erleichtert, dass Christoph endlich eingeschlafen war. Dieser turbulente Abend hatte einiges in ihrer beider Leben durcheinandergewürfelt. Er tat ihr unendlich leid. Sie wusste, wie sehr er an diesem Job, an dieser Chance hing. Er hatte sich ein Bein ausgerissen für diese Stelle. Manchmal auch spät abends von zu Hause gearbeitet, wenn er nicht gerade fürs Studium büffelte. Sie hatten jede Menge gemeinsamer Freizeit geopfert, damit er all diese Dinge unter einen Hut bringen konnte. Jetzt stand er plötzlich ohne Job da und ohne richtige Erklärung. Mit fadenscheinigen Begründungen war er wohl abgespeist worden – ohne dass er Björn hätte in die Augen sehen können. Was für ein Weichei, dieser Kerl, der sich sein Freund nannte! Und ein

Arsch noch dazu. Deshalb hatte er darauf bestanden, dass Christoph ihm noch letztes Wochenende half! Er wusste, dass er es danach vergessen konnte.

Becca war wütend. Zumindest sagte sie sich das. In ihrem tiefsten Inneren gab es jedoch diese winzig kleine Stimme, die ganz laut applaudierte. Sie schämte sich für diese Empfindung. Christoph war jetzt zu Hause. Vorerst für immer.

Er würde nicht mehr am Wochenende bei Björn sitzen und dessen Computerprobleme lösen, er würde abends nicht mehr arbeiten, anstatt mit ihr fernzusehen oder essen zu gehen. Sie könnten endlich mal gemeinsam ausschlafen. Gut, er würde sich sicherlich einen neuen Job suchen. Er würde wieder Geld verdienen wollen. Doch vielleicht gab es ja auch eine Chance, dass sie ihn überzeugen konnte, die vier verbliebenen Semester mit ihr zu verbringen, gemeinsam zu studieren. Er könnte eine Weile auf ihre Kosten leben. Sie hatte es ihm bereits angeboten und er hatte nach einigem Hin und Her ihr Angebot als Übergangslösung angenommen. Mit der Zeit könnte er jedoch Gefallen an diesem Arrangement finden. Sie genoss diese finanzielle Unabhängigkeit doch auch. Warum sollte es ihm nicht genauso ergehen? Sie freute sich. Eine schöne Zeit lag vor ihnen. Sie würden als Paar viel enger zusammenrutschen, mehr Gemeinsames teilen. Er wäre bei ihr und sie nicht allein. Sie wäre in Sicherheit.

Becca hatte das Gefühl, heute einen guten Schritt vorangekommen zu sein. Das war möglicherweise Schicksal.

Sie lehnte sich auf ihren Ellbogen und betrachtete Christoph im Schlaf. Er war perfekt und sie überglücklich, dass er sie heiraten wollte. In Gedanken plante sie das Haus, das sie mit ihm bauen wollte. Es war natürlich viel zu früh, um sich darüber Gedanken zu machen. Zunächst musste er das Studium abschließen und einen guten Job finden. Sie machte sich keinerlei Gedanken darüber, dass es so kommen würde. Christoph war ein Macher. Sie kannte kaum einen Menschen, der so zielstrebig in seinem Leben war. Zielstrebig genug für sie beide.

Bisher hatte sie ihm noch nicht gebeichtet, dass sie nicht plante zu arbeiten, wenn sie mit der Uni fertig war. Eine anständige Ausbildung, ja, das hielt sie für wichtig. Die Gründung einer Familie stand für sie jedoch an oberster Stelle. Ihre Eltern hatten ihr immer signalisiert, dass dieser Weg vollkommen akzeptabel sei. Sie finanzierten ihr gern einen herausragenden Start in ihr Leben, unterstützten sie aber auch dabei, die Frau eines erfolgreichen Mannes zu werden. Ihr Vater hatte daraus keinen Hehl gemacht. Sicherlich waren er und ihre Mutter deshalb so begeistert von Christoph. Er war der perfekte Schwiegersohn, in jeder Hinsicht.

Über ihr verstummte das Klavierspiel, das sie die letzten Stunden begleitet hatte. In Gedanken ging Becca Namen durch, die sie ihren Kindern geben würde. Dann schlief sie ein, ohne auch nur einen Gedanken an die geöffnete Balkontür neben sich zu verschwenden.

KAPITEL 5

Irma öffnete die Schatulle auf ihrer altmodischen Schmink-kommode und entnahm ihr drei große, schwere Goldringe. Einen nach dem anderen steckte sie sie an die Finger ihrer linken und rechten Hand. Das fiel ihr von Mal zu Mal schwerer. Seit sie die sechzig überschritten hatte, machte sich die Arthrose in ihren Gelenken deutlich bemerkbar. Zufrieden sah sie in den Spiegel. Die blond gefärbten lockigen Haare berührten ihre Schulter. Sie tupfte ein wenig Make-up auf einen auffälligen Altersfleck an ihrem Kinn und lächelte zufrieden, nachdem er verblasste und sich ihrem Teint im Farbton unterordnete. Eine ihrer beiden Katzen, eine große weiße mit langem Fell, strich um ihre Beine und miaute. Sie tätschelte sie liebevoll und stand auf.

Aus der Küche holte sie einen Snack und warf ihn Lucy zu. Einen zweiten nahm sie für Rocky mit. Wo mochte der Schlawiner heute Morgen stecken? Sehr groß war diese

Wohnung nicht. Wenig Gelegenheiten für ihn, sich zu verstecken. Sie ging ins Wohnzimmer und schaute in alle Ecken, hinter die Tür, die Couch, in sein Katzenkörbchen. Er saß nicht auf den Küchenschränken, die sie von hier sehen konnte und auch der Flur lag verlassen da. Sie ging zurück ins Schlafzimmer.

»Na? Wo hat sich dein Kumpel versteckt?«, fragte sie Lucy im Vorbeigehen, doch die miaute nur. Im Schlafzimmer saß er auch nicht, nicht einmal unter dem Bett. War er …?

Nein, das konnte nicht sein! Das würde er nicht tun. Sie ging mit zügigen Schritten zur Haustür, die einen Spalt offen stand und spähte hinaus. Sie konnte ihn nicht sehen. Die Katzen verließen niemals das Haus, nicht einmal diese Wohnung. Ihre Wohnungstür stand meist einen Spalt offen, doch noch nie hatte es eine der Katzen gewagt, die Nase nach draußen zu stecken.

Irma steckte den Kopf aus der Tür und warf einen Blick nach links, die Treppe zum nächsten Stock hinauf, dort, wo die jungen Leute wohnten. Herr Beckmann und seine Verlobte. Ihr Name wollte ihr nicht gleich einfallen. Rebecca! Das war er. Ihr grauer langhaariger Kater war nicht zu sehen. Sie ging rätselnd zurück in ihre Wohnung, lehnte die Tür wieder nur an. Aus dem Schlafzimmer war herzhaftes Miauen zu hören. Lucy saß vor der Balkontür und schaute hinaus. Irma trat näher. Hinter der Scheibe saß ein reumütiger Rocky. Sie öffnete die Tür und ließ ihn hineinkommen; mit angelegten Ohren trabte er an ihr vorbei in die Wohnung.

»Sag mal, was machst du denn da draußen? Wir werden wohl von Tag zu Tag mutiger?«

Sie streichelte ihm über den Kopf und stopfte ihm dann seinen Snack in den Mund. Offensichtlich hatte er sich hinausgeschlichen, während sie vorhin gelüftet hatte, und sie hatte die Tür geschlossen, ohne nachzusehen. Vorwitziges, kleines Katerchen! Mit dem würde sie aufpassen müssen. Möglich, dass sie keine Türen mehr offen stehen lassen konnte.

Ihr Handy klingelte auf dem Couchtisch im Wohnzimmer. Sie ließ den Kater im Schlafzimmer allein und ging dran.

Clarissa. Clarissa kümmerte sich unter anderem um den Telefondienst ihres Pflegedienstes. Ein Geschäft, das Irma seit zehn Jahren führte.

Irma runzelte die Stirn. Madeleine wollte sich krankmelden. Ihre Tochter hatte die Grippe und musste betreut werden.

»Schon gut, ja, kein Problem. Leg die Umleitung auf diesen Apparat. Ja. Für die andere Nummer auch. Kein Problem. Ich schaffe das heute. Morgen müssen wir uns etwas anderes überlegen, da bin ich ausgebucht.« Irma verabschiedete die Frau und wünschte ihrer Tochter gute Besserung. Sie ging zu ihrem Lesesessel und setzte sich. Auf der Lehne lag das Buch, dass sie als Letztes gelesen hatte. Von hier konnte sie die offene Wohnungstür sehen. Nur ein Spalt, der sie in die Welt hinter ihrer Festung blicken ließ. Ihre junge Nachbarin von oben ging gerade vorbei. Irma glaubte, eine Tüte frischer Brötchen in ihrer Hand gesehen zu haben. Die junge Frau tappte nach oben, augenscheinlich hatte sie Kopfhörer in den Ohren, denn Irma konnte sie mit dem Kopf wippen sehen. Langsam kam Schwung ins Treppenhaus. Die zweite Frau aus dem dritten Stock war schon vor einer Stunde zur Arbeit gerannt. Den Mann des jungen Pärchens hatte sie heute noch gar nicht gesehen. Ob er krank war? Er war normalerweise der Erste und der Letzte, der das Haus verließ oder betrat. Manchmal nahm er die Treppen, meistens wenn er ging. Irma konnte jedoch hören, wenn er dann mit dem Fahrstuhl heimkehrte. Sie hörte, wenn er an ihrer Wohnung vorbeirauschte, hörte, wie er sich ein Stockwerk darüber öffnete und wie dann Schritte bis zur Tür und direkt über ihrem Kopf erklangen.

Heute hatte er noch kein Lebenszeichen von sich gegeben. Irma hörte die Eingangstür unten immer wieder schlagen. Ein Kommen und Gehen. Die Garage im Untergeschoss wurde von manchen Hausbewohnern nur als Durchgang benutzt, um auf der anderen Seite des Hauses die Grindelallee zu erreichen.

Irma besaß auch ein Auto. Sie benutzte es nur nie, beziehungsweise sehr selten. Sie brauchte keines in Hamburg. Direkt vor ihrem Eingang startete an der Haltestelle Grindelhof die Linie 5, ein Bus, der sie in die Innenstadt bringen würde, wenn sie es denn wollte. Diese Ausflüge hatten jedoch Seltenheitswert.

Ihr Handy läutete erneut, der Standardklingelton. Sie würde ihren Sohn fragen müssen, wie sie das ändern konnte. Doch dazu gab es derzeit keine Notwendigkeit. Irma nahm ab.

»Einen wunderschönen guten Morgen! Ja, Sie sind hier vollkommen richtig.« – »Das ist korrekt.« – »Wir richten uns da ganz nach Ihren Wünschen.« – »Einen Moment, ich notiere mir eben Ihre Adresse.«

Irma stand auf und holte sich einen Block und einen Stift von ihrem Schreibtisch. Sorgfältig notierte sie die Angaben. »Herzlichen Dank, Herr Müller, ich schicke Ihnen gleich eine E-Mail mit einem Angebot.« Irma beendete das Gespräch und setzte sich an ihren Schreibtisch.

Die Wohnungstür in ihrem Rücken glitt langsam auf.

»Wo hast du die Mullbinden hingelegt?«

Sie schreckte herum. Der Anruf hatte sie abgelenkt.

»Guten Morgen, Madeleine. Ich habe alles, was gestern eingetroffen ist, im Keller ins Regal einsortiert«, antwortete sie der jungen Frau, die soeben eingetreten war.

»Da kann ich aber nichts finden. Da habe ich nachgesehen.« Die junge Frau mit den dunklen, ungewaschenen, langen Haaren und den klobigen Schuhen trat noch ein Stück näher. Irma drehte sich auf ihrem Stuhl herum und dachte nach. »Oh, du hast vollkommen recht. Entschuldige! Das letzte Päckchen ist spät geliefert worden. Ich war noch nicht damit unten. Es steht direkt neben dem Sideboard im Flur. Sieh doch bitte mal nach.«

Die Frau verließ wortlos das Wohnzimmer.

»Sei bitte so lieb und nimm die ganze Kiste mit nach unten, wenn du schon da bist. Den Rest sortiere bitte im Keller ein.« Sie hörte bereits das Knallen der Wohnungstür. Irma runzelte die Stirn. Sie stand auf und ging in den Flur. Da stand die geöffnete Kiste. Madeleine hatte nur ein paar Packungen herausgenommen. Den Rest hatte sie dringelassen. Verärgert öffnete Irma wieder ihre Tür. Die Pflegekraft war sicher bereits die Treppe hinunter. Es lohnte nicht, ihr durch den Hausflur hinterherzubrüllen. Resigniert schnappte sie sich das Paket, nahm den Wohnungsschlüssel in die Hand und ging nach draußen. Allzu schwer war das Paket nicht, dennoch wollte sie den Fahrstuhl nehmen.

Sie drückte den Knopf und wartete, bis er auf ihrer Etage hielt. Zwei Minuten später stand sie darin, das Paket an ihren Füßen und fuhr ins Untergeschoss. Die Edelstahltüren des winzigen Otis-Fahrstuhls öffneten sich und sie blickte auf eine weiß gekalkte Wand. Kaltes Neonlicht erfüllte den Raum. Der Bewegungsmelder war angegangen, als sich die Türen des Fahrstuhls bewegt hatten. Sie schleppte das Paket zur ersten Stahltür und kramte in der Hosentasche nach ihrem Schlüssel. Ein großer Raum mit einzelnen Kellerverschlägen kam dahinter zum Vorschein. Sie öffnete die zweite Parzelle. In einem der Aluschränke dahinter verstaute sie die Mullbinden. Alle ihre Mitarbeiter besaßen einen Schlüssel zu diesem Kellerraum und natürlich einen zu diesem Haus. Sie gingen ein und aus und wenn jemand mit ihr sprechen musste, kam er ganz unbürokratisch zu ihr in die Wohnung.

Irma löschte das dämmrige Licht ihrer Parzelle und verließ diesen Bereich. Sie ging in die Kellerräume, die sie mit dem Nachbareingang teilte, und schmiss den leeren Karton in die blaue Tonne, nachdem sie ihn mühsam zerkleinert hatte. Als sie sich gerade umdrehen wollte, sah sie neben der Tonne vier weitere Kartons, die ihr bekannt vorkamen. Auf dem Adressetikett standen ihr Name, diese Adresse und der Name ihres mobilen Pflegedienstes, De Fründ in de Nood. Die hatte sie gestern Abend gar nicht gesehen. Möglicherweise hatte sie ein anderer Mieter empört in den

Vordergrund gezogen. Sie schnaufte. Diese Pakete hatten Marc und Madeleine beseitigen sollen. Stattdessen hatten sie sie offensichtlich nur hier abgestellt. Sie wohnten hier nicht. Sie hatten kein Interesse daran, sich mit den Nachbarn gutzustellen. Irma schäumte vor Wut. Madeleines tranige Art ging ihr gegen den Strich und auch Marc ließ wenig Motivation für seine Arbeit erkennen. Leider war sie von ihnen ein Stück weit abhängig. Gutes Personal war nicht zu finden. Sie musste nehmen, was sie kriegte, insbesondere in dieser Branche.

Mit einer gehörigen Portion Wut zerlegte sie die Kartons und stopfte sie in eine der Tonnen. Schweißperlen hatten sich auf ihrer Stirn gebildet, als sie endlich fertig war. Sie löschte das Licht in diesem Verlies und ging Richtung Fahrstuhl. Als sich dessen Türen öffneten, wäre sie fast mit ihrem Nachbarn von oben zusammengeprallt.

Sie mal einer an, wer sich da aus den Federn gequält hatte!

»Guten Morgen, Frau Peters.« Er lächelte sie an, doch sie sah, dass es ihm schwerfiel. Er hatte nicht wie üblich seine Aktentasche dabei. Augenscheinlich hatte er ein paar Tage frei. Recht so. So wie sich der Mann abrackerte. Er sah aus, als hätte er Urlaub dringend nötig. Sie wusste mit Sicherheit, dass es so war.

»Guten Morgen, Herr Beckmann.«

Sie drängten sich aneinander vorbei. Er verschwand Richtung Garage, sie fuhr nach oben zu ihren Katzen. Auf halbem Weg fiel ihr die E-Mail ein, die sie noch unvollendet auf ihrem Bildschirm hatte, die E-Mail an ihren neuen Kunden. Hoffentlich waren ihr nicht zu viele Anrufe durch die Lappen gegangen, während sie ihre Zeit hier im Keller verplemperte. Dumme Madeleine! Die meisten würde sie nicht zurückrufen können. Heutzutage riefen die Menschen immer häufiger mit unterdrückter Nummer an.

Auf dem Weg nach oben hielt sie kurz bei ihrem Briefkasten im Erdgeschoss. Sie nahm sich eine ›Morgenpost‹ von dem Stapel neben der Tür und ging nachdenklich die restlichen Stufen zum zweiten Stockwerk zu Fuß.

Der ›Balkon-Räuber‹ hatte schon wieder zugeschlagen. So nannte die Presse dieses Schwein und verpasste ihm damit die Aura eines Cary Grant, der nachts über die Dächer von Nizza oder Hamburg klettert, um wohlhabende Witwen um ihre Juwelen zu erleichtern. Dieser Typ hatte nichts mit Cary Grant gemeinsam. Er verschaffte sich mit einem Schraubendreher Zutritt, wo man nicht in einbruchsichere Fenster investiert hatte und überfiel schutzlose Frauen, die er dann zu sexuellen Handlungen nötigte. Die Bezeichnung manch anderer Medien fand sie passender: ›Balkon-Vergewaltiger‹.

Irma klappte das Blatt auf und las den Rest des Artikels. Es sah so aus, als hätte er sich am letzten Freitag und gestern wieder gezeigt. Das eine Mal in Winterhude, in einer sündhaft teuren Wohngegend, das andere Mal in Eppendorf. Beide Stadtteile lagen in unmittelbarer Nähe. Irma rätselte, warum man in Winterhude nicht in bessere Fenster investiert hatte, sicher ein edler Altbau. Beim ersten Opfer hatte es sich um eine Hochschulprofessorin gehandelt, alleinstehend, beim zweiten um eine Frau, deren Mann für einige Wochen auf Geschäftsreise war. Es sah so aus, als würde der Täter die Leute genau beobachten. Der schlug nicht auf gut Glück zu, da war Irma sicher.

Sie schloss ihre Tür auf und betrat ihre Zwei-Zimmer-Wohnung. Sie ließ sie, wie üblich, hinter sich offen und ging zu ihrem Schreibtisch. In diesem Artikel stand, dass sich das erste Opfer heftig gewehrt haben musste. Sie lag im Krankenhaus und wurde behandelt. Offensichtlich hatte er sie zunächst verprügelt und danach vergewaltigt. Irma schüttelte den Kopf. Am Ende hatte er sie um ihr Portemonnaie erleichtert und den Code für ihre Karten. Eine Nachbarin hatte sie erst am Morgen gefunden, weil die Tür sperrangelweit offen gestanden hatte.

Irma warf einen Blick zurück zu ihrer angelehnten Eingangstür. Sie fühlte sich bestätigt durch den Artikel. Sie faltete das Blatt zusammen und setzte sich wieder vor ihren Bildschirm. Durch die doppelt verglasten Fenster drang der Straßenlärm der Grindelallee an ihre Ohren. Hunderte oder Tausende von Menschen, die hier jeden Tag vorbeigingen, vorbeifuhren.

Sollte ihr etwas passieren, würden ihre Nachbarn das sofort merken. Die Tür zu schließen bedeutete, sich vollends von der Welt da draußen abzukapseln.

Irma stellte mit Freude fest, dass die Sonne so langsam ihr Wohnzimmer aufheizte. Ihre Stimmung verbesserte sich. Die kleine Eskapade mit Madeleine ignorierte sie. Sie hatte schon eine Idee, wie sie Herrn Müller zufriedenstellen würde. Der Mann wartete sicherlich längst auf sein Angebot. In Gedanken ging sie den Katalog durch, der auch auf ihrer Website abgedruckt war. Das Angebot hatte sie im Kopf, ebenso die Preise, da musste sie nicht nachsehen. Sie war jetzt lange genug im Geschäft, um zu wissen, was sie für diesen Service verlangen konnte und was nicht. Die Website hatte ihr Sohn gestaltet, da kannte sie sich nicht mit aus.

Sie fasste die Leistungen im Einzelnen zusammen, schrieb ein kurzes Anschreiben an den Mann und schickte es raus. Keine fünf Minuten später hatte sie die Antwort.

Offensichtlich war es manchmal gar nicht verkehrt, die Leute warten zu lassen. Mit Genugtuung öffnete sie seine E-Mail. Er nahm ihr Angebot an. Er hatte ihr die genaue Adresse und das Datum geschickt und freute sich auf eine erfolgreiche Zusammenarbeit. Irma lächelte. Die Sonne schien nun so kräftig auf ihre Tastatur, dass sie die Buchstaben kaum noch erkennen konnte. Sie griff nach ihrem Handy und wählte eine Nummer aus ihrem Telefonbuch.

»Hallo, Claudia, hier ist Irma.« – »Ja, das wünsche ich dir auch. Es ist einfach herrlich draußen.« – »Das machst du vollkommen richtig. Das beste Wetter, um einen Spaziergang zu machen. Tu was für deinen sonnenverwöhnten Teint.« – »Ja, richtig.« Irma lachte. »Pass auf, ich habe einen Job für dich. Die Daten schicke ich dir gleich rüber, wenn du annimmst. Er wohnt in Eimsbüttel und ist morgen Abend zu einem Dinner am Hafen geladen.« – »Nein, nicht nur das Dinner. Er hat gleich zwölf Stunden gebucht.« - »Ganz genau. Er ist neu in der Stadt, sagt er.« Sie hörte die Frau am anderen Ende der Leitung kichern. »Ist offensichtlich sein erstes Mal, klang sehr nervös am Telefon.«

Claudia hatte Zeit, sich um den neuen Kunden zu kümmern. Etwas anderes hatte sie von dieser Frau auch nicht erwartet.

»Ich schick dir den Link zu dem Event. Melde dich, wenn du wieder daheim bist.« Irma legte auf.

Sie schickte dem Kunden eben noch ein Foto und leitete seine Details an Claudia weiter. Dann wartete sie auf die Bestätigung des Geldeinganges auf ihrem PayPal-Account. Als das geschehen war, ging eine SMS an Claudia raus und sie hakte das Geschäft vorerst ab. Ein kurzer Blick auf ihr Telefon bestätigte Irmas Befürchtungen. Drei verpasste Anrufe in Abwesenheit. Niemand hatte seine Nummer hinterlassen. Sie schnaufte.

Blöde Madeleine! Sie würde ihr die Meinung sagen, sollte sie die Frau heute noch einmal treffen.

KAPITEL 6

Am frühen Abend drang das Geräusch einer Schlagbohrmaschine an Irmas Ohren, die sich ihren Weg durch Beton bahnte. Rocky und Lucy hatten sich ins Wohnzimmer verzogen und standen miauend neben ihrem Sessel.

»Was soll ich eurer Meinung nach tun? Ihr werdet abwarten müssen, bis der Krach vorbei ist.« Die Katzen wanden sich nervös um Irmas Beine und die Lehne des rostbraunen Sessels und warfen ihr vereinzelt entrüstete Blicke zu.

»Ihr Süßen, ihr habt hier so wenig Abwechslung, dass euch das bisschen Lärm schon aus dem Tritt bringt.« Irma stand auf und schlenderte zur Wohnungstür. Sie war erst geneigt, sie zu schließen, um den Lärm auszusperren. Stattdessen steckte sie den Kopf hinaus und lokalisierte die Quelle einen Stock über sich. Das Pärchen nahm offensichtlich Umbaumaßnahmen vor. Hoffentlich mit dem

Vermieter abgesprochen? Irma fragte sich, ob dies der richtige Zeitpunkt sein könnte, um den Vermieter nach der Erneuerung ihres Teppichbodens zu fragen. Ein Ersatz durch pflegeleichtes Laminat würde ihr zusagen.

Sie blieb noch eine Weile an ihrer Tür stehen und lauschte. Schlagartig verstummte der Lärm. Das hatte nicht lang gedauert. Ob die Frau bloß ein paar Bilder aufgehängt hatte? Nach einigen Minuten kam ein Handwerker die Treppe heruntergelaufen, grüßte sie und ging weiter. Zu offiziell für ein paar Bilder, dachte Irma. Sie ging zurück in ihre Wohnung. Die Katzen hatten sich zufrieden in ihren rostbraunen Lesesessel gelegt und schliefen. In Irmas Rücken waren Schritte zu hören. Sie drehte sich gerade noch rechtzeitig um, um ihre Nachbarin zu sehen, die in Hausschuhen die Treppe hinunterstieg.

»Ach, guten Abend, Frau Wolf. Haben Sie renoviert?«

Die Frau zuckte merklich zusammen, offensichtlich hatte sie nicht mit Irma gerechnet, die versteckt hinter ihrer angelehnten Tür gestanden hatte.

»Ja! Nein. Wir haben uns ehrlich gesagt einen Panzerriegel einbauen lassen.« Sie sah ein wenig zerknirscht aus. Irma fragte sich, ob ihr dieser Einbau peinlich war oder ob sie damit nicht einverstanden gewesen war. Sie öffnete ihre Eingangstür vollständig. An den Blicken der jungen Frau konnte sie sehen, dass die neugierig ihre Inneneinrichtung begutachtete.

»Möchten Sie einen Moment reinkommen?« Sie deutete auf ihr Wohnzimmer. Die Frau schien unschlüssig.

»Vielleicht mögen Sie ja einen Kaffee mit mir trinken oder sind Sie gerade unter Zeitdruck?«

»Nein, ich wollte nur schnell zum Briefkasten. Das hatte ich heute Mittag vergessen. Ich habe nichts vor. Gern.« Irma erhielt ein Lächeln.

»Dann kommen Sie. Ich hole schnell die Kanne aus der Küche.« Sie führte die Frau in ihr Wohnzimmer und ließ sie bei Lucy zurück, die sie aus dem Sessel verscheuchte. Rocky hatte ihn schon verlassen. Das Mädchen setzte sich vorsichtig und sah ihr hinterher. Irma griff sich zwei saubere Tassen und die Kanne Kaffee, die seit Stunden in der Küche stand. Die Thermoskanne hielt eine ganze Weile ihr Lieblingsgetränk warm. Dann setzte sie sich neben die steif wirkende Frau und schenkte ihr ein.

»Wozu brauchen Sie denn einen Panzerriegel, meine Liebe?« Sie folgte ihrem Blick, der auf Irmas offener Eingangstür ruhte und sah sie fröhlich an.

»Ich fühle mich einfach sicherer damit. In unsere Wohnungen kann man doch so leicht einbrechen. Wir haben uns jetzt einen Panzerriegel einbauen lassen, den man nicht so einfach aufbrechen kann.«

»Haben Sie denn Angst, dass man bei Ihnen einbricht?«

»Sie nicht?« Wieder wanderte ihr Blick nervös zu Irmas offener Tür. Irma ignorierte das geflissentlich.

»Ich fühle mich eigentlich ganz sicher. Was sollten die auch von mir wollen. Das Wertvollste, das ich besitze, sind mein Schmuck und meine Katzen. Aber sie spielen sicher auf die arme Frau Schäfer an, die direkt gegenüber von Ihnen wohnt, richtig.«

Die Frau nickte. »Ich kann nicht mehr schlafen, seit ich weiß, dass man bei ihr vor ein paar Wochen eingebrochen hat. Wir waren an dem Wochenende nicht daheim und haben nichts mitbekommen. Vor ein paar Tagen lief sie Christoph über den Weg und hat es ganz nebenbei erwähnt. Offensichtlich hatte irgendwer den Türöffner unten betätigt und die Diebe reingelassen. An einem Sonntagnachmittag! Das muss man sich mal vorstellen. Zum Glück war sie selbst nicht da!«

»Sie sind hier in der Großstadt, Schätzchen. Da passieren solche Sachen. Aber zum Glück nicht so häufig und das hier ist doch eine sehr gute Gegend. Außerdem wird ein Dieb Ihre Wohnung nicht betreten, wenn Sie zu Hause sind.«

»Nun, zumindest hält der Riegel die Einbrecher ab. Bei Ellie nebenan sind sie mit einem Satz drin gewesen. Brechstange, zack. Die Zarge ist eingedellt, sonst nichts. Mit dem Panzerriegel müssten sie schon das ganze Mauerwerk herausbrechen.«

»Ich vermute, da gibt eher Ihre Tür nach.«

Die Frau lächelte, als hätte sie etwas Entscheidendes richtig gemacht. »Wir haben auch eine neue Tür bestellt, mit eingelegtem Metallblatt. Ist von außen nicht zu sehen. Mit Dreifachverriegelung.«

»Da haben Sie aber tief in die Tasche gegriffen.« Irma trank einen Schluck ihres Kaffees. Sie war wenig beeindruckt, auch wenn sie gerade das Gegenteil geäußert hatte. Es war nicht schwer, mit dem nötigen Kleingeld in Sicherheit zu investieren. Sie bemerkte beleidigt, dass die Frau noch keinen Schluck getrunken hatte.

»Mögen Sie ein paar Kekse dazu?« Sie musste hier noch irgendwo eine offene Packung stehen haben. Geschäftig stand sie auf. Sie hatte sie auf ihrem Schreibtisch entdeckt, direkt neben Rocky, der es sich auf der Schreibunterlage bequem gemacht hatte. Die Sonne heizte das dunkle Leder auf und sie sah, wie er die Wärme sichtlich genoss.

»Ach, danke, nein. Machen Sie sich keine Umstände. Ich muss ja auch gleich wieder los.« Die Frau sprang etwas linkisch vom Sessel und stand bereits, als Irma sich mit der Kekspackung in der Hand umdrehte.

»Ach, Sie wollen schon wieder los? Na gut. Haben viel zu tun, nicht wahr? Kein Problem.« Sie stellte die Kekse wieder an ihren Platz und folgte ihrer Nachbarin, die zielstrebig zur Tür ging, nervös ihre Hände knetend.

»Passen Sie schön auf sich auf«, schickte sie ihr noch mit auf den Weg und lächelte. Rebecca Wolf winkte kurz und ging zügig nach oben. Die Post hatte sie wohl vergessen. Irma würde wetten, dass sie heute Abend ihren Freund runterschicken würde, damit er sie holte. Oder sie nahm den Fahrstuhl. Irma schnaufte. Diese jungen Dinger waren viel zu schnell zu verängstigen. Zugegeben, der Raub vor einiger Zeit in der Wohnung schräg über ihr war keine schöne Angelegenheit. Doch es war ja nichts passiert. Die Täter hatten offensichtlich bei einem anderen Nachbarn geklingelt, der nicht einmal nachgefragt hatte. Dann sind sie eingedrungen und haben die Wohnung nach Schmuck und Bargeld auf den Kopf gestellt. Sah wie die typische Tat von Junkies aus. Das hatte zumindest die Polizei gesagt. Von jemandem, der dringend Geld brauchte, sicher für Drogen. Keine Randale.

Irma fühlte sich von so etwas nicht eingeschüchtert. Die Kerle taten ihr eher leid. Was muss das für ein Scheißleben sein, wenn man gezwungen war, in anderer Leute Unterwäsche zu wühlen, um sich seinen Lebensunterhalt zu verdienen? Solchen Menschen sollte man unter die Arme greifen, wenn man die Chance dazu hatte. Die hatten es schwer genug im Leben.

Sie dachte an Marc und den Tag, an dem er sich bei ihr beworben hatte. Der schmächtige, kleine Kerl, bisschen grau im Gesicht für sein junges Alter. Ex-Junkie, das konnte sie ihm ansehen. War damals frisch aus der Haft entlassen worden, traumatisiert und immer noch süchtig. Sie hatte ihn eingestellt, zunächst nur für Laufburschentätigkeiten. Er half in beiden Geschäften. Normalerweise trennte sie ihre Unternehmen ganz streng, doch bei Marc hatte sie ein ganz gutes Gefühl. Sobald er vollständig clean war, auch die Finger vom Alkohol ließ, führte sie ihn in ihrer mobilen Pflege ein. Er arbeitete nie in der direkten Pflege am Kunden, unterstützte sie aber in allen Hilfsarbeiten, die notwendig waren, und wenn es nur darum ging etwas auszuliefern oder einen Krankentransport zu übernehmen. Allerdings nur im Notfall. Guter Junge, manchmal ein bisschen faul, doch er würde so langsam seinen Weg gehen, da war sie sicher.

Becca wusch sich die Hände, als Christoph zu ihr ins Badezimmer kam.

»Frau Peters hat mich gerade zu sich in die Wohnung gebeten!«

»Und deshalb schrubbst du dir so die Hände?« Christoph zog die Brauen nach oben.

»Ich weiß, ich habe immer gesagt, ich bin neugierig, wie es da aussieht. Es tut mir leid. Ich nehme es zurück. So schnell möchte ich da nicht wieder hin.«

»Wieso?«

»Es ist alles voller Katzenhaare. Wo du nur hinschaust. Ich wette, sie lässt die auch ins Bett!«

Christoph grinste höhnisch.

Bei dem Gedanken daran, dass die Frau ihr Kaffee und Kekse angeboten hatte, kriegte Becca ein schlechtes Gewissen. Sie verfluchte sich für ihre Empfindlichkeit und ihre Abneigung gegen Schmutz und Chaos. Sie wünschte inständig, dass sie diese Dinge nicht aus der Bahn werfen würden, doch leider war es so. Und dann dieser Gestank! Das war sicher das Katzenklo. Eigentlich hatte es sogar so gerochen, als hätte sie keins.

»Du bist bestimmt zu empfindlich«, sagte Christoph. Er winkte ab und ging ins Wohnzimmer.

Da war es, genau, was sie bereits selbst gedacht hatte.

Wieso kann ich nicht einmal fünfe gerade sein lassen? Wieso stört mich ständig etwas? Wo kommt dieser hohe Anspruch gegenüber anderen her?

Betrübt trocknete sie ihre Hände ab und folgte ihm. Das hatte die Peters nicht verdient, das wusste sie. Doch die Frau irritierte sie völlig. Sie war so ganz anders als sie, oder ihre Eltern. Sie schien vor nichts Angst zu haben. Becca wünschte, nicht in ihrer eigenen Haut zu stecken. Ihr Spruch über Frau Peters' Reinlichkeit hatte sie selbst blamiert, nicht die Peters. Sie wechselte das Thema.

»Ich habe ihr erzählt, dass wir nachgerüstet haben. Sie fand es irgendwie lustig, glaube ich.«

»Das wundert mich nicht. Die lässt den ganzen Tag die Tür offen stehen. Erst abends schließt sie sie zu. Sie scheint keine Angst vor Einbrechern zu haben.«

»Ich verstehe aber nicht, wieso. Es wird wirklich Zeit, dass wir hier rauskommen. Ich fühle mich einfach nicht mehr sicher.« Sie sah, wie Christoph mit den Augen rollte.

»Dazu muss ich erst das Studium abschließen und einen guten Job finden. Eins nach dem anderen, okay?«

»Ja, okay.«

»War etwas in der Post?«

»Mist! Die habe ich vergessen. Kannst du noch mal gehen?« Sie drehte die Augen nach oben und sah ihn hilflos an. Meistens zog das. Er rollte mit seinen und machte auf dem Absatz kehrt.

»Hast wohl Angst, dass sie dich noch mal einfängt, oder?« Er lachte.

Tatsächlich war ihr ihr überstürzter Aufbruch von vorhin peinlich. Sie war ziemlich unhöflich gewesen.

Christoph schnappte sich den Schlüssel und verließ die Wohnung. Er nahm die Treppen, das konnte sie hören. Becca schaute nach draußen in die pulsierende Nacht. Hinzu kam noch, dass es ihr schon zu spät war, um runterzugehen. Sie fühlte sich nicht wohl. Draußen war es dunkel und jedes Mal, wenn sie im Treppenhaus die schwere Feuerschutztür zufallen hörte, die zur Garage führte, zuckte sie zusammen. Natürlich waren das alles Leute, die gerade von der Arbeit kamen. Leute, die teilweise nicht einmal in ihrem Trakt des Hauses wohnten und nur die Garage nutzten. Doch es waren eben auch Fremde. Sie wollte niemandem von denen über den Weg laufen. Nicht momentan.

Ihre Professorin war möglicherweise in ihrem eigenen Schlafzimmer überfallen worden und ihrer Nachbarin gegenüber hatte man die Wohnung ausgeräumt. Na ja, zumindest den Schmuck hatten sie ihr gestohlen. Becca rieb sich die Arme. Sie fröstelte. Für sie war Hamburg ein gefährliches Pflaster. Oder es schien zumindest so.

Irma legte ihre goldenen Ringe in das Kästchen auf ihrer Schminkkommode. Dann nahm sie die schwere Kette ab, zum Schluss die goldenen Ohrclips. Mit ein paar Bürstenstrichen fuhr sie durch das inzwischen strähnige blondierte Haar. Sie ging zu dem Stuhl, auf den sie heute Morgen ihren Schlafanzug aus hellblauer Seide gelegt hatte, und tauschte ihn mit den Kleidungsstücken des Tages. Das Licht hatte sie längst gelöscht. Schließlich musste man sein Schicksal auch nicht unnötig herausfordern.

Einer weisen Eingebung folgend, griff sie zum Telefon und rief Marc an. Sie beide hatten eine Vereinbarung. Wenn es ihm schlecht ging, sollte er sich melden. Ansonsten führten sie mindestens einmal wöchentlich ein Gespräch, unabhängig von der Arbeit. Ein privates Gespräch am Telefon. Das heutige Gespräch war außer der Reihe. Sie hatte so ein Gefühl und behielt recht.

»Wie geht es dir, Marc? Ich dachte, ich melde mich mal bei dir.«

Marc redete am anderen Ende so leise, dass sie sich anstrengen musste, um ihn zu verstehen. Er faselte etwas von schweren Zeiten. Seine Stimme war rau und brüchig. Man hörte die Probleme, die er hatte, sofort heraus.

»Hast du dir deshalb die letzten Tage freigenommen?« Sie hatte ihn seit letzter Woche nicht gesehen. »Sag mir bitte, was passiert ist.«

Natürlich war nichts Konkretes passiert. Zumindest sah es für einen Unbeteiligten so aus. Marc war in eines seiner Löcher gefallen. Sie überlegte, ob das mit dem langen Winter zusammenhängen könnte.

»Hör zu, mein Lieber, reiß dich zusammen. Dir fehlt einfach ein bisschen Sonne. Da muss man ja depressiv werden, bei diesem tristen Wetter, das wir den ganzen letzten Monat hatten. Aber seit ein paar Tagen ist es schön und daran solltest du dir ein Beispiel nehmen.«

Er redete über mangelnde Zukunftsaussichten, nicht existente Freunde und das, was ihn am meisten bedrückte: keine Partnerin zu haben.

»Du musst dem Zeit geben. So etwas passiert nicht über Nacht. Erinnerst du dich noch, was sie dir bei der Drogenberatung zu diesem Thema gesagt haben?« – »Ja, genau.« – »Du musst erst einmal dein eigenes Leben auf die Reihe bekommen, bevor du dich um eine andere Person kümmern kannst. Und genau darauf konzentrierst du dich jetzt.«

Marc weinte am anderen Ende der Leitung. Irma hatte Mitleid mit dem gerade mal Vierundzwanzigjährigen. Er hatte bisher alles getan, um sein Leben von Grund auf zu vermurksen. Hatte in seinen schlimmsten Zeiten Drogen am Hauptbahnhof verkauft und geglaubt, der Polizei immer einen Schritt voraus zu sein. Er selbst hatte so ziemlich alles konsumiert. Mehr als ein Mal war er mit einer Überdosis ins Krankenhaus gebracht worden.

Irma zwang sich zu einer festen Stimme. Mitleid brachte diesem armen Geschöpf derzeit gar nichts.

»Du wirst jetzt Folgendes tun. Du schüttest das Zeug, das du da trinkst, weg ... erzähl mir nichts, ich höre deutlich, dass du deine Regeln gebrochen hast. Dann gehst du ins Bett und stehst erst morgen wieder auf, wenn der Wecker klingelt. Nach deinem Frühstück kommst du direkt hierher. Wage es ja nicht, auch nur einen Zentimeter von diesem Plan abzuweichen. Ich gebe dir dann etwas zu tun.« – »Ich weiß, dass du frei hast, aber das ist momentan keine gute Idee. Du brauchst etwas zu tun. Wenn du zu viel Freizeit hast, kommt nichts Gutes bei raus. Wenn du hier bist, rufen wir gemeinsam deinen Berater an. Er wird uns sagen, wie wir weitermachen.«

Marc weinte wieder. Sie konnte ihn vor sich sehen, wie die Tränen über sein hageres Gesicht rollten, die dürren Schultern gramgebeugt nach unten hingen, ohne jegliche Spannung im Oberkörper. Ein Handtuch von einem Mann.

»Du versprichst mir jetzt, dass du das alles genauso tun wirst. Erster Schritt: Schütte das Zeug weg! Das machst du gleich! Ich bleibe dran.«

Sie hörte, wie er aufstand, ohne etwas zu sagen. Nach einer Weile vernahm sie weit entfernt seine Toilettenspülung durch die Leitung. Danach meldete er sich zurück.

»Gut. Hast du schon etwas gegessen?« – »Sehr gut. Dann leg dich jetzt hin. Ich bleibe dran, bis du eingeschlafen bist. Morgen hören wir uns. Schlaf jetzt. Ich wünsche dir eine gute Nacht.«

Sie legte den Hörer nach einer Weile neben sich auf ihr Kopfkissen. Sie hoffte inständig, dass Marc ihren Anweisungen folgte. Ihr Ton war hart gewesen, doch Irma war überzeugt davon, dass es nur zu seinem Besten wäre. Was der Junge jetzt brauchte, waren Führung und Leitplanken in seinem Leben. Er hatte niemanden außer ihr, der ihm genau das zeigen würde.

Rocky und Lucy kringelten sich an ihrem Fußende zusammen und schnurrten selig. Sie stand ein letztes Mal an diesem Abend auf, um die Balkontür auf Kipp zu stellen. Die Nächte wurden immer milder. Diese Frühlingsluft war einfach herrlich.

KAPITEL 7

Je mehr Zeit verging, desto nervöser wurde Irma. Es war inzwischen schon neun Uhr durch und Marc hatte sich noch immer nicht gemeldet und beantwortete ihre Anrufe nicht. Zu oft wollte sie nicht bei ihm durchklingeln. Das weckte nur falsche Begehrlichkeiten. Er sollte nicht auf die Idee kommen, dass er sie damit so aus dem Gleichgewicht brachte. Sie musste die Zügel in der Hand behalten. Wenn er merkte, was für einen Einfluss sein Verhalten auf ihren Gemütszustand hatte, würde er nicht zögern, taktisch davon Gebrauch zu machen.

Vielleicht konnte sie den Mann von der Beratung selbst anrufen. Den Betreuer, den man ihm zugewiesen hatte. Nachfragen, was er ihr raten würde. Sollte sie zu Marcs Wohnung fahren und selbst nach dem Rechten sehen? Doch welchen Sinn machte das? Marc musste selbst die Veränderung wollen, musste die Hand selbst ergreifen, die man ihm entgegenstreckte. Das war ein harter Lernprozess. Nicht nur für ihn, da mussten sie jetzt beide durch.

Irma kratzte sich mit dem Fingernagel neben der Nase und stierte auf ihren Bildschirm. Wirklich konzentrieren konnte sie sich nicht auf die Arbeit. Sie entschied sich, bei Madeleine anzurufen.

Es klingelte.

»Hi! Ja, ich bin es.« – »Nein, darum geht es mir gar nicht. Sag mal, hast du heute schon etwas von Marc gehört?«

Sie lauschte, während Madeleine sich darüber ergoss, wie unzuverlässig dieser Mann war und dass sie das von Anfang an gesagt hätte.

»Ja, ich weiß, dass er heute eigentlich frei hätte. Ich dachte nur, dass ihr darüber hinaus Kontakt habt.«

Madeleine lachte herzhaft.

»Dann eben nicht.«

Irma legte verärgert auf. Madeleine war wie immer keine Hilfe gewesen. Stattdessen machte sie sich nur noch mehr Sorgen. Sie stand auf und ging in ihre kleine, praktisch eingerichtete Küche. Sie öffnete die Küchenschränke über der Spüle und kramte ein paar Dosen zur Seite. Die mit dem Kaffee war leer. So ein Mist! Resigniert schloss sie den Schrank und ging in den Flur.

»Ihr werdet einen Moment allein verbringen müssen!«, rief sie den Katzen im Wohnzimmer zu. Rocky schlief auf ihrem Lesesessel und Lucy hatte die Chance genutzt, sich auf ihrem noch warmen Schreibtischstuhl zusammenzurollen. Irma schlüpfte in ein Paar goldbestickte Sneaker und griff nach ihrer weißen Strickjacke. Bewusst zog sie die Eingangstür hinter sich zu. Bis auf den Klang, den die Tür im Schloss verursachte, war der Hausflur still. Sie durchquerte den kurzen Gang und stieg die ersten Stufen herab. Vor sich sah sie das Fenster, das in den Hof hinaus zeigte. Ein wunderbarer Tag wartete dort. Sie ging über das erste Podest um die Ecke, bereit die nächste Treppe hinabzusteigen.

Beinahe wäre sie dort über jemanden gestolpert.

»Marc! Was machst du …?«

Irma hielt inne. Der Junge rührte sich nicht. Er saß auf der obersten Stufe, mit dem Rücken zu ihr. Sie hatte kein gutes Gefühl in der Magengegend. Vorsichtig ging sie um ihn herum. Er saß zusammengesunken da. Direkt vor ihm ging sie wieder ein paar Schritte zurück. Bückte sich, sah ihm ins Gesicht. Marc hatte die Augen geschlossen. Eine Hand lag auf den kalten Steinstufen der Treppe. Die andere in seinem Schoss. In der Stille des Hausflurs hörte sie seine zaghaften Atemgeräusche. Er schlief! So ein Mist! Irma hatte eine düstere Vorahnung. Sie rüttelte an seiner Schulter, erst ganz sanft, dann energischer. Marc schlug die Augen auf, zumindest ansatzweise. Sein Blick war entrückt, schwerfällig. Das änderte sich auch nicht, so, als würde er nicht vollständig wach werden.

Sie beugte sich zu ihm nach unten, ergriff sein Gesicht und drehte es zu sich hinauf. Seine Pupillen waren außergewöhnlich klein, so als hätte sie ihm mit einer Taschenlampe ins Gesicht geblendet. Miosis. Sie schluckte. Das kannte sie schon von ihm. Inzwischen hatte sie genügend Fachliteratur zu dem Thema gewälzt. Sie tippte auf Heroin. Die Art, wie die Pupillen zusammengezogen waren, unabhängig von den Lichtverhältnissen, deutete darauf hin, dass

Marc in ernsthaften Schwierigkeiten steckte. Sie überlegte nicht länger und ließ den lethargischen Mann auf der Treppe sitzen. Irma rannte nach oben zu ihrer Wohnung, schloss die Tür auf und sprintete zum Telefon. Sie wählte den Notruf.

Die Uniklinik Eppendorf war nicht weit entfernt, die Sanitäter kurze Zeit später an Ort und Stelle, sammelten Marc ein und nahmen ihn mit.

Geschockt saß Irma in ihrem Sessel. Eingehende Anrufe mit unterdrückter Nummer beantwortete sie nicht. Sie wartete nur auf einen Anruf. Den einzigen, der heute zählte. Geistesabwesend strich sie durch Lucys Fell, als die auf ihren Schoß sprang und sich auf ihren Beinen zusammenkringelte. Sie streichelte die Ohren der Katze und atmete tief ein.

Langsam öffnete sich ihre Eingangstür. Irma hatte nicht aufgeschaut, nur auf das Fell der Katze gestarrt. Der Besucher kam näher, glitt lautlos über den Teppich. In diesem Augenblick hob Irma den Kopf. Es war Madeleine.

»Hast du ihn erreicht?«

Irma sah sie durchdringend an. Der rotzige Tonfall in der Stimme der Frau ärgerte sie.

»Ich bin nur gekommen, um mit dir über die Termine für die nächste Woche zu sprechen. Ich fahre dann gleich weiter zu Frau Schulz, um dort sauber zu machen.«

»Lass uns morgen sprechen. Ich erwarte noch einen Anruf.«

Madeleine bewegte sich nicht von der Stelle.

»Geht es wieder um Marc?«

Keine Reaktion.

»Ich habe dir gleich gesagt, der wird uns noch mal Probleme machen.«

Irma fixierte sie herausfordernd. Sie nervte die Nachlässigkeit, mit der Madeleine sich kleidete. Oder war es weniger Madeleines Äußeres, das diese Antipathien in ihr weckte?

»Ich hätte ihn an deiner Stelle nicht eingestellt, diesen Ex-Junkie! Aber auf mich hört ja hier keiner.« Sie zog die Augenbrauen hoch und drehte sich selbstgefällig um, schlenderte zu Irmas Schreibtisch und glitt mit den Augen über Irmas Papiere.

»Bist du fertig?«

Madeleine drehte sich um. Sie zog die Lippen spitz zusammen. »Es gibt keinen Grund, auf mich sauer zu sein. Offensichtlich hat Marc wieder Mist gebaut und wir anderen dürfen darunter leiden. Ich verstehe nicht, warum du ihn nicht endlich rausschmeißt.«

»Ich denke, dass musst du auch nicht.«

»Ahh! So ist das. Ich bin nur das kleine Dummchen, das keine Ahnung von Geschäftsführung hat. Aber ich mache die Drecksarbeit in diesem Laden!« Madeleine verzog ihr breites, maskulines Gesicht zur Fratze.

Irma zog hörbar pfeifend die Luft zwischen den Zähnen durch. An Madeleines Mimik konnte sie sehen, dass ihr sofort bewusst wurde, wie viel sie zu weit gegangen war.

Madeleine trat den Rückzug an. »Ich finde nur, du solltest dich von ihm nicht so fertigmachen lassen. Das hast du nicht verdient. All die Jahre hast du ihm beigestanden. Hast dich immer um ihn gekümmert, wir alle.« Ihre Stimme war zuckersüß. Sie breitete die Arme aus. »Solchen Leuten kannst du nicht helfen. Die machen dich kaputt. Die ziehen dich runter.«

»Madeleine?«

»Ja?«

»Ich habe dich vorhin etwas gefragt. Darauf habe ich noch keine Antwort erhalten.«

»Was meinst du?« Madeleine wirkte perplex.

»Ich will wissen, ob du fertig bist.«

Madeleine schluckte. Ihr Gesicht wurde hart wie Stein. »Ja Chefin, das bin ich.« Sie pumpte. Das konnte Irma sehen.

»Ausgezeichnet. Dann pack bitte deine Sachen. Du bist von heute an freigestellt. Die Kündigung erhältst du per Einschreiben. Es steht dir frei, dagegen zu klagen, doch mit deiner Vita würde ich dir das nicht empfehlen. Du möchtest doch sicher ein entsprechend wohlwollendes Arbeitszeugnis und einen guten Leumund, wenn du dich in der Branche weiter bewerben willst?« Irma verschränkte die Hände und drehte entspannt ihre dicken Goldringe herum.

Madeleines Augen waren aus purem Eis. Sie funkelte sie an und kam ein paar Schritte näher. »Das kann nicht dein Ernst sein. Wie willst du ohne mich klarkommen?«

»Lass das meine Sorge sein. Es wird keine Mammutaufgabe werden, jemanden zu finden, der unpünktlich, unorganisiert, unehrlich und ein kaltes Miststück ist.«

Madeleine öffnete den Mund. Irma schloss ihn ihr gleich wieder.

»Glaubst du, mir ist nicht aufgefallen, dass unsere Lieferungen deutlich kürzer halten als geplant? Ich habe einen wirklich langen Geduldsfaden, aber irgendwann reißt auch der, meine Liebe.«

Unbeeindruckt von der wutschnaubenden Madeleine vor ihr, kraulte Irma automatisch Lucys Ohr. Die Luft bewegte sich nicht zwischen den beiden Frauen. Die Zeit schien einen Augenblick still zu stehen.

Irma zwinkerte Madeleine zu und ein besonnenes Lächeln wuchs auf ihrem Gesicht. Die Frau kochte und drehte sich auf dem Absatz um, stürmte zur Tür. Sie griff danach und ließ sie erbost hinter sich zuknallen.

Becca hetzte auf dem Flur nach unten. Sie war viel zu spät für ihre Marketing-Vorlesung. Diesmal war es wirklich eng. Sie musste bis zum Gebäude an der Edmund-Siemers-Allee rennen. Eine echte Herausforderung, wenn man berücksichtigte, dass sie noch fünfzehn Minuten Zeit hatte. Normalerweise war es nicht schlimm, zu einer Vorlesung in ESA A, wie einer der größten Vorlesungssäle in diesem Gebäude genannt wurde, zu spät zu kommen. Bei über sechshundert Plätzen fiel sie als Nachzüglerin nicht auf. Das Problem war, dass dieser Kurs so beliebt war und die Letzten auf den Gängen stehen mussten, weil sie keinen Platz mehr fanden. Marketing war einfach ein beliebtes Fach bei Studenten der Betriebswirtschaft. Becca hatte jedoch den attraktiven Dozenten im Verdacht, der sich bei den weiblichen Studenten höchster Beliebtheit erfreute. Ihre Freundin Steffi war regelrecht verknallt in diesen Typen und Becca befürchtete, dass sie für sie beide Plätze in den vordersten Reihen organisiert hatte. Sie musste pünktlich sein! Andernfalls würde sie entweder für boshafte Blicke sorgen, wenn sie sich während der Vorlesung durchzwängte, oder sie müsste auf die Doppelstunde mit Steffi verzichten. Beides keine guten Aussichten. All das ging ihr durch den Kopf, als sie die Treppe nach unten stürmte.

Im zweiten Stock ging plötzlich die Tür bei Frau Peters auf und eine ihrer Mitarbeiterinnen hastete heraus. Eine große, grobschlächtige Frau, die wirklich wütend aussah und sie irgendwie einschüchterte. Becca hatte sie schon das ein oder andere Mal hier gesehen. Sie arbeitete für Frau Peters' Pflegedienst. Die beiden prallten beinahe zusammen. Becca hörte die Frau murmeln. »Alte Schabracke!«

Sie wich ihr gekonnt aus und erntete zum Dank einen gereizten Blick. Ihr Gruß blieb unerwidert, sie nahm die Beine in die Hand und beeilte sich wegzukommen.

Neben Irma klingelte ihr Telefon. Hastig griff sie danach und hätte beinahe die Katze von ihrem Schoß geschleudert. Lucy fauchte. Das tat sie sonst nie. Dann zeigte sie ihr die kalte Schulter und stieg majestätisch ab.

»Hier Peters.« – »Ja, richtig. Ich bin sein Notfallkontakt.« Irma lauschte eine Weile.

»Das kann ich nicht verstehen. Haben Sie denn keine Handhabe bei so etwas?«

Sie war sprachlos. Die Ärztin am anderen Ende der Leitung erklärte ihr, was sich gerade abgespielt hatte. Augenscheinlich war Marc während der Behandlung zu sich gekommen, so weit, dass er wieder reaktionsfähig war. Zuvor war er praktisch bewusstlos gewesen. Beim Einliefern ins Eppendorfer Uni-Krankenhaus war er wieder eingeschlafen, beziehungsweise weggedämmert. Die Ärztin berichtete von diagnostizierter Miosis, der starken Verengung der Pupillen, die auch Irma schon aufgefallen war und einer ausgeprägten Atemdepression. Eine flache Atmung war Irma aufgefallen, doch sie hatte es nicht als medizinisches Risiko eingestuft. Man hatte Marc per Maske beatmen müssen und Naloxon verabreicht, ein Opioid-Antagonist, wie sie sich ausdrückte, eine Substanz, die die Wirkung von Opioiden wie Heroin sofort aufhebt.

Marc war zu sich gekommen und hatte sich als höchst unkooperativ erwiesen. Er verließ fluchtartig das Behandlungszimmer. Irma war geschockt. Das, was die Ärztin ihr als Nächstes sagte, befeuerte ihre unterschwelligen Ängste.

»Das Naloxon wirkt nur etwa dreißig bis neunzig Minuten. Das ist nicht so lange, wie die Drogen wirken, die er höchstwahrscheinlich genommen hat.« Sie sprach von der Gefahr eines Rebound-Effekts. Bat Irma, tätig zu werden, wenn sie wüsste, wo er sich aufhalten könnte. Rebound? Irma war verwirrt. Augenscheinlich bestand die Gefahr, dass sich Marc bei Nachlassen der Wirkung dieses Medikamentes deutlich schlechter fühlen würde als vorher. Irma bedankte sich und legte auf. Dann schnappte sie sich ihre Autoschlüssel.

Sie wusste natürlich, wo Marc wohnte, nicht weit von ihr entfernt. Hamburger Stadtteil St. Georg, unweit der Asklepios-Klinik. Also nicht dem Klinikum, in dem er soeben behandelt worden ist. Er hatte einen gewissen Weg vor sich. Quer durch die Stadt, an Irmas Wohnung vorbei, vorbei an der Alster, um schließlich nach Hause zu kommen. Er würde möglicherweise die U-Bahn nehmen, doch dazu musste er etwa einen Kilometer zur nächstmöglichen Station laufen. Irma bezweifelte, dass er dazu in der Lage war. Sicherlich stieg er einfach in den Bus. Der nächste, der zum Hauptbahnhof fuhr, lag vom Krankenhaus Eppendorf etwa einen halben Kilometer entfernt. Vom Hauptbahnhof war es nur ein kurzer Fußmarsch bis zu seiner Wohnung in einem Viertel, in das Irma nachts nicht würde geraten wollen. Der gesamte Weg würde ihn etwa vierzig Minuten kosten, je nachdem, wie gut er gerade drauf war. Wenn Irma sich beeilte, konnte sie etwa zur selben Zeit bei ihm eintreffen. Sie legte einen Zahn zu.

Als sie fünfunddreißig Minuten später in der Straße einbog, hatte sie Glück. Ein Parkplatz nur zwanzig Meter von Marcs Wohnung entfernt. Sie stieg aus und ging die paar Meter an modernisierungsbedürftigen Häusern entlang. Der erste Eindruck vermittelte, dass die Wohnungen teils nicht vermietet waren. Selten sah sie Gardinen, einige Mieter hatten sogar Bettwäsche vor die Scheiben gehängt, um interessierten Passanten den Blick auf das Innere ihres Heimes zu verwehren.

Die verglaste Eingangstür zu Marcs Wohnung war nur angelehnt. Irgendjemand hatte eine Kiste Bier davorgestellt, um sie offen zu halten. Möglicherweise packte da gerade jemand seine Einkäufe aus dem Auto aus. Irma trat ein und starrte in das Treppenhaus. Dann ging sie bis zum zweiten Stock und klingelte. Eine Frau mit grünen langen Haaren und raspelkurzem Pony öffnete ihr.

»Kann ich Ihnen helfen?«

»Ich suche Marc.«

»Der is nich hier.« Sie musste den bestürzten Blick von Irma gesehen haben. »Hat er Ärger?«

Irma entschied, dass diese Frau ohnehin über Marc Bescheid wissen würde. »Er hat sich zu viel gespritzt und ist aus der Ambulanz geflohen. Ich versuche, ihn zu finden.«

»Haben wir uns doch gedacht, dass er wieder auf Droge is.«

Nun, offensichtlich wusste sie es noch nicht. »Wir haben ihm gesagt, dass Drogen für uns inakzeptabel sind. Kiffen ist kein Thema, haben wir alle mal. Aber harte Drogen sind tabu.«

»Vielleicht räumen Sie ihm die Chance ein, sein Leben wieder in den Griff zu bekommen. Er schafft das. Da bin ich sicher.«

»Nee, nee. Wer spritzt, fliegt hier raus. Da kennen die anderen kein Pardon.« Sie schüttelte den Kopf und wandte sich langsam um. Die Audienz war beendet. Irma drehte sich um und verließ das Haus.

Am Eingang lief ihr Marc in die Arme. Seine Pupillen, sein Gang, die hängenden Lider – Irma sah, wie schlecht es ihm ging. Sie fackelte nicht lang und rief den Krankenwagen.

Die Besatzung des Krankenwagens hatte vor seinem Eintreffen die Polizei verständigt. Irma hatte einen kurzen Abriss am Telefon gegeben, was sie zu erwarten hatten. Notarzt und sozialpsychiatrischer Dienst folgten auf dem Fuß.

Irma war kaum in der Lage, Marc in die Augen zu schauen, der sich mit Händen und Füßen gegen eine Mitnahme wehrte. Er hatte keine Chance. Die Männer waren routiniert und natürlich geübt im Umgang mit derartigem Widerstand. Irma blutete das Herz, doch sie zwang sich, ihr

Innenleben nicht nach außen zu kehren. Man informierte sie, dass Marc zwangsuntergebracht werden würde. Sie wusste, dass es nur zu seinem Besten war.

Kurz bevor die Tür des Krankenwagens geschlossen wurde, griff sie nach der Hand des zitternden, stark schwitzenden Mannes, den sie festgeschnallt hatten. Sie drückte sie. Dann hörte sie Marcs gepresste Stimme.

»Lass mich in Ruhe, du alte Hexe!«

Irma ließ ihn los. Die Tür ging zu und der Wagen fuhr davon. Mit ihm ein junger Mann, der sein ganzes Leben noch vor sich hatte.

Irma wischte das Wasser aus ihren Augen und ging zu ihrem Wagen. Sie würde unterwegs noch Kaffee kaufen müssen. Vielleicht brachte sie auch eine Kleinigkeit für ihre Katzen mit – einen Snack, der sie erfreute.

KAPITEL 8

Samstagnacht. Die Nacht war kälter, als Ellie es erwartet hatte. Sie fror im dünnen Stoff ihrer Jeans. Ein Cocktail aus Gesängen, überlauten Stimmen, Straßenlärm und Musik, die aus geöffneten Türen drang, waberte durch die Luft um sie herum. Blinkende Leuchtreklamen, billige Beleuchtung in Feuerwerksfarben und feiernde Menschengruppen, die zielstrebig über die Bürgersteige eilten. Endlich Wochenende! Reeperbahn war heute angesagt, Hamburgs Partymeile.

Ellie Schäfer stolperte über den Hans-Albers-Platz, nahe Reeperbahn. An ihrem Arm hing eine Frau in knallengen zerrissenen Jeans, die lauthals Katy Perry sang: Caro, Ellies beste Freundin, dreiundzwanzig Jahre alt. Sie stützten sich gegenseitig, während sie in ihren High Heels über das Kopfsteinpflaster stöckelten. Die glatten hellblonden Haare fielen ihr immer wieder in die Augen, doch mit dem leichten Alkoholschleier um sie herum störte es sie kaum. Die

Jungs hatten beschlossen, noch einen Abstecher über die Herbertstraße zu machen; Frauen hatten zu diesem Sperrbezirk keinen Zutritt.

Heute Nachmittag hatte es kurz geregnet. Ein angenehmer Schauer, der die ganzen Blütenpollen des Frühlings aus der Luft gespült hatte. Endlich konnte Ellie freier atmen und wischte sich nicht ständig über die Augen. Das hätte ihr das ganze Make-up zerstört. Sie rutschte über die feuchten, blanken Steine und schlitterte ein Stück nach vorn. Sie kam ins Trudeln und hätte beinahe sich und ihre Freundin nach unten aufs Pflaster gerissen. An einer Bierbank vor dem ›Molly Malone‹, einem Irish Pub, stieß sie sich den Oberschenkel, bevor sie zum Stehen kam.

»Fuck!«

»Kannst du haben, Süße! Gleich hier?«

Sie verzog das Gesicht zur Grimasse und zeigte dem volltrunkenen Typen, der rittlings auf der Bank saß, zwei Reihen blitzblanker Zähne. Er drehte sich um und klopfte seinem Banknachbarn herzhaft auf die Schulter, der ebenso in den Seilen hing wie er.

Ellie zog an Caro. Sie ließen die kalte Frühlingsnacht hinter sich und betraten die Bar. Heiße, feuchte Luft schlug ihnen entgegen. Sie roch nach abgestandenem Rauch, Hochprozentigem und hinterließ den Geschmack von Zucker und Salz auf der Zunge. Weit kamen sie nicht. Heute gab es Live-Music. Die Leute drängten sich bis zum Eingang. An ein Durchkommen bis zur Bar war überhaupt nicht zu denken. Sie dürften froh sein, wenn sie den Bereich der Tür irgendwie hinter sich lassen konnten.

Ellie zog Caro am Ärmel. Doch ihre dunkelhaarige Freundin hatte ihren glasigen Blick in die Weite gerichtet. Ihre stark geschminkten haselnussbraunen Augen sahen bereits müde aus. Der Typ war wieder da. Sie konnte ihr Glück kaum fassen. Er saß ganz allein am Ende des Raumes mit seiner Gitarre und sang. Der war definitiv Ire! Und sie war verknallt. Was für ein Kerl! Sie schmolz unter seinen heiseren, whiskeygetränkten Klängen dahin.

Hinter ihnen öffnete sich erneut die Tür. Ellie konnte sehen, dass die beiden Kerle, die sie vorhin vor dem ›Dollhouse‹ aufgegabelt hatten, hereinkamen. Sie wirkten kräftig amüsiert und hatten diesen seligen Blick, den alle Typen zeigten, wenn die Herbertstraße sie wieder ausspuckte. Sie hatten sie und Caro noch nicht entdeckt und amüsierten sich immer noch kräftig in ihrer eigenen kleinen Blase. Die Aura aus wogenden Menschen in diesem Raum, hatte noch nicht von ihnen Besitz ergriffen.

Ellie zog Caro weiter in den Raum hinein. Sie rempelten einige Leute an, die jedoch zu gut gelaunt waren, um darauf zu reagieren. Ellie wollte sich heute Abend nicht mit Mittelmaß zufriedengeben.

Er war da.

Auch wenn er unerreichbar war, wollte sie ihre Möglichkeiten nicht von Anfang an auf null reduzieren, bloß weil sie mit Anhang hier hereingeschneit war.

Caro hatte noch nicht gepeilt, dass ihre Beute gerade das Lokal betreten hatte. Ellie hatte nicht vor, sie darüber aufzuklären. Sie schielte unsicher zu den Jungs, René und ... - der Name würde ihr schon noch einfallen. Irgendwas Dänisches. Dann sah sie wieder zu dem Mann im Scheinwerferlicht und sein Irish Folk ging ihr so unter die Haut, dass sie erschauerte. Sie wettete, dass dieser Typ mindestens genauso sensibel, einfühlsam und sanft war wie seine Songs. Sein aschblondes Haar besaß einen leichten Rotstich, die Haut war hell. Die Sommersprossen unter seinen Augen weckten bei ihr den Wunsch, mit ihren Lippen sanft seine Wangen entlang zu seinem Hals zu gleiten.

Der Song war beendet und er stellte die Gitarre beiseite, griff nach seiner Fiddle. Ellie war oft genug hier gewesen um zu wissen, dass es sich dabei klassischerweise um eine Violine handelte. Sie beobachtete sein virtuoses Spiel und der Sound zog sie weit weg in eine Welt aus Kobolden, kristallklaren Bächen, saftigen Hügeln und Männern mit eisblauen Augen. Sie bestellte bei der vorbeifliegenden Kellnerin zwei Guinness.

Der ganze Raum schien nur noch aus seinem Spiel zu bestehen. Die Frauen flossen dahin, die Männer schwankten im Takt. Er hatte sie alle gefangen, ließ sie die schmutzige Straße vor der Haustür vergessen, die leichten teils minderjährigen Mädchen, die Drogendealer, die Bierpfützen und die Schlägereien vor den Kneipentüren. Hier drinnen fand sich eine Folklore-Masse, die denselben Musikgeschmack teilte und von einem fernen Land träumte. Sie fragte sich, ob er Deutsch spräche, ob er hier wohnte, ob er liiert sei. Ganz bestimmt war er es. Sie schluckte. Nur einmal mit so einem Mann zusammen sein. Sie wäre die glücklichste Frau der Welt!

Er beendete sein Stück und legte die Fiddle zurück in ihren Kasten. Irish-Pub-Musik vom Band erschall. Er ging zur Bar unter tosendem Beifall.

Jetzt oder nie!

Ellie ließ Caro stehen und drängte nach vorn, drückte sich zwischen Kerlen hindurch, denen sie nur bis zur Schulter ging. Schaffte es gerade so, zum Tresen zu gelangen. Hinter ihr drängten drei weitere Frauen in ihren Rücken. Sie stemmte sich dagegen. Sie war nur drei Plätze von ihm entfernt. Schüchtern schaute sie ihn an, sehnsüchtig. Er hatte sie noch nicht registriert. Sie strich sich ihre hellblonden Haare aus dem Gesicht und nahm eine elegante Pose ein, das schlanke Bein übergeschlagen. Ihr Körper war schlank, fast zierlich, eher sportlich als üppig sexy. Doch sie wusste mit ihrem Make-up umzugehen und welche Klamotten ihr standen und ihre Reize betonten. Sie präsentierte ihre zierlichen Füße in den sauteuren Schuhen. Dann gab sie ihr leeres Glas zurück und ließ sich ein neues Guinness geben. Eine andere Frau drängte sich zwischen sie und das Objekt ihrer Begierde. Die war weniger subtil. Sie hatte ihn angequatscht und nun lachten sie über irgendwas gemeinsam. Ellies Herz sank. Sie warf einen Blick zurück zu Caro und stellte fest, dass die beiden Typen, die Touristen, die sie aufgegabelt hatten, endlich den Weg zu ihr gefunden hatten. Sie sah ihre Chancen schwinden, heute mit ihrem Traumtypen nach Hause zu gehen. Ein Gefühl leichter Verzweiflung wuchs. Sie holte Stift und Zettel aus ihrer Handtasche und kritzelte ihre Telefonnummer und ihren Namen darauf. Dann ging sie zu dem Mann, drängte gaffende Frauen beiseite, schob sich an der Nebenbuhlerin vorbei. Ihr Herz schlug mit Hammerschlägen gegen ihre Brust. Sie schluckte. Dann beugte sie sich nach vorn, flüsterte ihm in ihrem besten Englisch ins Ohr: »You touched my soul with your music.« Den Zettel legte sie in seine Hand, warf ihm einen verführerischen Blick zu und ging, ohne sich noch einmal umzudrehen. Gern hätte sie gesehen, ob ihr Auftritt für Lacher oder Erstaunen gesorgt hatte. Doch das hätte ihr Tun weniger cool wirken lassen. Ihr Handy fest in der Hand ging sie zu Caro und bat sie, gehen zu können. Die blickte etwas verdutzt drein. Ellie war zu sehr im Schwung, um lang zu diskutieren. Sie verließ die Bar und trat erleichtert in die kalte Nacht hinaus.

Die Straße war ein bisschen leerer geworden und der betrunkene Kerl auf der Bank inzwischen verschwunden. Das warme Licht der Straßenlaternen zauberte eine heimelige Atmosphäre auf dem Hans-Albers-Platz ungerührt der Geschäfte, die drumherum abgewickelt wurden.

Ellie war stolz auf sich und selbst ein wenig erstaunt über ihren Mut. Dann erkannte sie, dass sie hier draußen allein stand. Drinnen tobte das Leben. Wenn sie sich nicht täuschte, hörte sie sein Gitarrenspiel und seine heisere Stimme, die in ihr Wünsche weckte, die nie erfüllt werden würden. Leere erfüllte sie mit einem Mal und eine tiefe Trauer. Was hatte sie sich nur gedacht? Das war keine Cinderella-Story, das war ihr Leben. Ein ganz normales Leben, nicht schlecht, aber auch weit davon entfernt, außergewöhnlich zu sein.

Die Tür des Pubs öffnete sich und ein paar Menschen drangen nach draußen, zogen augenblicklich ihre Jacken enger um sich, als die Abendluft sie erreichte. Ellies Enttäuschung erreichte ungeahnte Ausmaße. Sie tat körperlich weh, als hätte sie einen schweren Verlust erlitten. Sie ärgerte sich über Caro, die ihr nicht gefolgt war und jetzt dort drinnen saß und ihm lauschen konnte. Ein neuer Menschenschwall verließ den Pub, zwei weitere gingen rein. Sie wandte sich ab, Richtung Bahn.

»Willst du schon heim?« Die Stimme kam von der Tür in ihrem Rücken. Sie drehte sich um. Jetzt spürte sie einen kräftigen Stich. Einen Moment hatte sie geglaubt, es wäre ihr Traummann, doch es war nur René, der Typ, den sie vor drei Stunden kennengelernt hatten. Sie waren vor dem ›Dollhouse‹ ins Gespräch gekommen, als Caro ihr ganzes Geld nach unten gefallen war und die beiden ihnen zur Hilfe geeilt waren. Von da an waren sie zusammen feiernd durch die Straßen gezogen. Ohne Plan. Ellie hatte nie wirklich daran gedacht, einen von beiden anzumachen, geschweige denn, an ihre Wäsche zu lassen.

»Ja, sieht so aus.« Sie ging weiter.

Schnell war er bei ihr. »Ich glaube nicht, dass ich das zulassen kann.« Sein Blick war verschwörerisch. Er grinste, als hätte er damit eine unabänderliche Wahrheit ausgesprochen.

»Tut mir leid, ich geh ins Bett«, war ihre Antwort. Er legte in diesem Moment seinen Arm um sie. Das fühlte sich alles andere als romantisch an. Doch sie war eine erwachsene Frau. Sie hatte Erfahrung. Immer schön höflich bleiben, sagte ihr der Instinkt. Mach ihn nicht wütend.

Langsam entzog sie sich seinem Griff. Sodass er annehmen musste, es wäre rein zufällig geschehen.

»Sei mir nicht böse. Ich muss los. Dein Freund vermisst dich bestimmt.« Kurz überlegte sie, ob es eine gute Idee war, ihn zu ihm zurückzuschicken und Caro mit den beiden allein zu lassen. Sie könnte sie anrufen und vorwarnen, doch dazu musste sie erst diese Klette loswerden. Er griff erneut nach ihr. Diesmal fordernder. Jetzt nahm sie seinen Arm und löste sich.

»Hör zu, das ist nichts für mich. Nichts für ungut.«

»Ach, komm schon. Sei kein Spielverderber. Nur ein Kuss.«

Schon hatte er seine Lippen über sie gestülpt, stolperte ungeschickt auf sie zu. Sie strauchelte, versuchte, sich abzufangen, doch der Kerl war deutlich schwerer. Mit viel Schwung landete sie auf dem Rücken. Ihr Kopf knallte auf das harte Pflaster. Sie stöhnte. Für einen Moment leuchteten Sterne vor ihren Augen auf. Der Platz um sie herum lag verlassen da. Zwei Uhr nachts. Das nasse Kopfsteinpflaster roch nach Benzin und kalter Asche. Vergeblich versuchte sie, wieder hochzukommen, doch der Idiot lag wie ein Walross auf ihr, lachte und rülpste ihr eine Nacht voller Bier ins Gesicht. Sie schnauzte ihn an, dass er von ihr runtergehen solle. Das heizte ihn nur noch weiter an. Er küsste sie und hinterließ einen schleimigen Spuckefilm in ihrem Gesicht, während er ihr ungeniert in den Schritt griff. Jetzt schrie sie und kämpfte wie im Todeskampf unter diesem Scheißkerl.

Aber nur für einen Moment, dann nahm das Gewicht über ihr deutlich ab. Arme griffen von hinten nach ihm und zogen ihn von ihr weg. Die Tränen in ihren Augen verschleierten Ellie den Blick auf die Szenerie. Sie wischte sich hektisch übers Gesicht, während sie sich verschreckt hochrappelte. Ihr Peiniger wurde mit einem ordentlichen Schwinger niedergestreckt und landete an der Stelle auf dem Boden, wo sie gelegen hatte. Noch bevor sie verstand, was geschehen war, ging sie zu ihm und trat ihm herzhaft in die Weichteile.

Dann drehte sie sich um. Ihr Herz raste, Adrenalin schoss durch ihre Adern, jede Zelle ihres Körpers kribbelte. Wenn sie weiter so schnell atmete, würde sie umfallen, das wusste sie. Sie hielt einen Moment inne, dann sah sie ihn, sah ihn jetzt erst richtig. Der Typ aus dem Pub. Ihr Typ. Er stand vor ihr und schwitzte sichtlich. Darunter sah sie eine Gänsehaut. Er hatte keine Jacke an. Was machte er hier draußen?

»Du frierst. Willst du meine Jacke?«

Er lachte herzhaft. Sie wusste nicht, wieso. Dann legte er seinen Arm um ihre Schulter, leicht, höflich. Ganz anders als der Arsch vorhin. »Du bist lustig. Ich werde dir doch nicht deine Jacke wegnehmen. Lass uns meine holen. Ich bin für heute fertig«, antwortete er in tadellosem Deutsch, gekleidet in einen sexy Akzent. Er zog sie mit sich in den Pub. Führte sie durch die Menge, vorbei an neidisch gaffenden Frauen zu dem Bereich an der Bar, an dem seine Sachen standen. Als er seine Instrumente bei sich hatte, sagte er: »Weißt du einen Ort, wo man um diese Zeit noch etwas zu essen bekommt? Kein Imbiss. Ein richtiges Lokal. Ich habe immer einen Mordshunger nach solchen Sessions.«

Ellie nickte. Sie warf einen Blick in die Menge, suchte nach Caro, doch die war nicht mehr zu sehen. Der Typ, mit dem dänischen Vornamen stand immer noch im Raum. Ellie hoffte, dass Caro gegangen war. Zur Sicherheit schickte sie ihr eine Nachricht. Warnte vor den Typen, mit denen sie gekommen waren, und sagte ihr, was sie als Nächstes unternehmen würde. Es war immer gut, wenn eine Freundin wusste, was du vorhattest. Kurze Zeit später antwortete Caro. Sie saß im Taxi. Ellie war erleichtert. Eine Sorge weniger an diesem Abend. Sie strahlte den Mann an, der freudig zurücklächelte, nachdem er sich im Pub verabschiedet hatte.

»Gehen wir?«

Sie nickte. »Ich kenne da ein türkisches Restaurant. Nicht weit von hier. Richtung Heiligengeistfeld. Dort gehen wir manchmal hin, wenn wir auf dem Dom waren. Die haben die ganze Nacht geöffnet.«

»Auf dem Dom?«

»Ja, du weißt schon. Der Hamburger Dom. Dieses riesige Volksfest. Hast du sicher schon einmal gesehen. Du warst ja schon öfter hier.« Sie lächelte.

»Du warst nicht das erste Mal in der Bar, richtig?«

Sie schüttelte den Kopf. Sie schlenderten die Reeperbahn hoch, Richtung Glacischaussee. Einen Augenblick trat Schweigen zwischen sie. Ellie wusste nicht, was sie sagen sollte. Sie war im Zentrum der Glückseligkeit. Genoss es, neben ihm zu gehen, sein herbes Aftershave zu riechen. Wie gern hätte sie diese braune Lederjacke berührt, die er lässig über einem nachtblauen T-Shirt trug. Es hatte nicht einmal einen Aufdruck. Der Kerl trug es wie ein Designerstück. Zum Niederknien.

»Vielen Dank, dass du mich vorhin gerettet hast«, sagte sie dann doch, mit einem Kloß im Hals. »Das war mein Glück, dass du in diesem Moment herausgekommen bist.«

Er sah sie von der Seite an. Zog einen Mundwinkel nach oben. »Das warst du.«

»Was meinst du?«

»Du hast mich beeindruckt. Ich war neugierig, ob ich dich draußen noch erwischen würde. Ich weiß nicht, ob ich den Mut gehabt hätte, dich einfach anzurufen.«

Ellies Augen wurden groß. Ihre unbändige Freude über das, was er gerade gesagt hatte, konnte er ihr sicher ansehen. Sie wusste nicht, was sie sagen sollte. Sie fühlte sich plötzlich wieder wie vierzehn, als sie den ersten Freund gehabt hatte, nicht wie dreiundzwanzig. Er wirkte genauso unsicher. Verrückt! Was für ein magischer Abend. Sie erreichten das Lokal, an das sie gedacht hatte. Die Küche war geöffnet.

»Da sind wir.« Plötzlich fiel ihr auf, dass sie sich gar nicht vorgestellt hatte. Es fühlte sich alles so natürlich an. Ganz selbstverständlich. Es war nicht notwendig gewesen.

»Ich bin Ellie.«

Er lächelte. Seine Sommersprossen tanzten unter den Augen. »Hallo, Ellie. Das ist ein wunderschöner Name. Ich bin Ian.«

Er hauchte seinen Namen mit jenem heiseren irischen Akzent, der ihr schon den ganzen Abend kleine Schauer über den Rücken jagte. Sie dachte einen Moment daran, ihn zu küssen. Hier, vor dem türkischen Restaurant, das zwei Stufen unter ihnen lag. Sie fragte sich, warum er es nicht tat. Das Knistern zwischen ihnen konnte ihm nicht entgehen. Sie öffnete leicht ihre Lippen, wusste, dass sie jetzt entscheiden müsste, sonst würde der Augenblick vergehen. Dann traf es sie wie ein Faustschlag. Die Situation, in der er sie vorgefunden hatte, das, was er mit angesehen hatte. Sie stockte, dann schluckte sie.

Er nimmt Rücksicht auf mich. Dieser irrwitzige Gedanke schoss ihr durch den Kopf. Ein völlig unbekanntes Gefühl. Eine neue Erfahrung. Dann nahm sie seine Hand in ihre, zauberte damit erneut ein Lächeln auf sein Gesicht. Er zog sie dichter an sich heran und nahm sie in den Arm. Hielt sie fest und streichelte ihren Kopf. Überwältigt von ihren Gefühlen, fing Ellie an zu schluchzen. Sie wusste nicht, wo das auf einmal herkam. Doch mit einem Mal brachen Enttäuschung, Angst und Ekel wie Krebsgeschwüre dieser Nacht aus ihr hervor. Ein Damm brach. Ian hielt sie fest, bis sie sich beruhigt hatte, dann gingen sie essen.

KAPITEL 9

Eine Woche später. Das Leben kann so schön sein, dachte Ellie, als sie am Morgen in ihrem großen Bett erwachte. Die Sonnenstrahlen kitzelten sie und sie holte einmal tief Luft, bevor sie aufsprang, um ins Bad zu gehen. Wochenende! Endlich!

Während sie Zähne putzte, hörte sie das Vogelgezwitscher durch die geöffneten Fenster dringen. Heute war genau der richtige Tag für ein Frühstück auf dem Balkon. Geschützt durch die umliegenden Häuser hoch genug, um nicht in deren Schatten zu sitzen. Unter ihr würde das Eiscafé am Grindel gerade seine Türen öffnen.

Beschwingt verließ sie ihre Wohnung, um ein paar Brötchen zu holen. Der Fahrstuhl war wegen Reparaturen außer Kraft gesetzt, doch sie hätte ihn ohnehin nicht genutzt. Nicht heute. Sie strotzte vor Energie. Sie nahm immer mehrere Stufen auf einmal, hüpfte nach unten, an den

Briefkästen vorbei, wo sie beinahe mit ihrer Nachbarin Rebecca Wolf zusammengeprallt wäre. Mit schlechtem Gewissen und einer gemurmelten Entschuldigung wandte sie sich von ihr ab und spritzte durch die noch offene Tür.

Die kühle Stille des Treppenhauses wich einer pulsierenden Geschäftigkeit in gleißendem Sonnenlicht. Sie blinzelte kurz, blieb stehen, bis sie sich an die Helligkeit gewöhnt hatte. Die warme Frühlingsluft duftete nach frischen Brötchen, Fruchtkaugummi und Maiglöckchen. Sie zog in Betracht, nach dem Bäcker in den Blumenladen nebenan zu gehen und ein paar Frühblüher für die Wohnung mitzunehmen. Das Leben war einfach herrlich!

Zurück in ihrer Wohnung, dieses Mal ohne unangenehme Zusammentreffen, schnappte sie sich alles, was sie benötigte und zog sich auf ihren kleinen praktischen Balkon zurück. Hier konnte sie es gut im T-Shirt aushalten. Mit einem Nutella-Brötchen in der einen und ihrem Handy in der zweiten Hand lehnte sie sich entspannt zurück und genoss die Tatsache, dass sie heute nicht zur Arbeit ins Einwohnermeldeamt musste. Heute würde sie Ian spielen hören. Dieses Mal würde sie in der ersten Reihe sitzen.

Die letzte Woche war wie ein wundervoller Traum vorbeigeflogen. Hin und wieder glaubte sie, sich zwicken zu müssen, um zu prüfen, ob sie wirklich wach war. Fast jeden Abend hatten sie und Ian sich zum Essen verabredet. Immer in irgendeinem kleinen Lokal in der Gegend. Hatten geredet und sich immer stärker zueinander hingezogen gefühlt. Jeden dieser Abende hatte er sie nach Hause gebracht und ihr einen langen Abschiedskuss gegeben. Sie hatten im Treppenhaus geknutscht wie zwei verliebte Teenager. Inzwischen war sie dem Mann voll und ganz verfallen. Sie sehnte sich nach mehr. Sehnte sich danach, ihn mit nach oben zu nehmen und ihm eines seiner einfarbigen T-Shirts vom Leib zu reißen, die wie Markenteile an ihm wirkten.

Nebenan öffnete sich die Balkontür. Ihre Nachbarin Rebecca trat heraus und schien die Luft zu prüfen. Sie hatte Ellie entdeckt und nickte ihr kurz zu. Dann ging sie wieder rein, um wenig später Butter und Brötchen auf ihren kleinen Tisch zu stellen.

So ein Mist! Das war das Aus für Ellies entspannten Morgen. Sie hatte keine Lust, drei Meter entfernt von diesen Turteltäubchen zu sitzen. Das würde ihre Tagträume an Ian massiv beeinträchtigen. Sie stand auf und erhaschte gerade noch einen Blick auf Christoph, der mit skeptischem Gesicht herausgetreten kam. Ellie schickte ein knappes »Moin« rüber und verschwand dann schnell mit ihrem Frühstückstablett in ihren eigenen vier Wänden.

Es klingelte. Sie hob die Augenbrauen, ging aber zur Tür.

Ian! Da stand er. Zum ersten Mal, seit sie sich kannten.

»Ich hab es einfach nicht mehr ausgehalten. Ich musste dich sehen!«

Ihr Herz machte einen Salto und sie fiel ihm in die Arme. Zog ihn in die Wohnung und küsste ihn, als gäbe es kein Morgen. Die Tür stieß sie mit dem Fuß zu. Seine Hände waren überall, genau wie ihre. Sie strich ihm seine Lederjacke von den Schultern, ließ sie auf den Teppich hinter ihm fallen. Minutenlang drängten sie sich gegen die Eingangstür. Er küsste ihren Hals und schickte sie einmal um den Mond mit leisen Seufzern, die er ausstieß, während er mit seinen Händen unter ihr T-Shirt glitt. Sein Becken presste er fordernd gegen ihres.

»Du hast mir gefehlt«, hauchte er ihr ins Ohr.

»Ich kann dir gar nicht sagen, wie sehr ich mich nach dir gesehnt habe«, war ihre Antwort. »Warum haben wir das nicht die ganze Zeit getan?«

Er lächelte, während er schwer atmete. Seine eisblauen Augen waren so wunderschön, dass sie sich augenblicklich unsterblich in ihn verliebte – schon wieder.

»Ich wollte dir Zeit geben. Ich wollte nicht so ein Typ sein, der dich beim ersten Date flachlegt.« Er küsste sie und stöhnte sanft.

Sie zog ihn Richtung Schlafzimmer. Dort stand immer noch die Balkontür offen, doch das war ihr egal. Sie zog ihn Richtung Bett. Einvernehmlich grinsten sie sich an, während sie sich auf die Laken fallen ließen. Sehnsüchtig sog sie den herben Duft seines Aftershaves ein. Ihre Hände wanderten über seinen gesamten Körper.

An diesem Morgen gingen die wenigen unerfüllten Träume, die Ellie noch gehabt haben mochte, in Erfüllung. Sie peitschten sich gegenseitig in ungeahnte Höhen, ungeachtet des Lärmes, den sie dabei machten.

Als Ellie schweißgebadet neben Ian zur Ruhe kam, warf sie einen Blick auf die weit geöffnete Balkontür. Sie musste lachen. Höchstwahrscheinlich hatten es Rebecca und Christoph nicht allzu lang da draußen ausgehalten. Sie dachte daran, dass sich ihr Leben jetzt von Grund auf ändern konnte. Endlich hatte sie Glück gehabt. Ein Mann, von dem sie nur zu träumen gewagt hatte, war mit ihr zusammen, schien in sie verliebt zu sein. Da war jetzt jemand, der

Rücksicht auf sie nahm. Jemand, dem sie wichtig war. Keine durchzechten Nächte in irgendwelchen Bars mehr, in denen sie hoffte, ihren Traumprinzen zu finden. Keine Partys, auf denen sie einen Drink nach dem nächsten mit einem Unbekannten nahm, um dann am Ende herauszufinden, dass er liiert war. Noch schlimmer die Männer, die mit ihr was anfingen, obwohl sie vergeben waren. Sie hasste sich dafür, wenn sie so jemandem auf den Leim ging. Diese Zeiten konnte sie hinter sich lassen. Konnte in ihre eigene Zukunft sehen. Musste sich nicht mehr unbewusst in das Leben anderer drängen, nur um am Ende auf der Strecke zu bleiben, weil sie ein Zeitvertreib war. Ein Traum einer perfekten Welt, den keiner zu Ende träumen wollte. Warum auch? Sie hatte sich unter Wert verkauft. Es nicht besser verdient. Sie war die andere Frau.

Doch sie war nicht die Gewinnerin, sofern es in diesem Spiel überhaupt Gewinner gab. Sie war immer die Verliererin. Zu Recht – wie sie wusste. Doch sie schien diese Typen anzuziehen, die sich als Single gaben und erst, wenn sie ihnen völlig ergeben war, mit der Wahrheit rausrückten. Mit ihrer eigenen Version der Wahrheit. Der, in der sie Ellie als Traumfrau darstellten und ihre eingeschlafene Beziehung als Qual, von der sie sie befreien musste. Ellie hatte ihnen geglaubt. Jedes einzelne Mal, weil sie es nur zu gern glauben wollte. Glauben, dass jemand sie so sehr liebte, dass er sein Leben für sie allein völlig umkrempeln würde. Weil die Wahrheit zu sehr wehtat – dass sie ein Spielzeug war, nicht wichtig. Einige Male war sie auf diese Maschen reingefallen. Inzwischen beendete sie jede Beziehung, in der sich etwas Derartiges abzeichnete. Diese Zeiten waren vorbei. Sie war nicht stolz auf diese Vergangenheit. Caro hatte sie immer beruhigt und gemeint, sie und die andere Frau wären das Opfer, doch das tröstete wenig.

»Warum hast du deine Meinung geändert?«, fragte sie ihn nun.

Ian schlug die Augen auf und drehte sich zu ihr. »Was meinst du?« Er streichelte ihre Haare.

»Warum bist du heute hergekommen? Was hat deine Meinung geändert? All die Abende zuvor bist du gegangen und heute stehst du einfach vor meiner Tür.« Sie küsste ihn. Schmeckte seine vollen Lippen, seine salzige Haut.

Er strich ihr eine Strähne aus dem Gesicht. »Ich werde eine Zeit verreisen müssen.«

»Aha.«

»Ja. Ich muss nach Irland zurück. Es gibt einige Probleme in meiner Familie, ist schwer zu erklären.«

Sie fühlte sich etwas unwohl.

»Ich muss heute Abend fliegen.«

»Heute schon?«

»Ja, heute, leider. Es hat sich ganz kurzfristig ergeben. Weißt du ...« Er sah ihr in die Augen und musste bemerkt haben, wie unglücklich sie war. »Mein Vater hat vor einiger Zeit wieder geheiratet. Ich hatte dir ja davon erzählt. Seit meine Mutter gestorben ist, geht es meiner kleinen Schwester nicht gut. Sie hat ernsthafte Probleme mit seiner neuen Frau und hat mich heute ganz früh angerufen. Sie ist verzweifelt, und ich weiß nicht, was passieren wird, wenn wir uns nicht darum kümmern. Sie ist erst fünfzehn. Alt genug, um Blödsinn anzustellen. Dad kommt an sie überhaupt nicht ran und ich will die Familie damit nicht allein lassen.

Sie hat immer auf mich, ihren großen Bruder, gehört. Ihr Anruf heute Morgen war ein Hilferuf. Das kann ich nicht ignorieren.«

Ellie musste zugeben, dass sie ihn verstand. Dennoch war sie traurig, dass er sie verließ.

»Wie lang bist du weg?«

»Ich kann es dir leider nicht sagen. Aber ich melde mich jeden Tag bei dir, versprochen.« Er küsste sie. Nahm ihr Gesicht zwischen seine Hände und intensivierte seine Küsse.

Der Mann war einfach zum Dahinschmelzen. Sie wäre ihm überallhin gefolgt. Leider würde sie so kurzfristig keinen Urlaub bekommen, deshalb sprach sie ihn nicht darauf an, dass sie ihn gern begleiten würde. Ein bisschen wurmte sie, dass er sie überhaupt nicht danach gefragt hatte.

»Als feststand, dass ich heute Abend fliegen würde, konnte ich es nicht abwarten, dich zu sehen. Ich wollte jede freie Minute mit dir verbringen. Meine Tasche ist bereits gepackt. Bis ich los muss, können wir zusammenbleiben.«

»Wo hast du sie?«

»Sie steht noch draußen vor deiner Wohnung.«

Das hatte Ellie gar nicht bemerkt. Wieso wollte er sie auf seinem Trip nicht dabeihaben?

Er rollte sich sanft über sie und küsste ihre Augenbrauen, dann ihre geschlossenen Lider. »Am liebsten hätte ich dich mitgenommen«, hauchte er mit seinem heißen Akzent.

»Warum tust du es nicht?«

»Nichts täte ich lieber, doch ich denke, es wäre kontraproduktiv, mit einer neuen Freundin dort aufzutauchen. Meine Schwester Lindsay hat schon Probleme damit, Dad zu teilen. Wenn ich mit dir komme, wird es sie nur noch unglücklicher machen.«

Dagegen konnte Ellie nichts sagen. Das war ein hieb- und stichfestes Argument.

»Ich würde dich aber gern mitnehmen, sobald es ihr besser geht. Sobald sie sich mit der Situation arrangiert hat. Außerdem soll es um uns gehen, wenn ich dich mit zu meiner Familie nehme. Unsere Beziehung sollte nicht die zweite Geige spielen.« Er zwinkerte ihr mit einem kristallklaren Auge zu und sie verlor sich drin wie in einer Gletscherspalte. Der Mann klang einfach zu gut, um wahr zu sein.

Hoffentlich wache ich nicht auf, dachte sie und ließ zu, was er mit ihr unter der Bettdecke anstellte.

Als Ian am Nachmittag ihre Wohnung verließ, nahm er ein großes Stück ihres Selbstvertrauens mit, ihrer Liebe, ihrer Sicherheit und der Wärme, die sein Körper auf dem ihren hinterlassen hatte. Sie fühlte sich leer. Spürte seinen Verlust bereits, als er auf der Treppe um die Ecke bog.

Hatte er alles ernst gemeint, was er gesagt hatte? War sie wirklich etwas Besonderes für ihn oder nur eine von vielen? War es möglich, dass sie ihn nie wiedersehen würde? Wo wohnte er genau? Sie hatten sich zum Essen immer in ihrer Gegend getroffen. Auch heute war er bei ihr gewesen. Er hatte etwas über Hamburg-St. Georg gesagt, doch sie kannte keine konkrete Adresse. Rostocker Straße, ja genau. Die war es. Aber welche Hausnummer? Sie kannte seinen Nachnamen. Ian Walsh. Das war alles. Er war Musiker, zum Studium nach Deutschland gekommen. Das Studium hatte er schnell abgebrochen und sich seinen Lebensunterhalt mit Auftritten auf dem Kiez und auf Hochzeiten finanziert. Was hatte er eigentlich studiert? Sie wusste es nicht. All die Abende hatte er sie befragt, hatte sie erzählen lassen. Ihre Lebensgeschichte kannte er inzwischen in- und auswendig. Was, wenn alles nur ein Hirngespinst war? Ihr Hirngespinst! Was, wenn sie ihn nie wiedersehen würde? Waren das ihre letzten gemeinsamen Stunden gewesen?

Sie griff nach ihrem Schlüsselbund und rannte ihm hinterher. Ließ die Tür oben offen stehen und stürzte die Treppe hinunter. Vor der Eingangstür fing sie ihn ab, rief seinen Namen, als sie ihn sah. Er drehte sich überrascht um, Fragezeichen im Gesicht. Sie sah ihn größer werden, als sie langsam auf ihn zuging, sah seine wunderschönen, unendlich tiefen Augen. Die Sommersprossen darunter, die wilden irischen Haare, sein athletischer Körperbau – all das betrachtete sie wie in Zeitlupe, je dichter sie ihm kam und den Antworten auf ihre Fragen. Dann stand sie vor ihm, nur Sekunden von einer Wendung entfernt, die sie in den tiefsten Abgrund stürzen konnte. Sie griff nach seinem Gesicht und küsste ihn, lang und innig.

»Ich wünsche dir einen guten Flug. Komm heil wieder zurück.« Sie sah ihm ernst in die Augen. Diesmal hielt sie ihnen stand. Darin blitzte einen Moment etwas auf. Sie hätte nicht sagen können, was es zu bedeuten hatte. Er nickte, küsste sie erneut und ging.

Ellie fühlte sich betrogen. Wieso, wusste sie nicht genau. Doch sie hatte so eine Ahnung, dass sie ihren Instinkten trauen konnte. Die ganze Sache war bisher zu schön gewesen, um wahr zu sein. Es gab mit Sicherheit wie immer einen Haken. Sie hatten endlich miteinander geschlafen und danach verschwand er unter einem Vorwand aus ihrem Leben. Was für ein Klischee!

Christoph begegnete ihr auf der Treppe, als sie um die Ecke bog. Sie hatte ihn fast nicht gesehen und wäre gedankenversunken in ihn rein gerannt. Er trug einen Beutel in der Hand, wollte vielleicht noch etwas besorgen. Langsam ging Ellie die Stufen nach oben zurück in ihr vertrautes Leben mit Bars und Partys und diesen Idioten, die ihr vorgaukelten, sie wären frei – für sie, nur um sie ins Bett zu kriegen. Es war ein schöner Traum, dachte sie, als sie die Tür hinter sich ins Schloss zog.

Samstag Abend.

Was würde sie jetzt anstellen? Vielleicht sollte sie Caro anrufen und ihr mitteilen, dass sie doch Zeit hatte. Ihre Freundin könnte auch vorbeikommen. Das wäre möglicherweise besser und würde verhindern, dass sie Blödsinn anstellte. Sie ging ins Schlafzimmer, wo ihr Handy lag. Zügig tippte sie ihrer Freundin eine Nachricht. Die zerwühlten Betten vergrößerten den Kloß in ihrem Hals.

Reiß dich zusammen, dachte sie. Du hast eine schöne Zeit gehabt. Alles andere wird sich fügen. Sie setzte sich an die Bettkante und strich über das Laken. Es war noch ein kleines bisschen warm. Es roch nach ihm. Sie legte sich darauf, sog den Duft ein und schloss die Augen. Eine kleine Träne kullerte daraus hervor.

Pling! Ihr Handy signalisierte das Eintreffen einer Nachricht. Hoffentlich war Caro noch nicht verabredet für heute Abend. Sie griff nach dem Telefon und öffnete den Messenger-Dienst.

KAPITEL 10

»Ich bin verliebt in dich. Das wollte ich dir schon den ganzen Tag sagen. Vielleicht ist es zu früh, was meinst du?«

Ellie las diese Worte immer und immer wieder. Sie hatte Tränen des Glücks in den Augen. Direkt nachdem sie diese Nachricht, das erste Mal gelesen hatte, hatte sie ihn angerufen. Hatte ihm gesagt, dass sie das glücklichste Mädchen auf der Welt war. Jetzt lag sie mit dem Handy im Arm auf ihrem Bett und grinste die Zimmerdecke an.

Es klopfte an ihrer Tür. Ellie sprang auf und lief hin. Dieses Mal war es tatsächlich Caro. Sie hatte zwei riesige Becher ›Ben & Jerry's Strawberry Cheesecake‹ bei sich und legte sie Ellie in die Hand, als sie die Wohnung betrat.

»Löffel musst du beisteuern. Sag mal, in deinem Hausflur geht das Licht nicht.« Sie sah genervt aus. »Ich bin bis hier oben im Dunkeln getappt. Euer Fahrstuhl ist auch kaputt. Was ist los? Ich dachte, das wäre so eine piekfeine Gegend?«

Ellie strahlte sie an. Nichts konnte ihr heute die Laune verderben.

»Was ist denn mit dir passiert? Ich dachte, wir suhlen uns heute Nacht in Selbstmitleid? Ich hab in meinem Rucksack noch einen Sekt und ein paar Klamotten, falls es später wird.« Caro grinste. Sie war einfach die Größte.

Mitten im tiefsten Schlaf erwachte Ellie. Mit einem Satz richtete sie sich auf. Etwas stimmte nicht. Sie schaute auf ihr Handy und sah, dass es fünf Uhr morgens war. Die Bettseite neben ihr war leer. Aus dem Bad hörte sie Geräusche. Caro duschte. Müde tappte sie ins Badezimmer.

»Sag mal, was machst du hier mitten in der Nacht.«

»Ich muss früh los«, tönte es aus der Dusche. »Schon vergessen? Ich habe dir doch erzählt, dass ich heute früh zum Pferd will … muss.« Caro hatte etwas in der Richtung gestern Abend erwähnt. Es verschwamm hinter jeder Menge Sekt und Eiscreme. Sie hatte heute Mittag einen Wettkampf vor den Toren von Hamburg und musste sich sputen.

»Ich ziehe meinen Hut vor dir, wie putzmunter du um diese Zeit bist.« Ellie gähnte.

»Das ist schon immer so. Ich habe einen sehr tiefen Schlaf, brauche aber nicht viel davon.« Ihre Freundin kam aus der Dusche und strahlte sie an. Ihre lockigen kurzen Haare kringelten sich an ihrem Kopf, als sie mit dem Handtuch darüber gerubbelt hatte. Ellie konnte einen Blick auf das Tattoo mit dem Adler werfen, der seine Schwingen spreizte; den hatte sich Caro vor einer Woche stechen lassen.

Nachdem Caro sich angezogen hatte, griff sie sich ihren Rucksack und sprintete zur Tür. »Sei mir nicht böse, dass ich heute nicht zum Frühstück bleiben kann. Ich hol mir nachher unterwegs was.« Sie gab Ellie ein Küsschen auf die Wange und war schon aus der Tür. Ellie schloss sie hinter ihr und trottete zurück zum Bett.

Es klingelte. Träge ging sie wieder zurück in den Flur und öffnete die Tür. »Hast du was vergessen?«

»Nein, aber das solltest du dir ansehen, denke ich.« Caro stand auf dem Abtreter und sah ernst aus.

»Was soll ich mir ansehen?«

»Bei deinen Nachbarn unter dir … schräg unter dir … steht die Tür sperrangelweit auf.«

»Das muss ich mir jetzt nicht wirklich angucken? Das ist schon okay. Da wohnt Frau Peters mit ihren Katzen. Die lässt immer die Tür offen.«

»Die ganze Nacht?« Caro sah verwirrt aus. Sie zog die Brauen zusammen und runzelte die Stirn.

»Nee, eigentlich nicht. Sie öffnet sie immer erst ab neun oder acht, ich weiß nicht. Für ihre Mitarbeiter.«

»Heute ist Sonntag, Ellie, Muttertag.« Caro wackelte mit den Augenbrauen.

»Ja, das ist schon komisch.« Ellie flüsterte. »Aber das muss ich mir nicht extra angucken. Sie ist halt etwas sonderbar.« Sie rollte mit den Augen. »Warum ist dir das so wichtig?«

»Ich weiß nicht. Ich habe kein gutes Gefühl. Kann auch daran liegen, dass es gerade erst hell wird draußen und euer scheiß Treppenhauslicht nicht funktioniert. Da muss man sich ja gruseln. Aber eine Katze schreit ganz laut in der Wohnung und ich habe einen kleinen Blick reingeworfen. Es sieht verheerend aus.«

Jetzt konnte Ellie sie auch hören. Sie hatte das Katzengejammer bisher erfolgreich ausgeblendet. Sie griff sich ihren Schlüssel, zog schnell ein paar Schlappen an und folgte Caro. »Eigentlich hat sie immer einen sehr ordentlichen Eindruck auf mich gemacht. Legt viel Wert auf ihr Äußeres. Muss vor zwanzig Jahren mal eine echte Schönheit gewesen sein.«

Sie folgten beide der Treppe nach unten um den Fahrstuhlschacht herum. Ihre Schritte auf den Stufen waren das einzige Geräusch aus dem Treppenhaus. Je dichter sie der Wohnung kamen, umso lauter wurde der Ruf einer Katze.

Dann standen sie vor der Tür. Ellie musste Caro recht geben. Das sah alles andere als natürlich aus. Die Tür war komplett aufgeschlagen. Normalerweise konnte man nur durch einen Spalt in die Wohnung sehen. Drinnen war es dunkel. Eine Katze jaulte herzzerreißend. Das, was Ellie einen kalten Schauer über den Rücken jagte, war nicht unbedingt das Geschrei der Katze. Es war die Tatsache, dass daraufhin nichts passierte. Niemand rief sie zur Ruhe. Die Wohnung wirkte verlassen.

»Sie scheint nicht da zu sein«, mutmaßte Ellie. Sie warf einen vorsichtigen Blick in den Flur. »Hier sieht es wirklich schlimm aus.« Einige Porzellanscherben lagen auf dem Fußboden, möglicherweise von Nippes, der auf dem Sideboard danebengestanden hatte. Ellie konnte eine umgeschmissene Tischlampe sehen. Sie reckte den Hals weiter hinein. Da lag ein Laptop auf der Erde neben dem Schreibtisch.

»Glaubst du, sie hat ihre Katze hier vergessen und die hat deshalb die Wohnung so verwüstet.«

»Kann ich mir eigentlich nicht vorstellen. Warum sollte sie nur eine mitnehmen? Sie hat zwei. Es klingt aber nur nach einer.«

»Vielleicht hatte die andere eine Art Notfall und musste zum Arzt. Was machen wir jetzt? Ich muss los. Viel Zeit habe ich nicht mehr.«

»Ich habe ihre Nummer oben. Ich ruf sie an. Fahr los, bevor du zu spät kommst.«

»In Ordnung. Ruf mich nachher an und erzähl mir, was sie gesagt hat.« Sie küssten sich erneut abwechselnd auf jede Wange und Caro verschwand wie der Wind. Ellie kehrte um und hörte noch die Eingangstür unten einschlagen, als sie bei sich oben aufschloss. Sie holte ihr Handy, suchte nach der Nummer und rief Frau Peters an. Während es klingelte, war sie bereits die Stufen wieder nach unten getappt. Jetzt, wo Caro weg war, jagte ihr der dunkle Hausflur Angst ein. Sie trug immer noch ihr Nachthemd. Es war kalt und sie fror.

Drinnen bei Frau Peters läutete ein Telefon. Sie wartete einen Moment. Aus unerfindlichem Grund glaubte sie, dass gleich jemand dran gehen würde. Dann wurde ihr klar, dass sie der Anrufer war. Sie hatte sie auf dem Handy angerufen. Ellie prüfte es schnell noch mal. Irma Peters ging nicht ran. Sie hatte ihr Handy auch nicht mitgenommen. Ellies Nackenhaare stellten sich auf, als sie aufhängte. In der Wohnung verstummte der Klingelton. Plötzlich war es ganz still. Auch die Katze hatte schlagartig aufgehört zu miauen.

»Frau Peters?« Sie ging dichter an die offene Tür heran.

»Ist alles in Ordnung? Sind Sie da?«

Keine Antwort. Sie schluckte und betrat die Wohnung. Vielleicht benötigte die Frau Hilfe. War umgefallen aus einer Ohnmacht heraus oder gestolpert und kam nicht wieder hoch. Ein schneller Blick nach links und rechts bestätigte ihr, dass sie allein war. Irma Peters war nirgends zu sehen. Die Wohnung sah aus, als wäre ein Hurrikan hindurchgefegt. Hastig griff sie nach links an die Wand zum Lichtschalter. Eine Sekunde später erhellte ein gleißender Blitz den Raum. Sie blinzelte. Ellie bog langsam nach links ins Wohnzimmer ab. Das Licht schaltete sie nicht an. Vom Flur drang ausreichend in den Raum. Genügend um zu erkennen, dass er verlassen war. Keine Frau Peters, nur ein riesiges Chaos. Etwas erregte ihre Aufmerksamkeit. Eine kleine Spitzentischdecke lag neben dem Couchtisch, zusammengeknüllt, fleckig. Sie kam näher und leuchtete mit ihrem Handy auf das weiße Garn.

Plötzlich griff ihr jemand von hinten in den Nacken.

»Ahhh!« Ellie schrie. Ihr Herz hämmerte wie verrückt gegen ihre Brust. Es war ihre Katze! Frau Peters' Katze. Sie hatte sie angesprungen und zu Tode erschreckt. Ellie hatte genug. Sie bückte sich schnell und hob das Stück Stoff auf. Die Flecken darauf waren blutrot. Es roch metallisch.

Jetzt hatte sie Angst. Definitiv.

Bei genauerem Hinsehen gab es überall diese Flecken. Sie drehte sich hastig um und rannte zur Tür. Keine Sekunde länger würde sie hier sein wollen. Die Polizei konnte sie von ihrer Wohnung aus verständigen. Als sie durch die Wohnungstür schnellte, prallte sie gegen ihre Nachbarin, Rebecca. Ein weiterer Schrei entwich ihrer Kehle.

»Gott, Ellie, was ist hier los?« Hinter Rebecca tauchte Christoph auf.

Ellie merkte, wie sie anfing zu zittern. »Es muss was Schreckliches passiert sein, hier ist alles voller Blut!«

»Was?« Christophs Stimme klang schrill. Ellie sah, dass Rebecca ganz blass geworden war. Christoph drängte sich an seiner Freundin vorbei in den Flur und drehte hektisch den Kopf nach links und rechts.

»Ich rufe jetzt die Polizei.« Ellie wählte die Nummer und beobachtete, wie Christoph langsam ins Wohnzimmer ging.

»Wo ist sie?«, fragte er leise. Bei der Frage wurde Ellie schlecht. Ganz automatisch drehte sie ihren Kopf Richtung Schlafzimmer, dem Raum, in dem sie noch nicht gewesen war. Unter der Nummer 110 nahm ein Beamter ab und Ellie erklärte mit zittriger Stimme, was sie vorgefunden hatte. Die Tatsache, dass ihre Nachbarn jetzt bei ihr waren, ließ sie etwas durchatmen. Sie hatte sich noch nie so sehr gefreut die beiden zu sehen. Sie war nicht allein. Der Polizist stellte dieselbe Frage wie Christoph vor einer Minute.

»Wir schauen gerade nach.« Sie sah Christoph hinterher, der durch die Küche kam und mit dem Finger auf etwas deutete. Sie ging mit dem Telefon am Ohr zu ihm. Ellies Blick fiel auf einen Spritzer Blut, auf den Küchenfliesen an der Wand. Christoph betätigte den Lichtschalter. Sie erschrak, als sie sah, wie viel Blut auf dem Fußboden klebte, auf dem sie standen. Christoph und sie waren blindlinks hineingetappt.

»Die Küche ist voller Blut«, sagte sie in ihr Handy. Der Polizist am anderen Ende, bat sie, die Wohnung zu verlassen. Sie sollen nichts anrühren.

»Christoph, wir müssen raus.«

»Einen Moment noch.« Er hatte bereits die Schlafzimmertür geöffnet. Ellie stürmte hinterher. Am Rande fiel ihr auf, dass Rebecca wie versteinert an der Tür geblieben war. Sie rührte sich nicht. Sie vernahm, wie der Polizist am anderen Ende auf sie einredete, doch Christoph hörte nicht auf sie. Was sollte sie tun? Genau genommen hatte sie eine morbide Neugierde gepackt, jetzt, da sie sich sicher im Kreise ihrer Nachbarn fühlte. Christoph betätigte den Lichtschalter und sie wappnete sich innerlich auf das, was ihr jetzt bevorstand. Das Licht blendete sie einen Moment. Zu spät entschied sie, dass sie doch nicht sehen wollte, was in diesem Raum auf sie wartete.

Sie hatte das Handy vom Ohr genommen. Die Polizei war längst auf dem Weg. In zwei Minuten würden sie hier sein. Die Wache war fast direkt gegenüber. Christoph sah sie an. Überraschung stand in seinem Gesicht und sicher auch in ihrem. Der Raum war leer. Er ging um ein großes zerwühltes Bett herum. Auch hier waren überall Blutspritzer im Raum verteilt und zogen langsam in Teppich, Gardine und Laken ein. Einen großen Fleck sah Ellie auf dem Nachttisch. Drumherum hatte sich ein Rand gebildet, so, als wäre ein Teil bereits weggetrocknet.

»Hier hinten liegt eine Katze.« Christophs Stimme riss sie aus ihren Überlegungen. Sie ging um das Bett herum und blickte auf einen blutüberströmten Haufen Fleisch, der einmal eine graue Katze gewesen war.

»Oh Gott!« Sie spürte, wie sich ihr Magen verkrampfte. »Dann ist das ihr Blut!« Sie sah Christoph an, der nur mit den Schultern zuckte. »Was zur Hölle ist hier passiert?«

»Glaubst du, dass sie das war?«, fragte er Ellie.

Darauf wusste sie nichts zu sagen. »Lass uns hier raus. Ich fühle mich, als würde sie gleich aus dem Schrank springen und uns niedermetzeln. Ich hab Angst.«

Ein Windstoß wehte die Gardine vor der geöffneten Balkontür weit in den Raum hinein. Ellie schrak zusammen.

Er legte seine Hand auf ihre Schulter und schob sie vorsichtig in den Flur. »Alles gut. Die Polizei ist gleich hier. Mist.«

»Was ist?«

Er sagte nichts, also folgte Ellie seinem Blick. Er starrte nach unten. Neben den blutigen Fußabdrücken, die er und sie hinterließen, gab es noch mehr, dass auf menschliche Bewegung hindeutete. Handabdrücke. Sie folgte der Spur, die vor dem Badezimmer endete. In ihrem Kopf drehte sich alles. Sie atmete viel zu schnell und flach. Kleine Sterne kreisten bereits um ihre Augen.

»Ich muss hier raus!«, presste sie hervor. »Nein, nicht!« Sie konnte Christoph nicht mehr aufhalten. Zu gern hätte sie es getan. Sie sollte nicht an diesem Ort sein, nicht jetzt. Sie wünschte, sie könnte einfach verschwinden.

Er stieß die Tür auf. Hinter sich hörte Ellie einen spitzen Schrei, der von Rebecca kam. Sie war inzwischen hinter sie in den Flur getreten. Ellie würgte. Wäre ihr Magen nicht leer gewesen, hätte sie sich jetzt übergeben. Das Badezimmer glich einem Schreckenskabinett. Die ehemals weißen Fliesen waren von oben bis unten mit Blut bespritzt. Es lief in langen dünnen Rinnsalen zum Boden und hinterließ bräunlich-rosa Linien.

In weiter Ferne hörte Ellie hinter sich die Polizei eintreffen. Wie durch einen Schleier nahm sie deren Bewegungen wahr. Sie taumelte und fiel gegen die Türlaibung. Vor ihr saß Irma Peters. Sie saß zusammengesunken auf der Toilette und starrte sie aus leeren Augen an. Den Rücken hatte sie gegen den Spülkasten gelehnt, der Kopf war locker nach hinten gefallen. Ihr Mund stand offen. Ein Teil ihres Kopfes war ein Brei aus Blut und Fleisch. Ein Auge war in Mitleidenschaft gezogen worden. Sie trug einen hellblauen Seidenpyjama mit weißen Steifen. An etlichen Stellen weichten blutige Flecken durch die Nachtwäsche durch, hauptsächlich an ihrem Oberkörper. Doch auch an der Hüfte ließ ein großer Fleck eine darunterliegende Wunde vermuten. Eine ihrer Hände musste gebrochen sein. Ellie konnte sehen, wie sie in einem unnatürlichen Winkel von ihrem Arm abstand. Ihr wurde schwarz.

Als sie die Augen nur Momente später wieder öffnete, stand ein Polizist neben ihr und fächelte ihr Luft zu. »Kommen Sie hier raus. Ich helfe ihnen.«

»Habe ich mit Ihnen telefoniert?«, war alles, was sie hervorbrachte.

Er lächelte ein bisschen. »Nein. Das war jemand aus der Zentrale. Wo wohnen Sie?«

»Ein Stockwerk darüber.«

»Gut. Kommen Sie. Ich bringe Sie in Ihre Wohnung.«

Sie zitterte.

»Soll ich Sie tragen?«

Ellie spürte ihre Lebensgeister zurückkehren. Sie wurde ein bisschen rot. Es war ihr peinlich, dass sie so weggetreten war. »Nein, geht schon. Danke.«

Er stützte sie dennoch, auf dem Weg nach oben. Dann half er ihr mit der Wohnungstür, wies sie darauf hin, dass sie die blutbefleckten Schuhe draußen stehen lassen solle, und brachte sie an ihren Esstisch. Er ging in die Küche, schnappte sich aus der Spüle ein abgetropftes Glas und füllte es unter dem Wasserhahn mit kaltem Wasser.

»Hier. Sie sollten viel trinken. Ihr Kreislauf hat sich gleich wieder gefangen. Keine Sorge.« Er beobachtete sie, wie sie das ganze Glas trank.

»Sie haben uns also angerufen. Würden Sie mir erzählen, was Sie bewogen hat, so früh am Morgen Ihre Nachbarin aufzusuchen?«

KAPITEL 11

Becca hatte von Christoph einen Wodka eingeschenkt bekommen und saß nun mit einem Beamten an ihrem Frühstückstisch. Der Mann war geduldig mit ihr. Ließ sie reden, wartete, wenn sie eine Pause brauchte. Es hatte vorhin eine ganze Weile gedauert, bis Christoph sie hatte beruhigen können. Sie hatte so hysterisch geschrien und so schnell geatmet, dass ihr schwarz vor den Augen geworden war. Jetzt fühlte sie sich schwach und ausgelaugt, als läge ein Marathon hinter hier.

»Warum sind Sie nach unten zu Ihrer Nachbarin gegangen?«, fragte sie der Beamte noch einmal.

Sie räusperte sich. Ihre Kehle war staubtrocken. Ihr nüchterner Magen drehte sich vom Alkohol. »Ich habe Geschrei gehört.« In ihren Ohren tönte noch das Miauen der Katzen.

»Hat Ihre Nachbarin geschrien?«

Becca starrte auf ihre Hände. Die hatte sie so sehr gerieben die letzten Minuten, dass sie rot waren. »Ich weiß nicht. Ich kann mich nicht erinnern. Als ich richtig wach war, klang es nach den ... nach der Katze.«

»Was ist dann passiert? Erzählen Sie alles ganz in Ruhe.«

»Ich habe Christoph neben mir wach gemacht. Er hat einen sehr festen Schlaf. Er hat mich darauf hingewiesen, dass es wie eine Katze klingt und wollte sich wieder umdrehen. Zunächst hat mich das beruhigt, doch als das Geschrei nicht aufhören wollte, bin ich unruhig geworden. Ich habe ihn wieder wachgerüttelt und schließlich stand er auf.«

Sie schielte Richtung Schlafzimmer, wo Christoph in diesem Augenblick von einer Beamtin vernommen wurde. Sie wünschte, er könnte ihr beistehen.

»Wir sind also aufgestanden und haben das Licht angemacht. Unsere Balkontür war leicht gekippt, deshalb konnten wir von unten alles deutlich hören. Chris ist raus auf den Balkon gegangen und hat nach unten geguckt. Wenn man sich weit genug vorlehnt, kann man den Balkon darunter sehen. Ich hatte vermutet, dass die Katze vielleicht ausgesperrt wurde. Doch da war nichts, wie er sagte. Im Gegenteil. Ihre Tür muss offen gewesen sein, weil man hin und wieder die Gardine im Wind sehen konnte.«

»Und dann? Wieso sind Sie runter gegangen? Wollten Sie sich beschweren?«

Becca schluckte. Sie holte tief Luft. »Nein, sie ist eine nette alte Frau. Wir hätten uns nicht beschwert, bloß weil ihre Katze mal schreit.« Ihre Kehle schnürte sich zu. Dann spürte sie, wie ihre Emotionen sie überrollten und ein Schwall Tränen brach aus ihr heraus. Der Beamte blieb reglos. Er hatte das sicher Tausende Male schon gesehen. Irgendwann beruhigte sich Becca von selbst wieder. Sie räusperte sich erneut. »Ich hab mir Sorgen gemacht.«

»Wieso?«

»Weil ihre Balkontür offen stand.« Sie sah ihn herausfordernd an. Sicherlich hielt er sie für ebenso empfindlich wie die meisten.

»Die Nächte sind mild, warum beunruhigt Sie so was?«

Mit dieser Frage hatte sie schon gerechnet, auch wenn die Antwort für sie auf der Hand lag. »In letzter Zeit gab es doch diese Überfälle und sie ist alleinstehend. Sie hat nicht auf ihre Katze reagiert. Das habe ich noch nie erlebt. Ich hatte ein mulmiges Gefühl. Deshalb habe ich Christoph gezwungen, mit mir runterzugehen. Er hat auch erst gedacht, ich würde übertreiben«, fügte sie ein wenig pikiert hinzu.

»Wie spät war es da?«

»Ich bin nicht sicher. Irgendwann nach fünf.«

»Und weiter?«

»Wir sind runtergegangen und haben gesehen, dass ihre Tür offen stand. Dann bemerkten wir, dass drinnen Bewegung war. Mir war unser Verhalten plötzlich unangenehm. Ich wollte wieder nach oben gehen. Mir war es peinlich, wie ein Spion meinen Nachbarn nachzustellen. Doch Christoph hat einen Blick hineingeworfen und dann Ellie entdeckt. Sie kam auf ihn zu gerannt. Sie wollte gerade raus aus der Wohnung.«

Becca stockte. Was hatte Ellie um diese Zeit in dieser Wohnung gemacht? War sie gerade von einer Party heimgekehrt? Möglich. Doch dann fiel Becca wieder ein, dass

Ellie ebenfalls etwas getragen hatte, das wie ein Pyjama aussah. Sie runzelte die Stirn.

»Wie hat sie reagiert, als sie Sie gesehen hat? War sie erschreckt?«

»Sie war generell sehr erschreckt, würde ich sagen. Sie kam uns mit weit aufgerissenen Augen entgegengelaufen.«

»Hatte sie etwas bei sich?«

»Ich glaube, ihr Handy. Sie hat dann damit die Polizei gerufen.«

»Frau Wolf, Sie haben als Einzige die Wohnung nicht betreten. Ist das richtig?«

»Nur ein Stück in den Flur.«

»In Ordnung. Waren Sie zu irgendeinem anderen Zeitpunkt in der Wohnung?«

»Ähm, ja. Vor knapp zwei Wochen. Sie hatte mich morgens auf einen Kaffee eingeladen.«

Eine Woge schlechten Gewissens schwappte nach oben. Becca fiel wieder ein, wie unwohl sie sich damals bei der Frau gefühlt hatte. Wie sehr sie die Katzen und deren Dreck angeekelt hatten. Sie dachte an die Kekse und dann an Irma Peters selbst, wie sie auf ihrer Toilette saß, blutüberströmt, mit toten Augen. Blass. Ein Klumpen Fleisch, an dem Blut klebte. Sie würgte. Der Beamte schoss nach vorn und legte ihr beruhigend die Hand auf die Schulter.

»Atmen Sie bitte ganz ruhig. Ein und aus.«

Sie folgte seiner Ansage. Langsam beruhigten sich ihre Nerven und ihr Magen wieder.

»In welchen Zimmern haben Sie sich damals aufgehalten?«

»Nur im Wohnzimmer.« Becca zuckte zusammen. Draußen hatte es angefangen zu hageln. Dicke Eiskörner schlugen gegen die Scheibe. Der Himmel war wolkenverhangen. Das Wetter hatte sich komplett gedreht. Sie spürte einen erneuten Schwächeanfall. Dann durchzuckte ein Donnerschlag die Stille, der sie erschreckte.

»Kann ich mich hinlegen? Ich würde auch gern mit meinem Freund sprechen.«

Der Polizist nickte. »Ich werde mich wieder melden, wenn wir weitere Fragen haben.« Er stand auf.

»Kann ich jetzt rüber zu Christoph?«

Der Beamte fixierte wie sie die Schlafzimmertür. »Bitte geben Sie meiner Kollegin noch einige Minuten. Sie wird herauskommen, wenn sie fertig ist.« Er verabschiedete sich von Becca und verließ die Wohnung. Becca atmete erleichtert auf. Unten war das Getrappel von Füßen zu hören. Mehrere Beamte in Zivil liefen durch die Wohnung ihrer ehemaligen Nachbarin. Die Leiche hatten sie längst abtransportiert, doch es wurden immer noch Spuren gesichert.

Becca griff nach ihrem Handy und setzte sich damit auf die Couch. Sie rief ihre Eltern an. Sie hatte das dringende Bedürfnis, sich auszuheulen. Niemand nahm den Anruf entgegen. Mist! Sie nahm ihre Füße hoch auf die Couch und rollte sich zusammen. Ein Kissen unter dem Kopf, wartete sie darauf, dass sie endlich zu ihrem Freund konnte.

Wie es Ellie wohl gerade ging, dachte sie. Sie war ganz allein und hatte ihres Wissens nach keinen festen Freund, der sie jetzt trösten konnte, nur wechselnde Bekanntschaften. Bestimmt hatte sie jede Menge Freunde, die sie anrufen konnte, ganz im Gegensatz zu Becca. Becca hatte nur Steffi und Christoph. Und Steffi sah sie im Grunde nur in der Uni.

Nebenan ging die Tür auf. Christoph kam heraus, gefolgt von der Beamtin. Er bot ihr noch eine Tasse Kaffee an. Becca rollte innerlich mit den Augen. Sie konnte es kaum erwarten, die Tür hinter der Polizei zu schließen und das Grauen mit ihnen auszusperren. Dann fiel ihr ein, dass sie etwas vergessen hatte. Sie sprang auf, ihr wurde sofort schwindelig. Einen Moment musste sie innehalten und tief durchatmen. Dann verschwanden die tanzenden Sterne vor ihren Augen wieder. Sie ging auf die Polizistin zu, die den Kaffee abgelehnt hatte und gerade in Begriff war zu gehen.

»Ich muss Sie was fragen!«, rief sie ihr zu. Die Frau blieb vor der Tür stehen und schaute sie freundlich an. »Wieso hat er sie getötet? Was denken Sie?«

Die Augen der Polizistin wurden groß. »Frau Wolf, es ist zu früh für solche Vermutungen. So weit sind wir in unseren Ermittlungen noch nicht.«

»Glauben Sie, es lag daran, dass sie sich ihm widersetzt hat?«

»Ich kann Ihnen dazu leider noch gar nichts sagen. Es gibt viele Möglichkeiten.«

»Sie meinen, er könnte es geplant haben? Ist er über den Balkon gekommen?«

»Das ist eine Möglichkeit. Doch ihre Haustür stand auch offen. Auf diesem Weg könnte der Täter geflohen oder gekommen sein.«

Rebecca fasste sich bestürzt an die Kehle. »Glauben Sie, dass wir auch in Gefahr sind?«

»Ich kann Ihnen natürlich keine hundertprozentige Sicherheit geben, doch ich glaube, Sie sollten sich nicht allzu viele Sorgen machen. Achten Sie einfach darauf, nachts Ihre Türen zu verschließen.« Sie warf einen Blick auf den Panzerriegel an Beccas Tür. »Sie scheinen hier völlig sicher zu sein.«

»Hat er etwas mitgenommen? Wissen Sie das schon?«

»Ja, ihr Portemonnaie fehlt, doch bisher wurde noch nichts von ihren Karten abgebucht. Außerdem hat er ihr Schmuck gestohlen.«

»Woher wissen Sie das?«

»Zumindest Ohrringe. Er hat sie ihr aus den Ohren gerissen. Beide Ohrläppchen weisen entsprechende Wunden auf. Eine zerwühlte Schatulle im Schlafzimmer lässt darauf schließen, dass er dort noch mehr hat mitgehen lassen.«

»Sandra!« Ein weiterer Beamter war hinter Becca aufgetaucht und sah seine Kollegin strafend an. Die zuckte leicht. Becca erhielt den Eindruck, dass ihr das Gespräch mit der Zeugin Wolf unangenehm war. Durfte sie ihr diese Einzelheiten nicht erzählen? Waren sie nicht nur Zeugen?

»Dann war es ein Einbrecher.« Becca sah sie hoffnungsvoll an. Doch die Frau schien nach dem Rüffel ihres Kollegen nicht gewillt noch weitere Auskünfte zu geben.

»Wie gesagt. Es ist zu früh, um sich dazu zu äußern. Ihr Freund, Herr Beckmann, sagte mir gerade, dass Ihre Nachbarin dazu neigte, die Tür offen zu lassen.«

»Ja, richtig. Das habe ich Ihrem Kollegen gar nicht gesagt.« Becca grübelte. »Ihre Mitarbeiter sind so bei ihr ständig ein- und ausgegangen. Haben Sie mit denen schon gesprochen?«

»Nein, aber das werden wir.«

»Mir fällt da gerade was ein. Als ich am Mittwoch letzter Woche die Treppen runtergerannt bin, bin ich einer Frau begegnet, die ich hier schon öfter gesehen habe. Sie arbeitet für Frau Peters, glaube ich. Sie kam aus der Tür gestürmt und sagte so etwas wie ›Alte Schabracke!‹«

Die Polizistin zückte ihren Notizblock. »Würden Sie mir bitte eine Personenbeschreibung geben? Ich vermute, dass Sie keinen Namen kennen.«

»Nein, kenne ich nicht.« Becca beschrieb ihr die verärgerte Besucherin.

Dann ließ sie die Polizei endlich allein. Sie ging auf Christoph zu, der sie in die Arme nahm und tröstete. Tränen liefen ihr die Wangen herunter. Hinter ihrer Stirn pochte es. Sie schniefte. Ihr ganzer Nacken war verspannt. »Die arme Frau«, schluchzte sie ihm ins T-Shirt. Jetzt fiel ihr auf, dass sie beide immer noch ihre Schlaf-Kleidung trugen. Sie ließ sich von Christoph ins Schlafzimmer führen.

»Du solltest dich eine Weile hinlegen. Wir beide sollten das. Lass uns ein wenig Schlaf nachholen.«

»Ich weiß nicht, ob ich jetzt schlafen kann.«

»Du solltest es versuchen. Sonst klappst du mir heute noch ab.«

Becca nickte. Sie zögerte kurz und ging dann noch einmal zur Eingangstür zurück, drehte den Schlüssel im Schloss und verriegelte danach den Panzerriegel. Dann ging sie zum Balkon und schloss die Tür. Christoph nickte. Sie wusste, dass er einen Kommentar auf den Lippen hatte, rechnete es ihm aber hoch an, dass er ihn für sich behielt.

Dann legte sie sich neben ihn. Hielt seine Hand und schloss die Augen.

Draußen hatte es aufgehört zu hageln. Wind blies die Wolken in rasender Geschwindigkeit über den Himmel und brachte so die Sonne zum Vorschein. Es musste inzwischen etwa neun Uhr sein. Sie bemühte sich, trotz der Helligkeit, zur Ruhe zu kommen. Ein Mörder war in ihr Haus eingedrungen und hatte eine arme, wehrlose Frau ermordet. Das hätte sie sein können. Sie würde sich hier nie wieder sicher fühlen. Würde darauf achten, dass Christoph nachts nicht das Haus verließ, notfalls würde sie ihn begleiten müssen.

Eine Weile achtete sie nur auf ihren Atem. Ließ die Gedanken treiben. Dann setzte sie sich aufrecht hin und öffnete mit einem Schlag die Augen.

»Christoph?«

»Jaa?«, hörte sie neben sich leise ihren Freund murmeln. Er war gerade dabei, ins Traumland zu gleiten.

»Ich habe gar nicht gefragt, wie sie umgekommen ist.«

»Wie meinst du das?«

»Na, was genau ist denn passiert. Hat die Polizei was gesagt? Sie war so übel zugerichtet.«

Christoph setzte sich langsam hin. Er sah sie mitleidig an. Sie konnte nicht deuten, was ihn dazu bewegte. Hatte sie etwas falsch gemacht?

»Willst du das wirklich wissen? Du kannst doch jetzt schon nicht mehr schlafen.« Er streichelte ihre Hand.

Becca zögerte. »Ja. Spuck's aus.«

»Die Polizei musste nichts sagen. Ich hab es gesehen, als ich im Schlafzimmer war. Direkt neben der Katze lag ein blutiger Baseballschläger.«

Becca blieb der letzte Atemzug in der Kehle stecken. Sie brachte einen krächzenden Laut hervor. Sie schloss angewidert die Augen. Dann spürte sie, wie sie Ekel überkam.

»Er hat sie zu Tode geprügelt.« Christophs völlig überflüssige Worte.

Sie nahm sich ihre Decke und zog sie bis zum Kinn hoch.

Was für eine Bestie! Ihr Körper füllte sich mit Angst. Sie zog die Beine unter der Decke ran. Zusammengerollt versuchte sie, ganz tief unterzutauchen. Nur schnell einschlafen. Vergessen und heilen lassen.

Was für eine Bestie! Was für ein Abschaum!

Sie zitterte. Wieder füllten sich ihre Augen mit Tränen. Sie dachte, sie hätte längst alle aufgebraucht.

Christoph war eingeschlafen. Neben sich hörte sie friedliche Schnarchlaute. Wieso fiel es ihrem Umfeld so viel leichter, mit Gefahr und Risiko umzugehen? Sie wusste keine Antwort darauf. Es ermüdete sie, saugte ihr die letzten Energiereserven. Sie lief immer auf Anschlag. Seit Jahren schon. Nie konnte sie sich fallen lassen. Nie fühlte sie sich entspannt. Immer passierte irgendetwas, das ihr wieder Angst machte und sie zurück in den Kreislauf schubste, aus dem sie sich jeden Tag, jede Stunde mühselig zu befreien versuchte.

Diese Bestie!

Sie war es leid. Hatte es so satt. Immer Angst haben zu müssen, nie den Moment genießen zu können. Ihr Kopf schwirrte von Sorgen, auch an Tagen, an denen keine Nachbarn von ihr brutal ermordet wurden.

Sie spürte den Kloß in ihrer Kehle wachsen. Das altbekannte Gefühl. Speichel vermehrte sich rasant in ihrem Mund. Gleich würde sie bewusst jeden Atemzug nehmen und dann den Krampf im Oberkörper spüren, der ihr das Gefühl gab, fast zu ersticken. Als hätte sie nicht schon genug Probleme. Als wäre da draußen nicht ein Wahnsinniger, der hilflose Frauen überfiel. Der ihr Leben mit seiner bloßen Anwesenheit bedrohte. Ihr das Gefühl gab, dass diese Welt ein schrecklicher Ort war.

Vielleicht wäre es das Beste, wenn sie hier und jetzt dem Schicksal ihren Lauf ließ. Sie würde nicht mehr dagegen kämpfen. Hatte keine Kraft mehr, die Angst zu kontrollieren. Sollte die doch komplett über sie drüberrollen und mit ihr machen, was sie wollte. Vielleicht würde sie das ja umbringen. Wen interessierte das schon? Becca gab auf und ließ los. Sollte die Angst doch kommen und sie vernichten!

Plötzlich spürte sie, wie all die Anspannung von ihr fiel. Als würde sie schweben. Ein vollends reiner Zustand wie in Meditation. Oh, mein Gott! Was für eine Erleichterung. Die Angst war weg. Zurück blieb ein Gefühl der vollkommenen Entspannung und Ruhe. Mit einem Lächeln auf dem Gesicht schlief sie ein.

KAPITEL 12

Auf der anderen Seite des Treppenflures saß Ellie wieder an ihrem Esstisch. Sie hatte einen schwarzen Kaffee getrunken und inzwischen geduscht und sich angezogen. Die Polizei war gegangen und hatte sie mit tausend Fragen zurückgelassen. Betäubt, wie in Trance, kaute sie entschlossen auf ihren Fingernägeln. Tränen waren bisher ausgeblieben. Der Schock saß zu tief. Ihr erster Gedanke ging zu Ian, doch sie hatte ihn nicht erreicht, als sie es vorhin versucht hatte. Dann wollte sie ihre Freundin Caro verständigen. Sie brauchte jetzt jemanden, an den sie sich anlehnen konnte. Caro ritt gerade ihr Turnier. Es wäre nicht fair, sie davon abzulenken. Sie schickte ihr deshalb nur eine Nachricht, dass sie sich freuen würde, wenn sie sich danach bei ihr meldete.

Ellie trommelte mit den Fingern der rechten Hand auf die Tischplatte, die linke umklammerte ihren Becher. Ihr

Blick führte ins Nichts. Vor ihrem geistigen Auge sah sie Irma, wie sie mit aufgeplatzter Schädeldecke auf ihrer Toilette saß und mit leeren Augen zur Zimmerdecke starrte.

Schluss damit!

Ablenkung musste her. Sie schlüpfte in ihre bequemen Laufsachen und verließ ihre Wohnung. Im Keller stand ihr Rad. Das schleppte sie durch die Garage nach draußen. Milde Luft schlug ihr entgegen, als sie die schräge Auffahrt zur Straße hochlief. Es roch nach Frühling. Der wolkenschwere Himmel ließ hier und dort ein paar Sonnenstrahlen hindurchblitzen.

Na bitte, geht doch, dachte sie und stieg auf. Sie fuhr zur Alster, hinten an der Uni vorbei, dem großen Postgebäude, durch eine kurze Allee aus blühenden Bäumen. Sie kreuzte die Hauptverkehrswege und war ziemlich schnell in der noblen Wohngegend um die Milchstraße herum. Hektik war hier ein Fremdwort. Die Alsternähe und die hohe Dichte an Boutiquen, Restaurants und Arztpraxen kleideten diesen Teil der Stadt in ein exquisites Gewand. Sie atmete tief durch, sog die pollengeschwängerte Luft ein und musste augenblicklich niesen. Sie fühlte sich lebendig und frei.

Endlich!

Ellie parkte ihr Rad an einem Ständer neben einer Wiese, die die hiesigen Hundebesitzer bevorzugt nutzten. Ein Beagle und ein Labrador wurden gerade mit Bällen über die Fläche gescheucht. Nachdem sie ihr Rad angeschlossen hatte, lief sie los. Lief vor zum Wasser, vorbei am ›Café AlsterCliff‹ mit seinen Teakmöbeln und den ersten Sonnenhungrigen, die sich von so ein bisschen Aprilwetter nicht abschrecken ließen. Eigentlich war es schon Mitte Mai, der

13., um genau zu sein. So langsam musste mal Schluss sein mit diesem wechselhaften Wetter. Hamburg eben!

Sie lief immer parallel am Ufer entlang. Sie war eine von vielen, unabhängig und ganz bei sich. Sie spürte ihr Herz beschleunigen. Es hämmerte immer wilder gegen ihre Brust, je schneller sie lief. Stoßweise zog sie Luft ein und stieß sie wieder aus, reinigte sich, erneuerte ihre Kräfte, heilte ihre seelischen Wunden. Normalerweise würde sie in gemäßigtem Tempo um die Alster joggen. Das mochten etwas mehr als sieben Kilometer sein. Doch nicht heute. Heute wollte sie sich verausgaben, bis sie an nichts mehr denken konnte als an den Rhythmus ihres Herzschlags, das pochende Blut in ihren Adern und ihre sich aufblähende und zusammenziehende Lunge. Nach und nach wurden ihre Schritte sicherer, energischer. Sie spürte, wie der Frust und die Angst ihren Körper mit ihrem Schweiß verließ und als dünner Film vom Wind weggetrocknet wurde.

Ian erschien in ihren Gedanken. Er war heute zu ihrem Anker geworden. Sie hätte nicht gewusst, wie sie den Morgen hätte überstehen können ohne die Gefühle für ihn. Ohne die Sicherheit, die ihr ihre Verbindung zu ihm gab. Gut, dass sie sich gestern noch ihre Gefühle füreinander gestanden hatten. Er gab ihr Hoffnung. Alles würde gut werden. Was hatte sie für ein Glück gehabt, ihn zu finden. Alles nur aufgrund eines mutigen Momentes, der ersten wirklich mutigen Tat in ihrem Leben. Das gab ihr Kraft. Er gab ihr Kraft. Schade, dass er sich gerade außer Landes befand und ihr nicht beistehen konnte. Hoffentlich meldete er sich bald.

Eigentlich hatte er sogar versprochen, sich direkt nach seiner Ankunft zu melden. Das war gestern Abend gewesen. Wieso hatte er es noch nicht getan? Wieder ein Kloß in ihrem Hals. Sie kämpfte dagegen an. Schluckte, bis das Gefühl verschwand und konzentrierte sich wieder auf ihre Strecke. Vorbei an Pärchen, die händchenhaltend am Wasser entlangschlenderten, die Segelboote beobachteten und ihre Köpfe glücklich einander zuwandten, sich aneinander anlehnten. Sie lächelten. Ellie sah verbissen nach vorn und beschleunigte erneut ihr Tempo.

Völlig fertig erreichte sie nach einer Stunde ihr Rad. Sie hatte die Alster einmal umrundet, zwischendrin ihre Sprints durch etliche Pausen unterbrochen. Ellie schnaufte, fühlte sich aber erneuert und zufrieden. Sie entriegelte das Schloss und fuhr heim.

Nachdem sie ihr Rad wieder im Keller verstaut hatte und in ihre Wohnung im dritten Stock getreten war, fiel ihr Blick auf einen Haufen Wäsche. Die hatte sie heute Morgen in eine Ecke im Flur gepfeffert. Die Kleidung, die sie in der Nacht getragen hatte. Mit angewidertem Gesicht blickte sie auf einen Ärmel ihres Pyjamas, den rote Flecken zierten. Irmas Blut. Sie musste an der Türlaibung des Schlafzimmers langgeschleift sein – über einen verschmierten Handabdruck. Einen von vielen.

Sie ging in die Küche und holte ihr Waschmittel unter der Spüle hervor. Dann schnappte sie sich den Haufen, legte ihn in einen Wäschekorb und machte sich erneut auf den Weg in den Keller. Tageslicht drang in den Hausflur und machte wieder wett, dass die Beleuchtung kaputt war. Ellie durchschritt eine schwere Feuerschutztür, um in die angrenzenden Kellerräume zu gelangen, die sie sich mit dem Nachbareingang teilten. Hier brannte das Licht. Sie atmete auf. Sie ging in einen kleinen Raum mit drei Waschmaschinen und zwei Trocknern. Das hatte sie bei ihrem Einzug am meisten begeistert. Der lästige Gang zum Waschsalon fiel endlich weg. Die Zeit, die sie auf ihre Wäsche warten musste, konnte sie gut in ihrer Wohnung verbringen. Musste nicht ausharren hinter einer riesigen Glasscheibe und stundenlang den Verkehr vor dem Salon beobachten.

Ellie kniete sich vor eine der Maschinen und stopfte den Berg Wäsche hinein.

»Da hatten wir offensichtlich beide den gleichen Gedanken.«

Erschrocken fuhr sie herum.

Christoph.

»Wie geht's dir?«, fragte er, während er die Maschine neben ihr belud.

Sie zuckte mit den Schultern und wandte den Blick ab.

»Brauchst du jemanden zum Reden?«

»Nein, geht schon.« Am liebsten hätte sie sich umgedreht und wäre einfach nach oben gerannt. Sie hatte keine Lust, über die letzte Nacht zu reden oder irgendetwas anderes zu besprechen.

»Becca ist ganz schön fertig«, sagte Christoph, während er das Waschmittel einfüllte.

Es war sicher unhöflich, darauf nicht zu reagieren. Genervt ergab sie sich in ihr Schicksal. »Das tut mir leid, aber was hast du erwartet?« Selbst schuld, dachte sie. Warum musste er sie jetzt zu einem Gespräch nötigen.

Ein zorniger Ausdruck schlich sich in seine Augen. »Nicht jeder ist aus Stein, weißt du?«

»Was willst du damit sagen?«

»Ich will damit sagen, dass manche von uns Gefühle haben.«

»Was willst du mir über Gefühle erzählen? Du führst doch deine Märchenbeziehung, während ich mich allein durch mein Leben schlage!« Sie schäumte vor Wut.

Christoph blähte seine Nasenflügel auf und blies die Luft in einem Stoß hinaus. Dabei verzog er sein Gesicht zu einem angedeuteten Grinsen. »Davon war gestern Morgen aber wenig zu hören!«

So ein Mist! Sie hätte die Balkontür schließen sollen, als Ian bei ihr war.

»Darf ich mich darauf einstellen, dass du uns jetzt öfter an deinem regen Sexleben teilhaben lässt?«

»Zumindest habe ich noch eins!« Das hatte gesessen. Sie bereute sofort, dass sie so weit vorgeprescht war. Christoph fiel die Kinnlade herunter. Langsam schob er sich zwischen sie und die Tür, glitt ein Stück nach hinten und schob sie zu, während er sich dagegen lehnte. Er verschränkte die Arme vor dem Oberkörper und sah sie aus kleinen Augen an.

»Ich hätte nicht gedacht, dass du so ein gehässiges kleines Miststück sein kannst«, sagte er.

Ellie fühlte sich unwohl, wusste aber auch, dass sie erheblichen Anteil an ihrer misslichen Lage hatte.

»Du tust das, um mir weh zu tun, richtig?«, fragte er.

»Nein.«

»Was denn sonst?«

Sie machte einen Schritt auf ihn zu. »Ich möchte jetzt nach oben gehen.«

Er griff nach ihrer Schulter, mit beiden Händen. Sie sah ihm ins Gesicht. Heute hatte sie ihre Reserven für Angst schon aufgebraucht nach allem, was sie am frühen Morgen erlebt hatte. Es gab keinen Ort mehr, aus dem sie diese Emotion noch hätte hervorzaubern können. Er nervte sie nur schrecklich. Einschüchtern konnte er sie nicht.

»Warum tust du mir das an?«

Seine Hand glitt hoch zu ihrer Wange und fuhr mit den Fingerspitzen leicht darüber. Es prickelte in ihrem Nacken. Sie konnte nicht leugnen, dass es einmal Gefühle für diesen Mann gegeben hatte. Doch allein der Gedanke tat weh. Ein Schmerz, den sie nur zu gern losgeworden war.

»Ich glaube, du verstehst da was falsch. Was tue ich dir denn an?«

»Dieser Typ, mit dem du dich abgibst. Das machst du doch, um mir wehzutun. Deshalb auch diese lautstarke Vorführung gestern früh in deinem Schlafzimmer.«

Seine Finger lagen immer noch an ihrer Wange. Sie wandte ihren Blick nach unten, doch er hob sanft ihr Kinn, sodass sie ihm direkt in die Augen gucken musste. Sie sah die Stärke darin, die sie einst so gefangen genommen hatte. Das Selbstbewusstsein, dieses sichere Auftreten, das sie so beeindruckt hatte. Er hatte das Äußere eines Sonnyboys und strahlte mit seiner souveränen Art jede Menge Kraft aus. Ein Mann, den man gern an seiner Seite hätte. Zumindest sie. Doch das Märchen hatte eine Schattenseite. Er war verlobt.

»Du denkst immer nur an dich, das war von Anfang an unser Problem.«

»Ich war verliebt in dich!«

»Das warst du nicht! Du hast einen Ausweg aus deiner verworrenen Beziehung gesucht und ich war die Dumme, die gerade zur Stelle war.«

Mit Scham dachte sie daran, wie sie auf sein Getue reingefallen war. Wie sehr sie nach seinen Avancen gedürstet hatte. Sich eingeredet hatte, dass er der Traumprinz wäre, der seine Freundin für seine wahre Liebe verlassen würde.

»Das ist nicht wahr und das weißt du auch. Du hast dir diesen Kerl angelacht, um mir weh zu tun, nur weil ich nicht gleich nach deiner Pfeife getanzt habe.«

Sie schlug die Hand vors Gesicht und schüttelte den Kopf. Sie hatte die Sache damals beendet, sobald sie sein Spiel durchschaut hatte.

»Du bist nicht ganz dicht. Du bist in einer Beziehung – einer, aus der du überhaupt nicht rauswillst. Mir hast du erzählt, ihr wärt dabei, euch zu trennen und du bringst es nur nicht übers Herz, sie mit ihren Ängsten sofort allein zu lassen, doch ihr wärt euch einig. Alles gelogen! Jetzt, wo ich jemanden gefunden habe, der mich glücklich macht, wirst du eifersüchtig und versuchst, alte Ansprüche anzumelden. Lass mich gehen!«

Sie versuchte, sich an ihm vorbeizudrängen. Er ließ sie passieren. Als sie auf seiner Höhe war, sagte er: »Du hast mir damit ganz schön wehgetan. Ich hoffe, das ist dir klar.«

Sie reagierte nicht darauf. Sollte er doch denken, was er wollte. Die Sache mit Ian hatte sicher nichts mit ihrer alten, verkorksten Affäre zu tun. Was für ein Arsch! Er gönnte ihr nicht das Braune unter den Nägeln. Immer ging es nur um ihn und sein Leben: Wie sie da reinpasste, was seine Verlobte denken würde, inwieweit es seine Zukunftspläne beeinflussen konnte. Dass sie verlobt waren, hatte Ellie zunächst nicht geahnt. Sie stöhnte, bog um die Ecke zur Treppe und schrie auf. Vor ihr stand Rebecca. Ellie hörte das Blut in ihren Ohren rauschen.

»Hi, entschuldige. Ich habe dich nicht gesehen.« Ellie ging um sie herum. Rebecca sagte nichts. Sah sie nur von oben herab an. Die Frau war fast einen Kopf größer als Ellie. Ihr wurde flau im Magen. Wie immer, wenn sie ihre Nachbarin sah. Sie ging weiter und scherte sich nicht darum, dass Rebecca nicht antwortete. Es musste nicht zwingend bedeuten, dass sie ihr Gespräch mit Christoph belauscht hatte. Was machte sie überhaupt hier unten? Wollte sie ihm beim Waschen helfen? Oder ahnte sie etwas? Nach der langen Zeit?

Ellie sprintete nach oben, öffnete ihre Wohnungstür und verbarrikadierte sich dahinter. Hier war es hell und freundlich. Sie ging ins Schlafzimmer und legte sich für einen Moment auf ihr Bett. Mit geschlossenen Augen sehnte sie sich zu ihren gemeinsamen Momenten mit Ian zurück. Nichts an ihrer Beziehung mit ihm war toxisch. Er tat ihr gut, ließ sie frei atmen. Sie wurde von ihm nicht ständig hin- und hergerissen zwischen völliger Glückseligkeit und Verlustangst. Ganz im Gegenteil zu der unglückseligen Affäre mit Christoph. Wie hatte sie sich nur auf so eine aussichtslose Geschichte einlassen können? Im Grunde wusste sie es: Angst, zu spät zu kommen. Angst, dass alle guten

Kerle bereits vergeben waren und sie in Nachbars Garten plündern musste, um die wahre Liebe zu finden.

Sie griff nach ihrem Handy und rief Ian an. Sie musste mit ihm reden, über den Mord und darüber, wie sehr er ihr fehlte. Die Geschichte mit Christoph musste sie auch loswerden. All das belastete sie.

Die Mobilbox ging ran. Wütend legte sie auf. Er musste doch inzwischen gesehen haben, dass sie versucht hatte, ihn anzurufen.

Diese verflixten Zweifel stiegen wieder in ihr hoch.

Nein! Nicht schon wieder. Dieses Mal ist es anders. Er ist nicht wie all die anderen. Ihm geht es tatsächlich um mich. Er will mit mir zusammen sein, hat er gesagt, und ich glaube ihm. Warum hätte er mir so etwas sagen sollen? Hätte mir schreiben sollen, dass er verliebt in mich ist. Sie stockte. Er hatte es ihr nicht gesagt, hatte sie angeschrieben deswegen, obwohl sie den ganzen Tag zusammen verbracht hatten. Christoph vorhin, hatte es ihr ins Gesicht gesagt: ›Ich war verliebt in dich!‹. Reichlich spät natürlich, doch er hatte ihr dabei in die Augen geschaut, obwohl er wusste, dass es längst zu spät war. Oder gerade deswegen?

Ellie schwirrte der Kopf. Sie stand auf und ging in ihrer Wohnung auf und ab. Wie ein Tiger im Käfig. Sie konnte nicht mehr klar denken. Das war ja auch kein Wunder, wenn man bedachte, was für einen Tag sie bereits hinter sich hatte. Tief atmete sie ein.

Jetzt nicht aus der Ruhe bringen lassen.

Christoph war zweifelsohne nicht ihr Ritter in strahlender Rüstung. Wenn sie das bis jetzt nicht gelernt hatte, dann war ihr definitiv nicht mehr zu helfen. Er benutzte ein

Wort wie ›Liebe‹ leichtfertig, um sein Ziel zu erreichen. Vielleicht glaubte er tatsächlich daran. Glaubte, dass es Liebe war, die er für sie empfand. Ellie wusste es besser. Es war Verlustangst. Die Angst, den Strohhalm ziehen zu lassen, der ihm immer wieder einen Ausweg aus seiner Beziehung bot.

Dass sie vor einiger Zeit gegangen war, hatte ihm vor Augen geführt, dass er jetzt festsaß mit der Entscheidung, die er getroffen hatte, als er Rebecca einen Antrag machte. Ellie hatte die Gesamtsituation nicht mehr ausgehalten. Das Versteckspiel, die Geheimnisse. Was zunächst aufregend begonnen hatte, wurde zu einem schlechten Scherz auf ihre und Rebeccas Kosten. Wie konnte sie nun wissen, dass Ian nicht ebenso leichtfertig mit ihren Gefühlen spielte? Genau genommen kannte sie ihn erst seit einer Woche. Hatte sie sich in ein Trugbild verrannt? Der sanfte, sensible Musiker mit seinen gefühlvollen Songs. War es Wunschdenken? War der Mann tatsächlich das, was sie in ihm sehen wollte?

Es klingelte. Ihr Herz machte einen Satz. Die Nummer war unterdrückt. Komisch, dachte sie und ging ran.

KAPITEL 13

Becca schwamm eine Bahn nach der nächsten. Sie genoss, wie das kühle Wasser ihre Haut umschmeichelte, sie auffing und hochhob, als wäre sie eine Feder. Konzentriert und vollkommen ruhig zog sie in Kraulzügen bis zum Beckenrand durch, bis sie schließlich auftauchte und sich an dem kalten Stein festhielt. Sie war allein im Schwimmbad ihrer Eltern. Draußen vor den Toren von Hamburg, wo sie ein ansehnliches Anwesen besaßen, mit angebautem Pool und Überdachung.

Auf einem weißen Korbstuhl vor ihr lag ein Handtuch, das ihr ihre Mutter hingelegt hatte. Weißes Frottee, ihre Mutter liebte Weiß. Becca tat es auch – die absolute Reinheit, Unschuld.

Als ihre Eltern gehört hatten, was geschehen war, hatten sie Becca angeboten, für ein paar Tage zu ihnen zu kommen. Sie hatten auch Christoph eingeladen. ›Der Junge mochte ja Schreckliches durchgemacht haben‹, wie ihre Mutter sich ausdrückte. Becca wollte aber lieber allein kommen. Nur wenn sie allein bei ihren Eltern war, konnte sie sich entsprechend pflegen lassen. Mit Christoph gemeinsam war es schwer, in die Rolle des Kindes zu flüchten, den Schmerz zu vergessen und im Schoß ihrer Familie ihre Wunden zu lecken.

Das hatte sie ihm sagen wollen, als sie vor ein paar Stunden in den Keller gegangen war, wo sie ihn vermutete. Als Erstes war sie auf Ellie getroffen und sofort standen die Erlebnisse des Morgens wieder vor ihr. Sie hatte nicht gewusst, wie ihr geschah, doch sie hatte sich in eine Salzsäule verwandelt, als die Frau sie so erschreckt hatte. Ellie schien es auch unangenehm gewesen zu sein. Sicherlich ging es ihr ähnlich. Dann war Christoph aus dem Keller gekommen und sein Blick hatte ihr Angst gemacht. Er sah schuldbewusst aus, doch Becca wusste nicht, wieso. Sie spürte nur eine Enge, die sich in ihrem Hals breitgemacht hatte, ein Gefühl, das sich hochkämpfte und ans Tageslicht wollte. Becca zog es vor, es zu ignorieren. Sie teilte Christoph mit, dass ihre Eltern auf dem Weg wären und dass sie ein paar Tage Abstand bräuchte. Er hatte nur genickt. Hatte nicht versucht, sie aufzuhalten. Das betrübte sie tatsächlich noch mehr.

Traurig blickte sie zu den Korbmöbeln vor sich. Sie strampelte mit den Beinen im Wasser, während sie sich an den Rand klammerte wie an einen Rettungsring. Mit einem kräftigen Ruck zog sie sich aus dem Pool und ging zu ihrem Handtuch. Sie trocknete als Erstes ihre dunklen Haare und dann ihren Körper. Das Handtuch legte sie an Ort und

Stelle und ging ins Haus. Nachdem sie sich umgezogen hatte, fand sie ihre Eltern in der Bibliothek. Sie schienen ein wichtiges Thema zu wälzen, jedenfalls schreckten sie hoch, als Becca eintrat.

»Ach, mein Schatz«, sagte ihre Mutter, »gut, dass du da bist. Wir würden dir gern etwas erzählen.«

Becca ließ sich in einen massiven Ledersessel sinken und sah sie interessiert an. Ihre Haare waren noch leicht feucht und hinterließen feine Wasserspuren auf ihrer Seidenbluse. Ihre Mutter stand vor einer großen Bücherwand aus hellem Holz, ihr Vater saß an seinem Schreibtisch. Er blickte ebenfalls auf und faltete seine Hände vor sich. Man hätte meinen können, er wäre gerade in Begriff, ein Geschäft abzuschließen, so ernst war die Stimmung in diesem Raum.

»Dein Vater hat mit der Polizei telefoniert.«

Becca richtete sich auf. Ihre Augen wurden größer.

»Es sieht so aus«, begann er, »als hätten sie schon eine richtige Spur.«

»Sie haben mit dir darüber geredet?« Becca war überrascht.

»Ja, na ja, eigentlich hätten sie es nicht gedurft, aber ...«

»Du kennst doch deinen Vater, Liebes, er kennt Gott und die Welt, und wenn er etwas herausfinden kann, um seinem kleinen Engel zu helfen, dann schafft er es auch.« Ihre Mutter sprang ein. Sie strahlte Becca an, als hätte die heute Geburtstag. Ihre Eltern schafften alles, was sie sich vornahmen. Wieso gelang ihr das nicht?

Beccas Vater wirkte einen Augenblick verlegen. »Diese Nachbarin von dir, die überfallen wurde … offensichtlich hat sie ein zweites Geschäft betrieben. Eine Art ...« Er räusperte sich, warf seiner Frau einen schnellen Blick zu, »… einen Hostessen-Service.«

»Einen was?« Becca sprang überrascht auf.

»Einen Hostessen-Service. Das ist eine Dienstleistung …«

»Ja, Papa! Ich weiß, was das ist.« Sie ließ sich zurück auf ihren Stuhl sinken und schmunzelte. Die undurchsichtige Vergangenheit ihrer Nachbarin machte ihr Mut. Ließ sie hoffen, dass es keine Willkür gewesen war und sie selbst damit nicht Gefahr lief, Opfer eines solchen Überfalles zu werden.

Erleichtert atmete ihr Vater auf. »Nun, jedenfalls hat sie auf diesem Wege eine ansehnliche Menge Geld verdient. Bei Geschäften wo …« Wieder schluckte er. »… wo Sex im Spiel ist, ist die Kriminalität oft nicht weit. Die Polizei befragt derzeit ihre Mitarbeiterinnen, ob es Vorfälle gegeben hat. Das Ganze sieht für die Beamten nach einem Racheakt aus.«

»Ich habe niemals solche Leute bei ihr ein- oder ausgehen sehen.« Becca überlegte, ob sie eine Hostess überhaupt erkennen würde. Die Frau, die letztens aus Frau Peters' Wohnung gestürmt war, sah mit ihren ungewaschenen Haaren und ihrer schlechten Haut nicht danach aus.

»Hast du herausgefunden, ob sie tatsächlich einen mobilen Pflegeservice betrieben hat oder war das nur Tarnung?«

»Das hat sie«, antwortete ihr Vater. »Und auch hier gibt es jemanden, den sich die Polizei genauer anschauen wird.«

Becca vermutete, dass von dieser unfreundlichen Frau die Rede war, die hasserfüllt die Wohnung vor ein paar Tagen verlassen hatte.

»Wie ich erfahren habe, ist der Dame Schmuck im Wert von mehreren Tausend Euro gestohlen worden. Das mag uns wenig vorkommen, doch es gibt Menschen, die bereit sind, für diesen Betrag einen Mord zu begehen.«

»Was ist mit diesem Vergewaltiger? Hat er etwas mit dieser Sache zu tun?«

»Ich weiß, dass dir dieses Thema Sorgen bereitet, doch dazu konnte sich mein Kontakt nicht äußern. Die Polizei muss zunächst mögliche Spuren im Umfeld des Opfers verfolgen. Bisher weiß niemand, wer dieser Mann ist. Deshalb führen die Ermittlungen hier in eine Sackgasse.«

Becca war enttäuscht. Sie hätte sich so sehr gewünscht, dass sie dieses Schwein schnappen. Dass er einen Fehler beging und sie keine Angst mehr haben musste, weil er gefangen wurde.

»Auf jeden Fall denke ich, dass du dir keine Sorgen machen musst«, sagte ihr Vater. »Die ganze Sache hat nichts mit euch zu tun. Es ist ärgerlich, keine Frage. Doch du musst jetzt nach vorn blicken. Lass dich davon nicht unterkriegen. Diese Dinge passieren leider häufiger, als man denkt.«

»Ich kann mir kaum vorstellen, dass Frauen allzu häufig in ihrem Heim mit einem Baseballschläger zu Brei geschlagen werden.«

»Das beweist, dass wir dir eine behütete Umgebung geschaffen haben, in der du aufwachsen konntest, mein Schatz. Leider sieht die Welt für viele Menschen anders aus. Versuche, dich diesen Dingen zu stellen, das ist mein Rat.« Ihr Vater sah sie ernst an. Er meinte es sicher gut, doch Becca fühlte sich bedrängt.

»Bleib einfach ein paar Tage bei uns, mein Schatz, und erhol dich.« Ihre Mutter war offensichtlich auf ihrer Seite und hatte bemerkt, wie sehr Becca unter den Ereignissen gelitten hatte. Becca dachte darüber nach. Das Angebot war zu verlockend. Sie spürte, wie sie sich entspannte in ihrem Elternhaus. Sie könnte für immer ihre Sorgen hinter sich lassen. Könnte sich pflegen lassen. Ihre Mutter trat neben sie und streichelte ihr die Stirn. Diese warme Berührung weckte Kindheitserinnerungen.

»Liebes, was hältst du davon, wenn du dir ein warmes Bad einlässt, und ich bringe dir ein paar Sandwiches an die Wanne?«

»Wow! Das klingt himmlisch.«

»Das mache ich doch gern. Du solltest heute früh ins Bett gehen und dich einmal richtig ausschlafen. Morgen sieht alles schon ganz anders aus.«

»Das ist lieb von dir, aber ich glaube nicht, dass ich schon schlafen kann.«

»Das wäre aber wichtig.«

Becca blickte auf die Uhr. Es war gerade sieben durch. »Mama, ich werde bestimmt nicht um acht ins Bett gehen.«

»Es ist kein Wunder, dass es dir immer so schlecht geht. Ich bin mir sicher, dass es daran liegt, dass du zu wenig Schlaf bekommst.«

Becca stöhnte. Das hatte sie komplett vergessen. Sie konnte sich hier wie ein Kind fühlen, weil sie auch so behandelt wurde. Einen Tod musst du sterben, hatte Christoph einmal zu ihr gesagt und sie hatte diesen Ausspruch verabscheut. Möglich, dass da was dran war. Becca riss sich zusammen und sah ihrer Mutter fest in die Augen.

»Euer Angebot ist wirklich lieb, aber ich habe mir gerade überlegt, dass das nicht fair Christoph gegenüber wäre. Ihm geht es sicherlich momentan auch nicht blendend und ich habe ihn in dieser Situation allein gelassen.«

»Ruf ihn doch an. Dann kann er herkommen.«

»Ich glaube, es ist das Beste, wenn ich zu ihm fahre. Wenn es mir schlecht geht, melde ich mich. Versprochen.«

Ihre Mutter musterte sie einen Moment. »Ist schon recht. Geh zu deinem Mann und kümmere dich um ihn. Das ist das Beste. Wir lassen dich rumfahren. Dann geht es schneller und du sitzt nicht die halbe Nacht in der Bahn.«

Becca gab ihrer Mutter einen Kuss und verließ den Raum, um ihre Sachen zusammenzusuchen. Sie fühlte sich stark, weil sie eine erwachsene Entscheidung getroffen. Ihr Vater hatte recht. Es war an der Zeit, eine Desensibilisierung durchzuführen.

Als dieses Hochgefühl langsam nachließ, spürte sie ein Kribbeln im Nacken. Es wurde von Minute zu Minute deutlicher. Sie musste jetzt zurück in die Grindelallee und damit zurück zu ihren Ängsten.

KAPITEL 14

»Warum legst du immer wieder auf?«

Ellie stöhnte. Seit einigen Stunden versuchte Christoph, sie telefonisch zu erreichen, doch sie verspürte nicht den Drang, mit ihm zu reden. Er hatte seine Nummer zunächst unterdrückt, doch als sie gehört hatte, wer am anderen Ende der Leitung war, hatte sie aufgelegt. Jetzt stand er vor ihrer Tür und klingelte. Sie hatte die Nase voll und wollte dem ein für alle Mal ein Ende bereiten. Wütend stand sie ihm nun in der geöffneten Tür gegenüber und funkelte ihn an.

»Mein Gott, ich habe einfach keine Lust, mit dir zu reden, kannst du das nicht nachvollziehen?« Ihre Stimme hallte laut durch den Hausflur und war sicherlich noch im Erdgeschoss zu hören gewesen. »Bitte entschuldige, das war wohl etwas laut.« Verstohlen lehnte sie sich zur Seite und schaute auf seine Wohnungstür in seinem Rücken.

»Mach dir keine Sorgen, Becca ist nicht da. Darf ich reinkommen?«

Sie zögerte einen Moment, nickte dann aber. Es könnte sinnvoll sein, mit einem Gespräch die Dinge klarzurücken. Christoph ging auf ihren Esstisch zu und setzte sich. Er sah fix und fertig aus. Mitgefühl regte sich in Ellie.

»Natürlich kann ich dich verstehen. Sehr gut sogar.« Er starrte auf die Glasplatte unter seinen Händen. »Was für ein Scheißtag!«

»Das kannst du drei Mal sagen!« Sie setzte sich ihm gegenüber, sie wartete ab.

»Ich möchte mich bei dir entschuldigen. Ich weiß, ich habe dich nicht immer so behandelt, wie du es verdient hast.« Die Worte fielen ihm sichtlich schwer. Ellie spürte einen großen Brocken von ihrer Seele fallen. Sie hatte bereits mit weiteren Vorwürfen gerechnet.

»Es stimmt nicht, dass ich dich nur ausnutzen wollte. Das war nie meine Absicht, und es war auch nicht meine Absicht, dir weh zu tun. Das musst du mir glauben.«

Sie nickte, die Lippen fest aufeinandergebissen.

»Es ist alles nicht so einfach für mich. Becca, mein Job … hatte ich schon erwähnt, dass ich gefeuert wurde?« Er lachte bitter.

Ellie schüttelte den Kopf und lauschte weiter.

»Wir sind jetzt seit über fünf Jahren zusammen. So eine Beziehung beendet man nicht einfach so. Das braucht Zeit.«

»Was meinst du mit Zeit?«

»Du hast von mir erwartet, dass ich alles stehen und liegen lasse, um mit dir zusammen zu sein.«

»Ja. Na, und? Ich bin am Anfang davon ausgegangen, dass du frei wärst. Das hast du mir im Grunde ja auch gesagt. »Ellie«, hast du gesagt, »Becca und ich sind seit Wochen getrennt, doch ich kann sie gerade mit ihrer Angststörung nicht allein lassen. Wir müssen Rücksicht nehmen.«« Sie schnitt eine Grimasse.

Er sah sie reumütig an. »Nun ja. In gewisser Weise stimmte das auch.«

»Bitte?«

»Sie hat tatsächlich Ängste und würde es nicht verkraften, wenn ich sie in ihrem jetzigen Zustand verlasse. Das ist doch nicht fair ihr gegenüber. Findest du nicht?«

»Deine Affäre ist auch nicht fair ihr gegenüber. Das hat dich doch auch nicht gestört. Versteh mich nicht falsch. Nicht, dass es jetzt noch eine Rolle spielen würde. Tu was du willst.« Ellie runzelte die Stirn.

»Das ist etwas anderes. Sie wusste nichts davon und damit tat es ihr nicht weh.«

»Ahh. Das ist aber praktisch für dich. Dann kriegst du alles, was du willst, ohne dich irgendwo unbeliebt machen zu müssen.« Ellie stand auf. Das Gespräch entwickelt sich nicht in die Richtung, mit der sie gerechnet hatte. Sie hätte es besser wissen müssen. Wieso lernte sie nicht aus ihren Erfahrungen?

»Das ist unfair und das weißt du!«, presste Christoph heraus. »Ich kann nicht einfach so mir nichts, dir nichts eine so lange Beziehung beenden. Das will wohl überlegt sein.«

»Nun, ich weiß nicht, was du von mir willst. Du hast doch deine Entscheidung getroffen.«

Er sah ihr in die Augen. »Du fehlst mir. Ich will nicht, dass es so endet.«

»Du willst, dass ich dir weiter die Stange halte und abwarte, dass du den Mut findest, sie zu verlassen? Und während dieser ganzen Zeit geht es dir gut und du hast alles, während ich leiden muss?«

»Mensch, Ellie! Mach doch die Dinge nicht immer so kompliziert!«

Sie schüttelte den Kopf. Darauf fehlten ihr die Worte. Im Grunde hatte sie auch alles gesagt. »Ich denke, du solltest jetzt gehen.«

Er blieb dort, wo er war, und rührte sich nicht. Ellie wurde ungeduldig. »Bevor Becca wiederkommt.«

»Das wird so schnell nicht der Fall sein. Sie ist zu ihren Eltern gefahren. Ellie, ich brauche dich. Bitte überlege es dir noch mal.«

Ellie trommelte mit ihren Fingern auf den verschränkten Armen. »Da gibt es nichts mehr zu überlegen. Das weißt du doch. Ich will nicht dein Back-up sein.« Sie hatte nicht vor, Ian in diese kranke Diskussion einzubeziehen. Auch ohne ihn stand ihre Entscheidung fest.

»Geht es um diesen Typen, den du da neuerdings am Start hast?«

Sie zuckte zusammen, weil er aussah, als hätte er ihre Gedanken gelesen.

»Nein.«

»Wie lang kennst du ihn? Eine Woche? Er kennt dich nicht so gut wie ich.«

»Du solltest jetzt wirklich gehen.«

»Du wirst enttäuscht sein, Ellie. Er wird dich enttäuschen und dann wirst du dich an meine Worte erinnern.«

»Lass den Quatsch! Du kennst ihn nicht. Du solltest dich da raushalten.«

Er sah sie mitleidig an. »Es war ein anstrengender Morgen. Für uns beide. Vielleicht schläfst du noch mal in Ruhe drüber. Ich bin da, wenn du mich brauchst. Direkt dort drüben.« Er deutete auf die geschlossene Wohnungstür.

Nachdem sie nichts erwiderte, lächelte er und sagte: »Eigentlich doch bescheuert. Da habe ich mir immer gewünscht, dass Becca mal nicht zu Hause ist und wir uns frei bewegen können und nun nutzen wir unsere Chance nicht.«

Er stand auf. Ging langsam auf sie zu, legte ihr seine Handfläche an die Wange und streichelte sie. Ellie hatte das Gefühl, ganz viel Abstand zwischen sich und ihn bringen zu müssen.

»Lass das!« Sie schlug seine Hand weg. Er kam noch dichter und griff ihr an die Hüfte. Zog sie an sich ran und hielt sie in festem Griff umklammert. »Es hat mir immer am meisten gefallen, wenn du dich ein bisschen gesträubt hast. Du bist wirklich eine Wildkatze, Ellie.«

Reflexartig knallte sie ihm eine. Erschrocken rieb er sich die schmerzende Wange und sah sie finster an. Einen Moment hatte er sie losgelassen. Dann sprang er auf sie zu und schlug ihr mit dem Handrücken ins Gesicht.

Patsch!

»Du Schlampe! Ich würde mich nicht drauf verlassen, dass dein Romeo wiederkommt. Wenn er so ein feiner Kerl ist, wird er nichts mit so einer Schlampe zu tun haben wollen.«

Er öffnete die Tür und ging hinaus in den Flur. Ellie sprang mit rasendem Herzen auf und schrie ihm hinterher: »Vielleicht sollte mal jemand deiner süßen Freundin stecken, was du für eine Schlampe bist!«

Sie sah noch, wie er sich umdrehte, doch dann knallte sie die Tür so schnell zu, dass der Blickkontakt zwischen ihnen beiden abriss. Ihr Herz hämmerte wie wild gegen ihre Brust. Sie stand mit dem Rücken zur Tür und glitt langsam daran herunter. Tränen flossen ihr über die Wangen. Unbändige Wut schüttelte ihren Körper. Im Hausflur hinter ihr war es still. Kein Christoph, der ihr etwas hinterherbrüllte. Sie atmete erleichtert aus. Dann vergaß sie auszuatmen. Sie hatte die Tür von Christoph nicht ins Schloss fallen hören. Augenblicklich löste sie sich von ihrem Türblatt, als wäre es heiß und sie hätte sich verbrannt. Vorsichtig schob sie ihr rechtes Auge zum Türspion und schaute hindurch. Der Flur war leer. Christoph war nicht zu sehen.

»Fuck!«

Erschöpft ging sie ins Wohnzimmer, grapschte nach ihrem Handy und wählte wütend den Kontakt von Ian an. Die Mobilbox meldete sich. Sie warf das Handy von sich, auf die Couch.

»Fuck!«

Was zur Hölle war hier los?

Es klingelte an der Tür. Ellie schrak laut vernehmlich zusammen. »Verschwinde!«, schrie sie. Mittlerweile lagen ihre Nerven blank.

»Ellie?«

Die Stimme war nicht Christoph. Zügig ging sie zur Tür und blickte durch den Spion.

Caro.

Ellie riss die Tür auf und zog ihre Freundin mit beiden Armen herein. Die schaute sie verdattert an. Ellie schlang die Arme um sie und fing bitterlich an zu weinen.

KAPITEL 15

Christoph hielt die Tür des Sushi-Restaurants auf und ließ seine Verlobte eintreten. Heute fühlte er sich wie ein König, das musste gefeiert werden. Für Becca war diese Ablenkung ebenfalls gut. Sie musste auf andere Gedanken kommen. Nachdem Ellie ihm gestern einen gehörigen Schrecken eingejagt hatte, war seine Verlobte am Abend wieder heimgekommen. Schneller, als er damit gerechnet hatte.

Mit einem Klingeln schloss sich die Tür hinter den beiden und eine zierliche Frau asiatischer Abstammung eilte auf sie zu. Sie brachte die beiden an einen Zweiertisch, direkt am Laufband. Christoph sah, wie Becca lächelte. Er wusste, dass sie es liebte, Platz zu nehmen und sofort mit dem Essen zu beginnen. Er hängte seinen und ihren Mantel über einen Stuhl und setzte sich ihr gegenüber. Meditative

Klänge erfüllten das Restaurant und auf ihrem Tisch wurde über ein Touchscreen ein Video mit Kois gezeigt.

Eine Kellnerin erschien und nahm ihre Getränkebestellung auf. Christoph bestellte für sie zwei Grüntees und zwei Misosuppen als Vorspeise. Becca konnte nicht warten. Sie hatte sich einen Teller mit gebratener Lachshaut geschnappt und war dabei, ihre Stäbchen auszupacken.

»Du bist wunderschön!«

Sie schaute überrascht auf.

»Ja, ehrlich. Wenn ich dich so sehe, wenn du diese alltäglichen Dinge tust, dann weiß ich wieder, warum ich so glücklich mit dir bin.«

Sie griff nach seiner Hand. »Ich hab dich auch lieb, mein Schatz.« Er erhielt ein Lächeln, kurz bevor sie die Hand wieder wegzog und sich ihrer Vorspeise widmete.

»Was gibt es Neues? Du hast es ja spannend gemacht.«

Christoph atmete einmal tief durch. »Ich habe einen Job!«

»Du hast was?« Sie machte große Augen und ein Lachsmaki fiel von ihren Stäbchen.

»Ich habe den Job. Heute war ich nach meinem letzten Kurs beim Bewerbungsgespräch. ›Aurora Consulting‹. Sie sitzen in der Innenstadt. Sie haben nach genau jemandem wie mir gesucht. Es war eine Initiativbewerbung und ich hatte Glück. Einer der Berater sucht gerade einen Assistenten. Mein Bildungsweg hat sie beeindruckt und auch die Tatsache, dass ich das alles neben einem Job gemeistert habe. Sie sagten, sie suchen Leute, die anpacken können und die Arbeit nicht scheuen.«

Der Tee wurde in kleinen weißen Schalen serviert und Becca wartete mit ihrer Erwiderung, solange die Kellnerin in der Nähe war. Christoph empfand diese Zeit als unnatürlich lang. Endlich ging sie. Ihre dampfenden Suppen hatte sie vor den beiden abgestellt.

»Das freut mich«, sagte Becca. Christoph spürte eine Spur Zurückhaltung in ihrer Stimme. Er sah zu, wie sie stumm ihre Suppe löffelte.

»Was ist dein Problem?«

»Wieso Problem?«

»Du siehst nicht gerade aus, als wärest du begeistert.« Zorn stieg zügig in ihm auf. Heute Nachmittag war ihm ein riesiger Felsbrocken vom Herzen gefallen. Wieso konnte Becca nicht dazu beitragen, dass dieses Hochgefühl anhielt?

»Doch, ich freue mich für dich. Ehrlich.«

»Für uns, mein Schatz. Das ist schließlich unsere Zukunft. Von irgendetwas werden wir unsere Familie ernähren müssen, wenn ich mit dem Studium erst einmal fertig bin.«

»Offensichtlich gehst du davon aus, dass ich nicht dazu in der Lage bin.«

Er stutzte. Das waren ja ganz neue Töne. Die Feindseligkeit in ihrer Stimme ließ ihn aufhorchen. »Das habe ich nicht damit sagen wollen. Ich bin nur immer davon ausgegangen, dass du keine großen Ambitionen nach dem Studium hast. Ich habe dich noch nie über deine Pläne für danach reden hören.«

»Also gehst du davon aus, dass es keine gibt.«

»Was ist denn los mit dir? Wieso können wir uns nicht einmal fünf Minuten auf mein Leben konzentrieren?« Er schnappte sich ein paar California Rolls und stopfte sich einen nach dem anderen in den Mund: eine trockene Angelegenheit. Er hatte vor lauter Ärger die Sojasoße vergessen. Er langte nach der Flasche und mischte sie zusammen mit etwas Wasabi in einem kleinen Schälchen.

»Tut mir leid. Du hast recht. Heute ist dein Tag. Lass uns deinen Erfolg feiern.« Becca hatte ihn die ganze Zeit über angesehen. Jetzt lächelte sie. So war das schon besser.

»Ich danke dir. Es ist schließlich für uns, mein Schatz. Du bist doch sicher auch lieber die Frau eines erfolgreichen Mannes als eines ewigen Studenten.«

Sie betrachtete ihn eine Weile. »Ich habe nur gedacht, dass du besser in deinem Studium vorankommen würdest, wenn du dich dem ganz widmen könntest. Jetzt wird es sich länger hinziehen.«

»Ich brauche aber das Geld, mein Schatz. Ich kann nicht ewig auf deine Kosten leben.«

»Warum nicht? Ich meine, es ist ja nicht für ewig. Nur so lange, bis du deinen Abschluss hast und eine Vollzeitstelle antreten kannst.« Sie sah ihn voller Erwartung in den Augen an.

»Das ist ein sehr großzügiges Angebot und ich weiß es wirklich zu schätzen, aber ich kann dir oder besser gesagt deinen Eltern nicht auf der Tasche liegen. Das bin ich nicht gewöhnt, und ich möchte mich auch nicht daran gewöhnen.«

Er griff nach einer neuen Schale Wasabi auf dem Laufband und bemerkte, wie Becca mit den Augen rollte. Er stöhnte. Was hatte sie denn jetzt schon wieder? Er überlegte, ob er nachhaken sollte. Herausfinden, warum sie sich so anstellte. Doch im Grunde hatte er kein Interesse an diesem Konflikt.

»Willst du eine Jakobsmuschel probieren?« Er wies auf seinen Teller und hob die Augenbrauen.

»Nein, danke.«

Eine Weile saßen sie schweigend da und aßen. Die fernöstlichen Klänge trugen in erheblichem Maße dazu bei, dass Christoph sich entspannte. Der Tag hatte viel Aufregung im Gepäck gehabt. Genau genommen das ganze Wochenende. Diese Bürde fiel langsam von ihm ab.

»Wann fängst du dort an?«

»Offiziell erst am Montag nächster Woche. Sie lassen mich ab morgen schon mal reinschnuppern.«

»So schnell schon?«

»Ja. Ist doch super, oder?«

Becca hatte die Lippen aufeinandergepresst, während sie nickte. Etwas an seiner Aussage schmeckte ihr nicht. Das konnte er sehen.

»Das bedeutet also, sie nutzen ab morgen deine Arbeitskraft, bezahlt wirst du aber erst ab Montag. Sehr großzügig!« Sie stieß die Luft zwischen den Zähnen durch.

»So sehe ich das nicht. Es ist wie ein Praktikum und ich habe die Chance reinzuschnuppern, ohne dass Fehler von mir gleich an die große Glocke gehängt werden.«

»Und was passiert, wenn du in dieser Zeit Fehler machst oder wenn etwas passiert? Hast du einen Praktikumsvertrag?«

Christoph ärgerte sich. Er hatte diese Frage nicht gestellt und hatte deshalb keine Möglichkeit, ein handfestes Argument aus dem Hut zu zaubern.

»Nein, habe ich nicht. Aber was soll schon passieren? Sieh die Dinge nicht immer so eng! Du bist überängstlich. Das beeinflusst deine Wahrnehmungskraft.«

Becca sah aus wie ein angeschossenes Reh. »Dieses Angebot ist einfach nur Ausbeute, nichts weiter!«

»Ich sehe es als Chance. Ich werde bei so einem Unternehmen nicht anfangen, über Nichtigkeiten zu diskutieren, wenn die mich haben wollen!«

Becca zog die Augenbrauen nach oben und steckte sich eine Tuna Roll in den Mund, die sie gerade in Sojasoße geschwenkt hatte.

»Und wie lange?«

»Was meinst du?«

»Wie lange bist du in der Firma? Abends meine ich. Und wie viele Tage die Woche?«

Daher wehte also der Wind. »Jeden Tag, mein Schatz. Das ist eine Unternehmensberatung. Da gibt es keine richtigen Halbtagsjobs. Na ja, vielleicht gibt es die schon, aber nicht, wenn du etwas erreichen willst. Ich werde zwischen sieben und acht zu Hause sein. Das ist das Mindeste an Stunden, das ich leisten muss.«

»Jeden Tag?« Sie hatte laut gesprochen, schrie es fast heraus. Offensichtlich hatte sie damit nicht gerechnet. Was glaubte sie, wie er ihren Traum von einem Häuschen in einem Randbezirk von Hamburg erfüllen sollte?

»Ja. Natürlich. Ich fange dort erst gegen Mittag an. Vorher habe ich Vorlesung.«

»Findest du das nicht alles ein bisschen viel? Es ist doch nicht notwendig. Meine Familie hat genug Geld, um uns während des Studiums erst mal über die Runden zu helfen.«

Langsam reichte es ihm. Er war ein mündiger Mensch, keine Marionette von Familie Wolf. Wo sollte es hinführen, wenn er dieses Geld annahm? Er würde ständig eine Art inoffizieller Verpflichtung spüren. Es ärgerte ihn, dass Becca augenscheinlich nicht im Geringsten seine Leistung bei der gesamten Sache würdigte. Er hatte die letzten Jahre wie ein Tier geschuftet. Er hatte dieses Vorstellungsgespräch gemeistert und sich gegen zehn weitere Kandidaten durchgesetzt.

Das alles verlor seinen Wert, wenn Becca ihm den Luxus, den er sich damit leisten konnte, mit einem Fingerschnippen zur Verfügung stellte. Genauer gesagt: ihre Eltern. Sie selbst hatte in ihrem Leben noch nichts auf die Beine gestellt. Kein Wunder, dass sie nicht nachvollziehen konnte, wie sehr er dieses Gefühl brauchte, es aus eigener Kraft geschafft zu haben. Er, dessen Familie kein Interesse gezeigt hatte, welche Laufbahn er einschlagen würde. Ihnen wäre es sogar lieber gewesen, er hätte nicht studiert. Nur eine Ausbildung absolviert und danach gutes, hartes Geld verdient. Seine Träume von einem Leben im Luxus mit einer entsprechenden Frau an seiner Seite und den obligatorischen zwei Kindern im eigenen Heim taten sie als Fantasterei ab. Durch harte Arbeit kam man nicht zu Reichtum, war der Grundsatz seiner Eltern gewesen. Ehrliche Arbeit war die Maxime seiner Familie, der Traum von Erfolg eine Maßlosigkeit, die nicht erstrebenswert war. Christoph schien es, als wollten sie glauben, dass Menschen mit überdurchschnittlich viel Geld von Haus aus schlechte Charakterzüge zeigten. Und dass es immer unrechtmäßig erworben war, wenn man mehr besaß als der Durchschnitt. So rechtfertigten sie das, was sie selbst bisher erreicht hatten. Christoph wollte mehr.

»Christoph?«

Er war in Gedanken versunken gewesen und hatte auf den Koi-Teich unter seinem Geschirr gestarrt. Er hatte vergessen, dass er Becca noch eine Antwort schuldig war. »Ja?«

»Glaubst du nicht, dass du noch ein wenig ohne Job aushalten kannst? Ich will nicht, dass du dich vollkommen kaputtmachst.«

»Aber ich fühle mich nicht kaputt. Im Gegenteil. Ich fühle mich lebendig.«

»Wird dir nicht die Zeit fehlen, die wir dann nicht miteinander verbringen können?«

Vorsicht, Alter, das ist eine Fangfrage, dachte er.

»Natürlich wird sie das. Es geht aber nicht anders.«

»Es geht schon ...«

»Becca! Schluss jetzt. Ich will kein Schoßhündchen sein. So bin ich nicht. Versuche nicht, mich einzusperren.«

»Keiner hat was von Einsperren gesagt!« Sie wirkte beleidigt. Christoph war froh, dass der nächste Tisch ein Stück weit entfernt war. Er hatte keine Lust, dass dieses Streitgespräch in der Öffentlichkeit landete. Es war ohnehin ein Witz, dass sie über so etwas diskutierten. Wäre Becca auf das Geld angewiesen, hätte sie ihn mit Küssen empfangen. Hätte ihn beglückwünscht und wüsste zu schätzen, was dieser Schritt bedeutete. Immerhin war er jetzt wieder im Spiel. Doch Becca wollte ihn offensichtlich nicht im Spiel. Was sie wollte, wusste er jedoch nicht.

Er griff nach ihrer Hand. »Ich denke, dass es auch für dich wichtig wäre, ein normales Leben zu führen. Wenn wir uns einsperren, ist das weder gut für mich noch für dich.«

»Wie gesagt: Ich rede nicht davon, jemanden einzusperren. Bitte entschuldige mich. Ich muss zur Toilette.«

Sie stand auf und ging nach ein paar Metern eine Treppe nach unten. Christoph atmete tief durch und winkte dann einer Kellnerin. Sie kam an den Tisch und nahm seine Bestellung für ein Bier auf – ein Jever. Verträumt schaute er ihr hinterher, wie sie mit ihrem leeren Tablett davonging. Sie trug eine schwarze Jeans und ein schwarzes enges T-Shirt, dass ihre kleinen, festen Brüste betonte.

Drei Minuten später war sie wieder da, und servierte ihm sein Bier.

»Wir feiern ein bisschen. Ich habe heute einen neuen Job in einer großen Unternehmensberatung angetreten«, erklärte er ihr. Die junge Frau lächelte. Sie musste Anfang zwanzig sein. Ihre strahlend weißen Zähne hellten ihr Gesicht noch weiter auf. Die schwarzen kräftigen Haare hingen ihr unbezähmbar in Strähnen ins Gesicht. Die meisten davon hatte sie in einem dicken Pferdeschwanz untergebracht. Christoph fuhr sich mit der Zunge langsam über die Lippen, während er sie ansah.

»Das ist großartig. Ich mich sehr für Sie freuen. Heute großer Tag! Soll ich Nachtisch für Sie und Frau bringen? Vielleicht mit Wunderkerzen? Ist großer Tag für Sie!«

Er schmunzelte bitter. »Nein. Lieben Dank. Ich denke, wir nehmen bald die Rechnung. Aber vielen Dank.«

Sie verbeugte sich ein wenig, als sie ging. Im nächsten Augenblick war Becca zurückgekehrt. Sie sah müde aus und genauso erledigt, wie er sich inzwischen fühlte. Es war sicher das Beste, wenn sie aufbrachen. Diesen Abend konnte man nicht mehr retten.

»Willst du los?«, fragte sie. »Ich habe noch Hunger.«

»Ich hätte gern noch einen kleinen Teller, aber danach bin ich fertig.«

»Wieso hast du es eilig? Wir sollten das bisschen Zeit, das wir noch gemeinsam haben, nutzen, finde ich.«

»Jetzt mach kein Drama daraus. Ich bitte dich!« Christoph hatte keine Lust mehr, seine Wut zu zügeln. Sehnsüchtig schaute er der knackigen Kellnerin hinterher. Sie hätte diesen Abend sicher anders ausklingen lassen als so, wie es ihm heute bevorstand.

»Becca, du musst damit aufhören. Ich halte das nicht mehr lang aus. Versuche nicht, mir ständig die Flügel zu stutzen. Ich verspreche dir, du wärest hundsunglücklich mit so einem Mann.« Er ignorierte ihren Wunsch nach mehr Essen und stand auf. »Ich gehe jetzt vor und bezahle. Mir ist danach, nach Hause zu gehen.« Ihre Antwort wartete er nicht ab.

Als er zurückkam, um seine Jacke und sie abzuholen, sah er Wasser in ihren Augen glitzern. Wortlos zog sie sich an. Er ging nicht darauf ein. Alles hatte seine Grenzen.

Beim Verlassen des Lokals nickte er der Kellnerin zu und steckte ihr einen Fünf-Euro-Schein als Trinkgeld in die Hand. Sie sah ihn überrascht an und bedankte sich überschwänglich. Zügig schob er seine Verlobte durch die Tür und schloss sie hinter ihnen beiden, bevor die Kellnerin den Schein ganz ausgerollt hatte und seine Telefonnummer darauf sehen konnte. Er hatte sie am Tresen zusammen mit seinem Namen darauf gekritzelt, als er auf die Abrechnung über seine Karte gewartet hatte.

Sie verließen das Restaurant und Becca hatte es nicht bemerkt. Wie sollte sie auch? Sie war ganz bei sich. Schweigend liefen sie eine Weile nebeneinander her, den Grindelhof hinunter. Der Wind raschelte in den großen Bäumen auf der anderen Straßenseite. Sonst war es still in der Straße. Leichter Sprühregen fiel. Christoph streckte sein Gesicht zum Himmel. Er liebte dieses Gefühl auf seiner Haut. Becca hatte den Blick streng nach vorn gewandt. Sie umklammerte ihre Handtasche eisern und Christoph war sicher, dass sie es bereute, früher als geplant von ihren Eltern abgereist zu sein. Sie hatte ihm erzählt, dass sie sie gebeten hatten, ein paar Tage zu bleiben und sich zu erholen. Möglicherweise wäre das keine schlechte Idee gewesen.

Sie kamen an dem französischen Restaurant vorbei und Christoph hörte alte Chansons durch die Glasscheiben dringen. Mit den Sternen am Himmel, die hin und wieder zwischen den Wolken durchlugten, wäre dies eine romantische Situation für ihn und seine Freundin. Doch Becca hatte sich irgendwann vor langer Zeit entschlossen, dem richtigen Leben den Rücken zu kehren und bewegte sich seitdem nur noch in ihrer eigenen Blase.

Er griff nach ihrer Hand.

»Wollen wir nicht noch ein bisschen spazieren gehen?«

Becca sah ihn traurig an. Dann nickte sie. Sie überquerten die Straße und schlenderten zum Campus. Nach einer Weile legte er einen Arm um sie. »Ich vergesse immer wieder, dass dich das Wochenende traumatisiert haben muss. Bitte entschuldige.«

»Ich versuche wirklich, damit umzugehen. Du hast recht, wenn du sagst, dass ich etwas ändern muss. Ich weiß nur noch nicht, was. So kann es nicht weitergehen. Das sehe ich ein.« Sie griff fester nach seinem Arm und kuschelte sich an.

»Du musst es einfach immer weiter versuchen.«

»Das mache ich. Versprochen. Bitte habe Geduld mit mir.«

»Das werde ich.«

KAPITEL 16

Ellie war froh, die S-Bahn endlich einrollen zu sehen. Sie wollte nur nach Hause. Es war kurz nach neun und dunkel. Sie spürte den Kurs in allen Knochen und wollte sich zu Hause langmachen. Mit dem Sandwich vom Bäcker am Bahnsteig in der Hand stieg sie in ihre Linie, schlängelte sich an einigen Jugendlichen vorbei zu einem leeren Platz und setzte sich erleichtert hin. Ihre Sporttasche stellte sie auf ihre Knie. Auf den Boden würde sie sie nicht stellen. Der stand vor Dreck.

Die Schiebetüren schlossen sich geräuschlos und die Bahn fuhr an. Die schnell vorbeiziehenden plakatierten Wände endeten abrupt. Das ratternde Geräusch verebbte und sie glitt durch die Nacht. Sie lehnte ihre Stirn gegen die kühle Scheibe und schaute in die Ferne. Auf der anderen Seite sah sie Hamburgs beleuchtete Skyline langsam vorbeiziehen. Diesen Anblick liebte sie. Das war ihre Stadt. Sie bereute keine Sekunde, vor fünf Jahren hierher gezogen zu sein. Sie fühlte sich auch vollkommen sicher, doch manchmal konnte es nicht schlecht sein, seine Ausgangslage etwas zu verbessern. Ihr Erlebnis auf der Reeperbahn saß ihr zwar nicht mehr in den Knochen, doch sie hatte es nicht vergessen. Aus diesem Grund war sie heute zum allerersten Mal zu einem Selbstverteidigungskurs für Frauen gegangen. Ihre Arbeitskollegin hatte sie darauf gebracht. Es gab verschiedene Angebote in der Stadt und sie hatte eines mit einem sehr harten Training gewählt, um sie fit und kräftig zu machen.

Heute Abend hatte sie zum ersten Mal seit ihrer Schulzeit Liegestütze gemacht. Ihre Oberarme waren ein Meer aus Schmerzen und die Muskeln um ihre Rippen brannten wie Feuer. Was für ein großartiges Gefühl! Die Kraft würde irgendwann kommen; bis dahin lernte sie die Technik. Ellie hatte es genossen, im Kreise von Gleichgesinnten über Sorgen oder Ängste in kritischen Situationen reden zu können. Sie war nicht allein und das gab ihr Kraft und Selbstsicherheit.

Zufrieden mit sich, die richtige Entscheidung getroffen zu haben, starrte sie auf die vorbeifliegenden Häuser. Das leise Rattern hatte eine meditative Wirkung auf sie. Zu dieser Tageszeit liebte sie ihre Großstadt am meisten, wenn es dunkel war, die Lichter leuchteten. Am Abend öffnete die Stadt ihr Herz. Ließ sie hineinsehen, in die vielen Wohnungen, auf gedeckte Esstische, zu Familien vor den Fernsehern, im Sportstudio oder in Restaurants. Ellie fand, dass man sich am Abend am wenigsten allein fühlte, wenn man zu den Leuten hineinsehen konnte. Anders am Tage, da war ein Blick hinter die Scheiben in dunkle Zimmer nicht möglich, das Leben spielte sich auf der Straße ab. Doch jeder lebte dann für sich oder in seiner Gruppe.

Sie kuschelte sich gegen die Metallwand der Kabine und döste ein wenig. Um ihre Hand hatte sie fest die Riemen der Sporttasche gewickelt. Sie war nicht übermäßig ängstlich, aber auch nicht blöd. Auch in ihrer Stadt gab es Kriminalität, nicht ohne Grund besuchte sie jetzt diesen Kurs für Selbstverteidigung.

Die Bahn fuhr in den Hauptbahnhof ein. Noch eine Station. Dann war sie am Bahnhof Dammtor und konnte aussteigen. Danach würde sie nur noch ein Fußmarsch von zehn bis fünfzehn Minuten von ihrer Wohnung trennen und ihrem Bett.

Ein paar Leute stiegen aus, andere ein. Sie ließ die Augen geschlossen. Kein ungewohntes Bild. Viele Fahrgäste dösten, je später der Abend wurde. Stimmen wurden deutlicher, wenn die Leute auf der Suche nach einem leeren Platz an ihr vorbeigingen, und leiser, je weiter sie sich entfernten. Sie verfolgte ein paar Gespräche ihrer Nachbarn, schmunzelte bei manch einer Erzählung.

Zwei Männer waren unter dem Grundgemurmel deutlich zu hören. Sie waren lauter als ihre umliegenden Mitreisenden. Ellie lauschte ihnen, bis es sie wie der Blitz traf. Sie kannte die Stimmen. Schlagartig tauchte ein Bild vor ihrem inneren Auge auf. Kopfsteinpflaster, vergossenes Bier, alte Kippen zwischen den Pflastersteinen und dieser Typ, der sie mit seinem gesamten Gewicht auf dem Boden fixiert. René. Ihr Puls beschleunigte sich. Sie öffnete vorsichtig die Augen. Vor sich konnte sie kein bekanntes Gesicht erkennen. Die Stimme kam von hinten. Langsam drehte sie sich um. So unauffällig wie möglich suchte sie den Wagon ab.

Zwei Bänke hinter ihr saß er, trug einen anthrazitfarbenen Anzug und ein weißes Hemd. Neben ihm stand eine Aktentasche, die neu und edel wirkte. Er unterhielt sich mit einem Kollegen in ähnlichem Businessoutfit. Ellie traute ihren Augen nicht. Das war – Sören. Ha! Jetzt fiel ihr der Name wieder ein! Hatten die beiden nicht behauptet, fremd hier zu sein? Hatten sie Caro und ihr nicht vorgegaukelt, dass sie Touristen wären und sich nicht auskannten? Ihr wurde schlecht. Sie war auf eine Masche reingefallen. Wahrscheinlich nicht das erste Mal, nur dass sie heute dahintergekommen war. Was für Arschlöcher! Ellie war wütend. Sie spielte mit dem Gedanken, mit angewidertem Gesicht an den Typen vorbeizugehen. Dann entschied sie sich, dass es cooler wäre, so zu tun, als hätte sie die beiden längst vergessen. Sie würde ihnen die kalte Schulter zeigen, wenn sie gleich ausstieg, ihnen beweisen, dass sie nichts wären, nicht weiter von Belang.

Die Bahn wurde langsamer. Auf ihrer linken Seite tauchte die beleuchtete Alsterfontäne vor der Skyline vom Jungfernstieg auf. Die alten fünfarmigen Straßenlaternen mochten mit ihrem atmosphärischen Licht die Stimmung, in der Ellie sich vorhin befunden hatte, nicht zurückholen. Die S-Bahn zuckelte sachte in ihren Zielbahnhof ein. Ellie wusste, dass sie jetzt aufstehen musste. Ihr Herz hatte sich noch nicht beruhigt. Die Müdigkeit von vorhin war wie weggeblasen. Ihr war völlig klar, der Typ da vorn war kein Exfreund, niemand, den sie kennengelernt und der sich dann unsichtbar gemacht hatte. Dieser Typ hatte keine Hemmungen eine Frau zu vergewaltigen, unabhängig davon, welches konservative Bild er gerade in seinem Angeber-Anzug abgab.

Im letzten Moment entschied sie, dass es besser wäre, den anderen Ausgang zu benutzen. Doch da stand bereits jemand hinter ihr in der Schlange und drängte nach vorn, vorbei an den Fake-Touristen vom Kiez.

Ellie sah nach links aus dem Fenster und bemühte sich, beim Vorbeigehen den beiden ihren Hinterkopf zu zeigen. Blonde Mädels gab es in Hamburg wie Sand am Meer. Nur ein paar Schritte – und sie war aus der Gefahrenzone.

»Sag mal … ist das nicht die Kleine vom Kiez?«

Sörens Stimme. Ellie blieb das Herz stehen. Sie versuchte, ein Stück schneller voranzukommen. Den Kopf hielt sie weiter zur Seite geneigt.

»Hattest du nich noch ein Hühnchen mit der zu rupfen?«

Jetzt drehte sie sich erschrocken reflexartig um und sah René direkt in die überraschten Augen. Dort sah sie nur Dunkelheit. Sie wusste nicht, wie sie das deuten sollte. Mit Glück war ihm peinlich, was er ihr im Suff antun wollte und er würde jetzt beschämt nach unten sehen.

»Hast recht. Das is sie.«

Offensichtlich hatte sie von ihm zu viel erwartet. Die Schlange bewegte sich endlich zügig und sie erreichte die Tür. Flink sprang sie heraus und schlängelte sich an ein paar einsteigenden Menschen vorbei. Allesamt müde, größtenteils in Arbeitsklamotten. Aus dem Augenwinkel registrierte sie, dass die beiden ebenfalls zur Tür gedrängt waren.

Fuck!

Sie hastete los. Ihre Tasche hatte sie über die Schulter geworfen und lief im Sprint den glatten, hell gefliesten Boden zur Treppe. Sie hatte zwei Möglichkeiten. Sie konnte die Haupttreppe nehmen, die ins Gebäude führte und dort durch einen belebten Bereich mit Geschäften, Kiosken, Bäckern und Bücherläden. Oder sie nahm die Treppe, die in einer Unterführung unter den Gleisen endete und mit der sie etwa fünfzig Meter dichter an ihrer Wohnung war. Sie entschied sich für die nahegelegene Unterführung. Die lag dichter an ihrer Wohnung.

Als sie auf der Treppe war, wagte sie das erste Mal, sich umzudrehen. Hinter und vor ihr liefen Menschen. Von den beiden keine Spur. Sie bewegte sich zügig weiter, riss sich zusammen und zwang sich, ruhiger zu atmen. Auf der Straßen-Ebene lief sie zum Ausgang. Sie trat hinaus in die Nacht. Es hatte angefangen, leicht zu nieseln. Die ersten Leute spannten ihre Schirme auf. Sie stand mit einem Dutzend anderer Wartender an der Ampel, um die Edmund-Siemers-Allee zu überqueren. Die nächste Bahn fuhr ein, hinter ihr wuchs die Menge, die jeden Moment über die Straße drängen würde. Sie schaute sich noch einmal um. Nirgends eine Spur von den Typen. Noch stand die Ampel auf Rot. Die dicht vorbeifahrenden Autos verspritzten wenige Wassertropfen aus ersten dünnen Pfützen.

Hinter Ellie wurde das Gedränge stärker; sie stand vorn am Bordstein. Fast hätte sie einen Schirm ins Auge bekommen. Ein Schlag traf sie im Rücken. Das kam unerwartet. Sie verlor das Gleichgewicht. Sie strauchelte. Ihre Tasche trug sie noch über der Schulter und konnte deshalb nur mit einem Arm nach Gleichgewicht suchen. Sie stürzte nach vorn, schrammte an einem älteren Herrn vorbei und landete mit beiden Händen in einer Pfütze auf der Straße. Quietschende Reifen und ein Hupkonzert, gepaart mit verängstigten Ausrufen der Passanten, waren die Folge. Ellie starrte auf rasant näher kommende Leuchten. So schnell es ihr möglich war, rappelte sie sich wieder auf. Ein paar Umstehende waren ihr dabei behilflich.

»Geht es Ihnen gut?«

In ihrem Kopf rauschte es.

»Ja, ja, vielen Dank«, antwortete sie automatisch, ohne zu wissen, von wem oder wo die Frage überhaupt hergekommen war.

Die Ampel schaltete auf Grün. Schneller, als es ihr lieb war, setzte sich der Pulk Menschen in Bewegung, verstreute sich auf der anderen Straßenseite in alle vier Himmelsrichtungen und zog sie mit.

Wild pochenden Herzens und mit feuchten Augen blickte sie sich noch mal um, während sie die Edmund-Siemers-Allee überquerte. Auf dem Bordstein hinter ihr stand René. Seinen Kumpel konnte sie nicht sehen. René fing ihren Blick auf und hielt sich wie vor Überraschung eine Hand vor den Mund. Dann nahm er sie wieder weg, langsam und ein breites Grinsen erschien auf seinem Mund. Erst jetzt fiel ihr das Veilchen auf, das ihm Ian an dem Abend verpasst hatte. Es schien immer noch nicht verblasst zu sein. Oder er hatte sich am letzten Wochenende ein neues eingefangen. Ellie ging schnell weiter. Sie wollte die Distanz zwischen ihnen beiden vergrößern.

Wo war Sören? War er überhaupt mit ausgestiegen? Sie musste so schnell wie möglich nach Hause. René ging zu ihrem Schrecken nicht weg. Er wischte sein Grinsen mechanisch aus dem Gesicht und überquerte ebenfalls die Straße, obwohl die Ampel längst auf Rot umgeschaltet hatte.

So ein Mist!

Ellie nahm beide Beine in die Hand und rannte los. Sie flitzte an allen Fußgängern vorbei, wäre bei einem Ausweichmanöver fast auf dem Radweg angefahren worden. Sie drehte sich nicht um. Das würde sie langsamer machen und dann hätte sie keine Chance mehr. Hier war es belebt. Was wollte er schon tun?

Sie rannte am Gebäude der Uni vorbei. Am Campus wurde es langsam ruhiger. Doch man mochte gar nicht glauben, wie viele Veranstaltungen um diese Zeit Besucher in das Gebäude lockten. Bäume rechts und links vom Bürgersteig ließen den Weg dunkel wirken, trotz der stark befahrenen Straße neben ihr. Sie spürte, wie ihr langsam die Puste ausging. Sie könnte hier nach rechts abkürzen, über den Campus laufen und dann ihr Gebäude von hinten betreten, doch das waren viele einsame Minuten weit ab vom Leben. Nicht heute. Keine Chance!

Ihre Oberschenkel brannten. Die hatte sie vorhin schon ans Limit gebracht. Jetzt nur nicht aufgeben. Sie konnte die Grindelallee schon sehen. Noch etwa siebenhundert Meter. Sie schnaufte. Ihre Schritte klangen laut auf dem nassen Asphalt. Ihr Atem kam inzwischen stoßweise, hörbar aus ihrem Mund.

Nur nicht aufgeben!

Tränen stiegen ihr in die Augen.

Was für eine Scheiße!

Was war nur los in der letzten Zeit?

Das Pech klebte förmlich an ihren Händen. Sie glaubte, Schritte hinter sich zu hören. Immer noch hielt sie es nicht für ratsam sich umzudrehen. Sie würde stürzen und dann war alles vorbei, oder dieser Irre würde sie noch mal schubsen. Sie war sicher, dass er sie vorhin auf die Straße geschubst hatte. Oder sein Kumpel? Wo war dieser Sören? Das ließ ihr keine Ruhe. Sie spürte, wie es ihr die Luft abschnürte. Kleine hysterische Seufzer schüttelten sie. Ihr war danach loszuheulen, laut und auffällig. Sie wollte schreien, wollte ihre Familie anrufen, wollte zu Caro oder wünschte, es gäbe einen Ian, zu dem sie sich flüchten konnte. Der hatte sich jedoch zu einem Geist verwandelt. Ein Date, das sich nie wieder meldete. Abrupt, ohne dass es dafür jemals eine Erklärung geben würde.

Inzwischen heulte sie kräftig. Es machte ihr nichts aus, dass sie einige Leute verwirrt ansahen – oder mitleidig. Die meisten störte es allerdings nicht.

Sie rannte an ihrem Gemüseladen vorbei. Der gehörte einer türkischstämmigen Familie, die das frischeste und umfangreichste Sortiment im ganzen Viertel anboten. Der Junior flirtete regelmäßig mit ihr, wenn sie in den Laden kam. Auch heute war er da. Er räumte gerade die letzten Kisten nach drinnen. War kurz davor, den Laden abzuschließen. Er drehte sich in dem Moment zu ihr, als sie vorbeisprintete. Ein kurzer Moment des Erkennens wechselte mit einem überraschten Gesichtsausdruck. Dann hob er zum Gruß die

Hand, lächelte und schickte ihr im Vorbeirennen ein paar Worte hinterher.

»Was hat euch denn geritten?«

Ellie blieb der letzte Atemzug in der Kehle stecken. Sie hustete. Sie hatte gerade im Sprint den Grindelhof passiert, ohne auf die Ampelschaltung zu achten. Dann sah sie nach rechts in die vorbeifliegenden Schaufenster. Dort sah sie ihr Spiegelbild und etwa zehn Meter hinter ihr rannte jemand. Es war René.

Tränen flossen ihr in Strömen über die Wangen. Es war vorbei. In ein paar Metern würde sie ihren Eingang erreichen und dann müsste sie Tempo rausnehmen. Keine Chance, dass sie im Hausflur verschwinden konnte, ohne dass er sie vorher erreichte.

»Ellie!«

Jetzt rief er nach ihr. Warum war hier niemand, der ihr helfen konnte?

Da sah sie Rebecca und Christoph. Beide bogen gerade in den Eingang ein. Ellie legte einen Zahn zu. Besser die als keiner. Sie waren zumindest ihre Nachbarn. Das war doch so etwas wie Familie.

Sie bog in ihren Hauseingang und erwischte die geöffnete Tür rechtzeitig, bevor sie zufallen konnte. Sie schlüpfte hindurch und zog sie hinter sich zu. Das war nicht so einfach wie gedacht, die Tür war schwer und sehr träge. René war schneller und platzierte seinen Fuß dazwischen. Ellie schrie auf. Rebecca und Christoph, die wartend vor dem Fahrstuhl standen, fuhren erschrocken herum. Am Rande stellte Ellie befriedigt fest, dass der Fahrstuhl wieder funktionierte.

»Was willst du von mir?«, schrie sie ihren Verfolger an. »Bist du krank, oder was?«

Rebecca war die Kinnlade runtergeklappt. Der Fahrstuhl öffnete mit einem leisen Pling, doch die beiden stiegen nicht ein. Sie waren wie zur Salzsäule erstarrt. Ellie war ihnen dankbar für ihre Neugier. Sie stellte sich neben sie und starrte René an.

»Ich rufe dir seit dem Bahnhof hinterher. Warum zur Hölle bist du nicht stehen geblieben?«

Rebecca flüsterte Christoph etwas ins Ohr. Ellie konnte sich denken, dass es nichts Charmantes war und sicherlich auf ihre Kosten ging. Für ihre Nachbarn musste es so aussehen, als hätte sie ständig wechselnde Männerbekanntschaften.

»Du hast mich auf die Straße geschubst!« Ellie schrie inzwischen hysterisch. Ihre Stimme schwamm in einem Meer aus Tränen.

»So ein Quatsch! Ich stand viel zu weit hinten. Ich habe versucht, zu dir nach vorn zu kommen.«

»Warum zur Hölle …?«

»Weil ich mich bei dir entschuldigen wollte!«

»Das glaubst du doch selber nicht.«

Er fuhr sich durch die nassen Haare und wischte sich Schweiß von der Stirn. Ellie konnte sehen, dass auch er fix und fertig aussah. Ihre Nachbarn standen mucksmäuschenstill neben ihr und beobachteten das Schauspiel.

»Ich habe mich an dem Samstag komplett danebenbenommen. Sorry. Ich habe mich nicht unter Kontrolle, wenn ich getrunken habe.«

»Das kaufe ich dir nicht ab. Du hast gerade zu deinem Kumpel gesagt, du hättest noch ein Hühnchen mit mir zur rupfen!«

Er guckte beschämt drein. »Ja, sorry. Alles Angabe. Als er nach hinten zum Taxistand gegangen ist, habe ich mir überlegt, dass ich die Chance nutzen müsste, mich bei dir zu entschuldigen. Wer hätte schon wissen können, ob ich dich jemals wiedersehe. Na ja. Jetzt weiß ich natürlich, wo du wohnst.« Er sagte es ganz locker nebenher, doch Ellie jagte es einen Schauer über den Rücken und stellte ihr die Nackenhaare auf.

»Ich glaube dir kein Wort. Du hast gelächelt, als ich auf die Straße gestürzt bin. Ich wäre fast überfahren worden!« Die Tränen kündigten sich wieder an. Sie hatte das Gefühl, dass alle Welt sie hasste. Dieser Typ war durch und durch krank und ihre Nachbarn, die Menschen, die ihr heute Nacht am nächsten sein würden, schienen dieses Schauspiel zu genießen.

»Bitte verschwinde. Ich will jetzt nach Hause«, presste sie mit Mühe hervor.

René nickte. Er drehte sich auf dem Absatz um.

»Wie gesagt. Es tut mir wirklich leid. Ich wünsche dir noch einen schönen Abend.«

Dann ging er durch die Tür und ließ sie hinter sich ins Schloss fallen. Auf seinem Weg warf er einen verstohlenen Blick aufs Klingelschild. Das Blut in Ellies Adern fühlte sich inzwischen an wie ein Fluss aus Eis. Sie zitterte. Dann war er um die Ecke.

Wortlos betätigte sie den Knopf des Fahrstuhls und stieg ein. Rebecca und Christoph folgten ihr. Ebenfalls wortlos. Sie fuhren in den dritten Stock. Rebecca sah aus, als wäre ihr die ganze Situation unangenehm. Ellie starrte mit ihrem verheulten Gesicht stur auf die Tür. Irgendwann hielt es Rebecca nicht mehr aus.

»Hattest du einen schönen Abend?«

Der Fahrstuhl öffnete sich am Ziel und Ellie stieg aus, ohne die Frage mit einer Antwort zu würdigen. Während sie ihre Tür aufschloss, hörte sie, wie Rebecca Christoph zuzischte: »Wieso denn, das ist doch eine ganz höfliche Frage?«

Tuschelnd verschwanden die beiden in ihrer Wohnung. Ellie ging in ihre. Nachdem sie die Tür hinter sich zugezogen hatte, verriegelte sie sie sofort. Dann brach sie heulend davor zusammen. Das Gesicht auf den Teppich gedrückt, ließ sie ihren Emotionen freien Lauf. Nirgends schien ein Lichtstreif am Horizont zu sein. Kein Hoffnungsschimmer, nichts.

Als sie sich nach langer Zeit beruhigt hatte, stand sie auf. Sie wollte ins Badezimmer gehen und sich waschen. Da fiel ihr Blick durch die geöffnete Schlafzimmertür. Der Wind wehte ihre Gardine in den Raum. Sie fröstelte. Das Bild hatte sie bei Irma an diesem unglückseligen Morgen gesehen. Der Mond warf ein silbrig kühles Licht auf ihren Store, der gespensterhaft flatterte. Dann drang es ihr ins Bewusstsein.

Sie hatte die Balkontür offen gelassen!

Panisch schaltete sie sofort in jedem Raum die Lichter ein, schloss die Tür und begann ihre Wohnung abzusuchen. Sie schaute unters Bett, in die Schränke und hinter die Möbel. Vor dem Badezimmer zögerte sie. Sie wagte nicht, die

Tür zu öffnen, aus Angst, eine totgeschlagene Frau mit leeren Augen auf der Toilette sitzen zu sehen, während das Blut von ihren leblosen Gliedmaßen tropfte.

KAPITEL 17

Gegen halb vier Uhr nachmittags machte sich Becca auf den Weg nach Hause. Sie hatte mit Steffi noch eine Zeitlang in der Bibliothek im WiWi-Bunker gesessen, dem Gebäude der Wirtschaftswissenschaften der Universität Hamburg. Steffi musste zum Sport und Becca hatte keine Ausrede mehr, sich länger an der Uni rumzutreiben.

Inzwischen fand ihre Vorlesung für Umweltmanagement wieder statt. Zu gern hätte Becca ihre Professorin angesprochen. Sie wusste allerdings nicht, wie. Sie nach dem Überfall zu befragen, wäre möglicherweise übergriffig, und Becca wollte die Frau nicht in Verlegenheit bringen. Sie war erleichtert zu sehen, dass sie äußerlich gesund schien und sich in ihrem Verhalten nichts anmerken ließ.

Irgendwie sind alle härter im Nehmen als ich, dachte sie und ging Richtung Grindelhof.

Sie überquerte die Straße und betrat das Gebäude von hinten über die Tiefgarage. Christoph würde heute den ersten Abend später kommen, was bedeutete, dass sie etwas Zeit totschlagen musste. In der Tiefgarage entflammten alle Lichter, sobald sie der Bewegungsmelder erfasste. Sie lief die schräg abfallende Einfahrt hinunter. Heute war die Garage vollgestopft. Nicht nur die Parklifte waren, soweit erkennbar, auf beiden Ebenen belegt, auch daneben wurde jeder freie Platz ausgenutzt.

Becca durchschritt die zwei Feuerschutztüren und wandte sich dann zur Treppe. Beim Aufstieg hörte sie Stimmen im Treppenhaus, die sie zunächst nicht zuordnen konnte. Kein Kunststück. Sie kannte kaum einen ihrer Nachbarn. Als sie den ersten Stock erreicht hatte, wurde ihr klar, dass das Gespräch direkt über ihren Köpfen stattfand. Neugierig verlangsamte sie ihren Gang. Sie wollte möglichst viel verstehen, bevor sie an den Redenden vorbeimusste.

Als sie die letzte Stufe erreicht hatte, erkannte sie die übellaunige Mitarbeiterin von Frau Peters und einen Mann in den Dreißigern. Dunkelbraunes, kurzes Haar, karamellfarben gebräunte Haut und schmale gutmütige, braune Augen ließen ihn sehr attraktiv aussehen. Sein kantiges Kinn war von der Andeutung eines Drei-Tage-Bartes bedenkt und besaß ein Grübchen. Das hatte Becca schon immer bei Männern gemocht. Es ließ sie irgendwie selbstbewusst und sensibel zugleich aussehen. Ein Cowboy, wie sie ihn sich vorgestellt hätte. Fehlte nur noch der Stetson. Sie hatte ihn hier noch nie gesehen.

»Sie suchen immer noch nach ihm. Soweit ich weiß, hat ihn seit Tagen niemand mehr gesehen.«

Die Frau legte dem Mann die Hand auf die Schulter. »Ich habe deiner Mutter immer wieder abgeraten, ihm zu vertrauen, doch du weißt ja, wie sie war. Sie wollte sich in nichts reinreden lassen.«

»Guten Tag«, sagte Becca. Sie entschied sofort, dass es angemessen wäre, ein paar Worte zu sagen. »Bitte entschuldigen Sie. Ich bin die Frau, die über Ihrer Mutter gewohnt hat. Ich möchte Ihnen gern sagen, wie leid es mir tut.« Sie streckte ihm die Hand hin und ihr Rucksack rutschte ihr von der Schulter. Der Mann sprang augenblicklich nach vorn und fing ihn auf. Er lächelte.

»Das ist sehr nett von Ihnen. Kannten Sie meine Mutter gut?«

Becca entging der Blick nicht, den die Frau auf sie warf. Darin lag eine gewisse Abschätzung. Becca konnte nicht sagen, wieso.

»Nicht besonders, nein. Tut mir leid«, fügte sie entschuldigend hinzu.

Er lächelte, schüttelte leicht den Kopf, als würde er ihr ihr Unvermögen nachsehen.

»Ich habe sie gefunden.« Dieser Satz war schneller aus Beccas Mund, als sie seine Konsequenzen bewerten konnte. Peinlich berührt senkte sie den Blick. Sie wollte den Mann nicht an das schreckliche Schicksal erinnern, das seiner Mutter widerfahren war.

Er sah sie interessiert an. Sie wollte sich abwenden und gehen, als er sie zurückhielt. »Warten Sie. Würde es Ihnen etwas ausmachen, mir mehr davon zu erzählen? Nebenbei, ich bin Steve Peters.« Er streckte ihr eine kräftige Hand entgegen.

»Sehr angenehm. Rebecca Wolf.« Sie schüttelte seine Hand. »Das mache ich natürlich, wenn Sie möchten.« Becca warf einen verstohlenen Blick auf die Frau mit den strähnigen Haaren neben ihm. Er reagierte umgehend.

»Madeleine, ich denke, ich komme erst mal allein klar. Wir sehen uns morgen wieder, dann können wir über die weiteren Formalitäten sprechen.«

Die Frau warf Becca einen schnippischen Blick zu. Sie hatte erkannt, dass Steve sie loswerden wollte. Kokett schlug sie ihre Wimpern nieder und erwiderte: »Melde dich gern, wenn du jemanden zum Reden brauchst. Ich bin für dich da.« Dann drückte sie ihn kurz und ging sichtlich widerstrebend.

»Magst du einen Kaffee trinken gehen? Entschuldige, es ist doch okay, wenn wir uns duzen, oder?«

»Ja, klar. Gern.«

Er schloss die Wohnungstür hinter sich und ließ Becca auf der Treppe nach unten den Vortritt.

Er ging hinter ihr her. »Wie kommst du damit klar?«, fragte er.

»Es beschäftigt mich immer noch.« Becca war es sofort peinlich, dass sie nur einen Moment ihr eigenes Befinden angesprochen hatte. Der Sohn der armen Frau war bei ihr. Wie hatte sie nur so geschmacklos sein können?

Sie verließen das Haus und traten raus auf die Straße. Die Sonne blitzte durch die Wolkendecke. Becca reckte ihr Gesicht den Strahlen entgegen.

»Es ist wirklich schön geworden. Ich bin kein Wintermensch. Ich lebe erst wieder richtig auf, wenn die Tage länger werden und ich mich in der Sonne wärmen kann.« Er lächelte sie ruhig an.

»Das geht mir auch so.«

Sie bogen nach ein paar Schritten ins Eiscafé ab und suchten sich einen Platz auf der Terrasse. Becca konnte von hier unten ihren Balkon sehen – und zu ihrem Schrecken auf dem Nachbarbalkon Ellie in der Sonne liegend. Nachdem sie Kaffee und Eiskaffee bestellt hatten, beugte sich Steve nach vorn und blickte sie ernst an.

»Ist es für dich wirklich in Ordnung, mir von dem Morgen zu erzählen? Ich will dich nicht belasten.«

Becca schluckte. »Das ist sehr freundlich, aber um mich geht es hier nicht. Du hast jedes Recht, alles darüber zu erfahren. Es handelt sich schließlich um deine Mutter. Bitte nimm keine Rücksicht auf mich.«

Er sah sie durchdringend an und sie überlegte, was in seinem Kopf vorgehen mochte. Ihre Getränke wurden gebracht und sie nutzte die Gesprächspause, um einzusteigen und es hinter sich zu bringen. Ein Pflaster zog man mit einem Ruck ab.

»Ich bin nachts aufgewacht, weil ich Sch... Geräusche gehört habe. Ich vermute, dass es sich dabei um die Katze gehandelt hat. Wir sind nach unten gegangen, mein Freund und ich.«

Steve lehnte sich mit seinem Kaffee nach hinten und verschränkte die Arme.

»Dort trafen wir unsere Nachbarin Ellie. Sie ist Single.« Becca wusste nicht, wieso sie das gesagt hatte. Sie warf einen abgehetzten Blick nach oben, wo immer noch Ellie auf ihrem Balkon saß. Sie hatte sie augenscheinlich noch nicht entdeckt.

»Ist sie das?« Steve war ihrem Blick gefolgt.

»Ja. Sie rannte aus der Wohnung und uns direkt in die Arme. Sie war kreidebleich und sah aus, als hätte sie etwas Furchtbares gesehen.«

»Hatte sie meine Mutter schon gefunden?«

»Nein. Ich denke nicht. Sie hatte nur den … den Zustand der Wohnung gesehen.« Becca räusperte sich. Sie bemerkte, wie ihr Puls während der Erzählung in die Höhe gegangen war.

»Wir haben jeden Raum abgesucht. Genauer gesagt: Christoph und Ellie. Ich blieb an der Tür stehen. Ich konnte mich nicht regen. Ich hatte das Gefühl, die gesamte Wohnung wäre mit Bösem angefüllt. Es war mir nicht möglich einzutreten. Ich bin überempfindlich, ich weiß.« Sie blickte zur Seite, während sie an ihrem Strohhalm zog.

»Nicht im Geringsten. Du hast wahrscheinlich starke Antennen.«

Becca dachte darüber nach. Ein Lächeln stahl sich in ihr Gesicht.

»Ganz am Ende haben sie sie gefunden. Im Badezimmer. Ich werde diesen Anblick nie vergessen.« Sie erschauerte.

»Ich hoffe, sie kriegen dieses Schwein bald«, sagte Steve. Seine Stimme war rau und ruhig. Seine Körperhaltung ließ nicht erahnen, dass er seine Mutter auf tragische Weise verloren hatte. Stattdessen sah er Becca bei diesen Worten an. »Es tut mir sehr leid, dass du das erleben musstest.«

Sie wusste nicht, wie sie darauf angemessen reagieren sollte. »Gibt es schon eine Entwicklung bei der Polizei? Haben sie eine Spur?«

Steve faltete seine Hände vor sich und beugte sich zu ihr nach vorn. Die Terrasse war fast leer, doch er senkte seine Stimme, als würde er ihr ein Geheimnis verraten. »Sie sind derzeit auf der Suche nach einem ihrer Mitarbeiter. Er hat ein ausgeprägtes Drogenproblem und ist seit einiger Zeit verschwunden.«

Becca runzelte die Stirn. Sie hatte vermutet, dass die Polizei die Lady von eben genauer unter die Lupe nehmen würde.

»Hat er für ihren … für ihren mobilen Pflegeservice gearbeitet?«

In Steves Augen tanzten Funken. Ein außergewöhnlich sympathisches Lächeln erschien. »Du wusstest von ihrem zweiten Geschäft, hab ich recht?«

Becca zuckte entschuldigend mit den Schultern.

»Schon gut. Ich weiß, es ist nicht die klassische Form der Selbstständigkeit. Meine Mutter hat jahrelang einen Hostessen-Service betrieben.«

Er lachte und steckte damit Becca an, die breit grinste.

»Ich habe nichts von dem Geschäft gehalten und auch nie mit ihr zusammengearbeitet, doch ich habe es respektiert. Sie hat eine ehrliche Dienstleistung angeboten, ohne den Boden der Legalität zu verlassen. Ihre Angestellten waren alles brave Steuerzahler, insofern habe ich mich nie reingehängt. Weiterführen werde ich das Geschäft allerdings nicht. So weit reicht meine Akzeptanz dann doch nicht.« Er verzog das Gesicht.

»Glaubst du, ihr Tod hat etwas damit zu tun. Oder stehst du hinter der Idee, dass dieser Mitarbeiter daran beteiligt ist?«

»Schwer zu sagen. Ich bin erleichtert, wenn sie ihn finden. Alles Weitere wird man dann sehen. Einen Zusammenhang zum Hostessen-Service konnte ich bisher nicht herstellen.«

»Ich hatte davon gehört, dass die Polizei jemanden im Auge hat, allerdings hätte ich gedacht, dass es sich dabei um die Frau handelt, die vorhin bei dir gewesen ist.« Becca sah ihn vorsichtig an.

»Madeleine? Wie kommst du darauf?« Er schien überrascht.

»Sie kam vor über einer Woche aus der Wohnung gestürmt und wäre fast gegen mich geprallt. Sie stieß damals wütende Beschimpfungen aus und war über die Maßen verärgert.«

»Das klingt nach Madeleine.« Er schnaubte. »Meine Mutter hat sie vor ein paar Tagen entlassen. Das habe ich in ihren Unterlagen entdeckt. Seit Mutters Tod versucht Madeleine, mir beizubiegen, dass es sich dabei um ein Versehen gehandelt hat und dass Marc an diesem Missverständnis schuld wäre. Sie besteht auf einer Änderung und einem entsprechend wohlwollenden Zeugnis, jetzt, da ich den Laden ohnehin schließen werde.«

»Du hast kein Interesse daran, den mobilen Pflegeservice weiter zu betreiben?«

»Nein, das ist nichts für mich. Ich schließe beide Geschäfte.«

»Wenn du sagst, dass Madeleine entlassen wurde, dann hat sie schon so etwas wie ein Motiv, findest du nicht?«

»Ich weiß nicht. Würdest du jemanden wegen eines Jobs töten.«

»Nein, aber ich bin auch nicht der Maßstab.«

»Wieso nicht?«

Die Frage überraschte Becca. Sie dachte immer, das läge auf der Hand. »Ich bin eher der ängstliche Typ. Ich lehne jede Art von Gewalt ab und die meisten Dinge auf der Welt machen mir Angst.« Sie war selbst erstaunt über ihr Geständnis.

»Das ist nur allzu verständlich. Die Welt ist auch voller verstörender Dinge.« Sein Blick durchbohrte sie. Becca nickte leicht. Der Mann war ihr ein Rätsel. Er strahlte Ruhe und Besonnenheit aus, obwohl in seinem Leben gerade alles drunter und drüber ging. Sie hingegen war ein Häuflein Elend, obwohl in ihrem Leben gerade alles lief wie immer. Von dem Mord mal abgesehen.

»Wie machst du das?«, fragte sie ihn deshalb.

»Was meinst du?«

»Du wirkst so selbstsicher.«

»Was ist daran falsch?« Er legte den Kopf schief. »Das bedeutet nicht, dass ich nicht traurig wäre.« Sein Blick wurde ernst.

»Tut mir leid. So habe ich das nicht gemeint. Es war kein Vorwurf. Ganz im Gegenteil. Ich bewundere dich für diese ruhige Ausstrahlung.«

Er sagte einen Moment nichts und bestellte sich bei dem vorbeilaufenden Kellner einen weiteren Kaffee. Becca kämpfte mit ihrem Eiskaffee und winkte ab.

»Es hat mir den Boden unter den Füßen weggezogen, als ich es erfahren habe. Ich musste sie identifizieren und ich kann mir gut vorstellen, was du durchgemacht haben musst, als du sie gefunden hast. Doch das ist kein Grund für mich, vor dir meine Fassung zu verlieren. Wem wäre damit geholfen? Ich genieße unser Gespräch, wenn du es genau wissen willst. Ja! Schau nicht so schockiert! Ich weiß, das klingt makaber. So habe ich das aber nicht gemeint. Ich meine die Tatsache, hier gemeinsam an der Frühlingsluft zu sitzen. Weniger das Thema, das wir haben.«

Becca hätte das Kompliment gern erwidert, doch sie wagte es nicht. Sie warf einen erneuten Blick nach oben, Ellie war nirgends zu sehen. Erleichtert sah sie ihn an. »Warum sollte dieser Mann, den die Polizei sucht, etwas mit ihrem Tod zu tun haben? Nur weil er ein Drogenproblem hat?«

»Der Mörder hat ihren Schmuck mitgehen lassen. Schmuck im Wert von fünfundzwanzigtausend Euro. Dieser Mann wusste, wie es bei meiner Mutter aussah. Er war immer pleite. Möglicherweise hat er Geld gebraucht.«

»Ich weiß nicht.« Becca sah verträumt an ihm vorbei, als beobachte sie eine vergangene Szene auf einer Leinwand hinter ihm. »Er hätte sie doch zu jeder Zeit bestehlen können. Sie hat immer die Tür offen gelassen und ihre Mitarbeiter sind ein- und ausgegangen, wie sie wollten. Da muss es andere Gelegenheiten gegeben haben. Aber das, was der Täter an dem Tag angestellt hat. Das sah ...« Sie schlug die Hand vor die Augen. Er berührte sofort ihre Schulter.

»Ist alles in Ordnung?«

»Ja. Tut mir leid.« Becca musste sich zusammenreißen. Sie wollte nicht, dass er in die Verlegenheit kam, sie trösten zu müssen. »Das sah nicht nach Diebstahl aus. Wirklich nicht.«

»Ich denke, das ist der Polizei klar. Soweit ich verstanden habe, gab es persönliche Differenzen zwischen meiner Mutter und diesem Marc. Sie haben sich nicht im Guten getrennt, als sie sich das letzte Mal gesehen haben. Außerdem weiß ich nicht, wozu ein Mensch auf Entzug fähig ist. Ich kann mir vorstellen, dass man dann nicht mehr vollkommen zurechnungsfähig ist.« Er zuckte mit den Schultern.

Becca sah ihn zweifelnd an. »Es wirkt so vollkommen sinnlos.«

»Ja, wahrlich!«

»Entschuldigung. Ich meine nur, dass diese Tat von so viel Hass zeugt. Das muss ein wirklich kranker Mensch gewesen sein.«

Steve nahm einen Schluck Kaffee und überkreuzte die Beine. Er deutete mit dem Kopf hoch zu den Balkonen: »Was ist mit deiner Nachbarin? Kennt ihr euch gut?«

»Geht so. Wir stehen uns nicht wirklich nahe. Ich weiß nicht, wieso das so ist. Sie ist ganz nett, doch irgendwie distanziert.«

»Weißt du, warum sie in der Wohnung war?«

»Ja. Eine Freundin von ihr hat am frühen Morgen das Haus verlassen wollen und ist an der geöffneten Wohnungstür vorbeigekommen. Sie hat sie darauf aufmerksam gemacht und daraufhin ist sie nachsehen gegangen.«

»Hat sie dir das erzählt?«

»Nein. Mein Freund war es. Er hatte es wohl von der Polizei erfahren, glaube ich. Kann auch sein, dass sie es ihm gesagt hat.«

Steve zog die Brauen nach oben. »Habt ihr die Freundin gesehen?«

»Nein, das nicht. Sie war schon gegangen, als wir kamen. Ich glaube, sie verschwand noch bevor Ellie richtig die Wohnung betreten hatte. Ich vermute aber, dass die Polizei sich die Geschichte hat bestätigen lassen.«

»Ganz sicher sogar.«

Becca nahm den letzten Schluck vom Eiskaffee. Sie bedauerte, dass die Tasse plötzlich leer war.

»Möchtest du noch etwas?«

»Nein, danke. Wenn ich mehr Kaffee zu mir nehme, kann ich heute Nacht kein Auge zu tun. Nicht dass es ohne leichter wird.« Sie lächelte schief. Plötzlich war ihr unangenehm, wie schwach sie sich diesem Mann präsentierte.

»Du könntest ein Eis nehmen oder ein paar Waffeln.« Dieses umwerfende Lächeln erschien wieder auf seinem Gesicht. »Hör zu, ich würde dir gern meine Nummer geben. Ich hoffe, du empfindest das nicht als aufdringlich. Nur für den Fall, dass dir noch etwas einfällt oder du dich an irgendetwas erinnerst.«

»In Ordnung.« Becca spürte voller Scham, wie ihr Puls in die Höhe schnellte. Sie hatte nicht vor, Christoph etwas davon zu erzählen. Er würde sie ohnehin nur damit aufziehen.

Steve zog eine Visitenkarte aus seiner Brieftasche und reichte sie ihr.

»Du bist Juwelier?«

»Ich ziehe die Bezeichnung ›Goldschmied‹ vor, aber ja. Damit verdiene ich mir meinen Lebensunterhalt.«

»Das klingt großartig!«

Er lachte.

Becca wurde rot. »Nicht wegen des Goldes oder des Geldes, das man damit verdient. Ich meine, weil du einen kreativen Beruf ausübst. Ich stelle mir vor, dass man so etwas nur tut, wenn man eine Leidenschaft dafür besitzt.«

»Da liegst du richtig. Es ist meine Leidenschaft.«

»Ich beneide dich darum.«

»Was tust du? Gehst du nicht deiner Leidenschaft nach?«

Becca hatte keine Antwort auf diese Frage. Nicht sofort. »Ich studiere Betriebswirtschaft. Das ist verdammt trocken.«

»Wieso tust du es dann?«

»Ich weiß nicht. Es schien mir eine gute Entscheidung zu sein. Eine solide Ausbildung.«

»Das klingt vernünftig. Weißt du schon, was du damit tun willst?«

Becca dachte einen Moment an ihren Wunsch zu heiraten und Kinder zu kriegen. Schluckte diese Erwiderung aber herunter. Sie schien ihr nicht mehr gut genug.

»Leider noch nicht. Ich hoffe, ich finde es heraus, bevor ich fertig bin.«

»Das wirst du.«

»Was macht dich da so sicher?«

»Weil wir da alle einmal durchgegangen sind. Etwas wird passieren, das dir zeigt, was du mit dem Rest deines Lebens anfangen willst. Das mag nicht unbedingt während des Studiums sein. Da befindet man sich immer noch in so einer Art Blase. Zumindest habe ich das so wahrgenommen.«

Er schmunzelte. »Auf einmal ist der Ernst des Lebens da, und dann wird sich zeigen, dass etwas in dir steckt, das dir bis dahin verborgen geblieben ist.«

»Das hast du schön gesagt. Danke.«

Becca beflügelten seine Worte. Er hatte zu keinem Zeitpunkt in Abrede gestellt, dass sie ihren Weg gehen würde. Sie fühlte sich wohl in seiner Gegenwart. Als hätte sie plötzlich deutlich mehr Platz zum Atmen.

KAPITEL 18

Seit Caro sie das letzte Mal besucht hatte und René ihr nachgelaufen war, vermied es Ellie, am Abend ihre Wohnung zu verlassen. Genug war genug! Sie schloss die Tür ab, wenn sie daheim war, und zog sich zurück. Sie spielte mit einem Gedanken, der sie nicht mehr losließ. Sollte sie Hamburg verlassen? Allein den Stadtteil zu wechseln, reichte nicht. Wenn sie ging, müsste sie ganz weg. Es tat ihr leid, um ihre Freunde, doch sie fühlte sich nicht mehr wohl in ihrer Haut. Konnte ein Ortswechsel etwas daran ändern? Ein Neubeginn?

Caro war aus allen Wolken gefallen, als sie ihr diese Überlegung angedeutet hatte. Sie beschwor sie, ein wenig Zeit vergehen zu lassen. Alles würde sich beruhigen. Es würden wieder schöne Tage kommen. Doch Ellie hatte das Gefühl, dass nichts wiedergutmachen würde, was ihr in diesem Haus, in dieser Stadt zugestoßen war.

Heute Abend saß sie auf ihrer Couch und starrte aus dem Fenster. Sie streamte eine Playlist mit entspannenden Klängen und betrachtete die Autos drei Stockwerke unter sich auf der Grindelallee. Die meisten Geschäfte hatten noch geöffnet und am Döner gegenüber stand eine kleine Schlange Menschen. Sehnsüchtig schaute sie sich das Treiben an. Ein Mann mit Aktentasche, der den Bus verließ und im Stechschritt die Straße entlangeilte, ein Liebespaar, lachend. Sie konnte sie nicht hören, doch ihre Körpersprache zeigte ihre Zuneigung zueinander deutlich.

Wie hatte es nur so weit kommen können, dass sie sich vor dieser Welt verbarg? Früher wäre sie da unten gewesen und jemand anderes hätte sie aus dem Fenster beobachten müssen, wie sie ihr Leben in vollen Zügen genoss.

Sie drehte ihr Handy hin und her. Sie hatte es die ganze Zeit in der Hand gehalten. Resigniert starrte sie auf das dunkle Display. Es tat weh. Er hatte sich immer noch nicht gemeldet. Wenn sie es versuchte, ging die Mobilbox ran. Nicht eine persönliche Ansage, sondern eine automatische Stimme, die die Nummer nannte, die sie soeben gewählt hatte. Er war ein Geist. Nichts deutete darauf hin, dass er jemals existiert hatte.

Wieso? Warum passierte ihr so etwas? Sie hatten sich kein einziges Mal gestritten. Sie hatte keinerlei Forderungen gestellt, war ihm nicht zu nahe gekommen. Sie wählte Caros Nummer. Ein schrecklicher Gedanke nagte an ihr, den sie nicht vertreiben konnte.

»Hallo?« Caro klang, als wäre sie unterwegs.

»Ich bin es.«

»Du klingst ziemlich fertig. Was ist los?«

»Ich grübele. Ich weiß, was du sagen wirst, aber Ian geht mir einfach nicht aus dem Kopf.«

»Ach, Süße! Vergiss den Kerl. Wenn er sich melden will, wird er es tun. Mehr kannst du nicht machen.«

»Du hast recht. Ich muss dich trotzdem etwas fragen.«

»Schieß los!«

Ellie schluckte. Hoffentlich hielt ihre Freundin sie nicht für bekloppt. Oder doch. Eigentlich war es genau das, was sie wissen wollte.

»Hast du ihn gesehen?«

»Was meinst du?«

»An dem Abend, als wir auf der Reeperbahn waren.«

»Na ja. Ich bin gegangen, als du raus bist. Ich hatte dich nicht mehr gesehen und dann habe ich das erste Taxi genommen, das vorbeikam. Ich weiß auch nicht, wieso ich nicht gewartet habe. Ich war viel zu betrunken. Ich wollte nur heim. Wenn ich's mir recht überlege, dachte ich, du wärest ohne mich gefahren. Ja! Genauso war es.«

»Darum geht es mir doch gerade überhaupt nicht.«

»Ich dachte …«

»Nein, nein. Okay, du hast ihn nicht mit mir gesehen, aber du hast ihn doch spielen sehen, oder?«

»Ähm, ich weiß nicht. Wieso fragst du?«

»Ich will wissen, ob ihn noch jemand außer mir gesehen hat.« Jetzt war es raus. Sie kniff am anderen Ende des Telefons die Augen zusammen. Wartete, wie ihre Freundin reagieren würde.

Einen Moment herrschte Stille. Ellie konnte spüren, wie sich der Gesichtsausdruck von Caro veränderte. Sie schielte bestimmt leicht und hatte die Lippen zu einem Schmollmund zusammengezogen. »Das klingt ein bisschen gruselig«, war ihre Reaktion.

»Ich finde das auch gruselig, doch ich frage mich, ob ich langsam durchdrehe.«

»So ein Quatsch. Du bist total überdreht und gestresst. Ist ja auch kein Wunder bei dem, was du die letzten Tage erlebt hast. Du bist fast vergewaltigt worden und das sogar zwei Mal, wenn man die seelischen Grausamkeiten dazuzählt, die dir dieser Ire zugefügt hat. Dann dein völlig bescheuerter Nachbar und zu guter Letzt noch deine tote Nachbarin. Es ist ein Wunder, dass du noch nicht in Behandlung bist.«

»Ich habe mich gefragt, ob er wirklich existiert.«

»Natürlich tut er das! Du bist doch nicht verrückt.« Im Hintergrund war ein Hupkonzert zu hören.

»Was ist bei dir los?«

»Ich bin gerade über die Straße und habe nicht richtig aufgepasst. Mach dir keinen Kopf! Du bist nicht verrückt, Ellie. Wenn du es wärest, würde ich dich darauf aufmerksam machen und nicht umgekehrt.«

Ellie schwieg.

»Ich habe ihn nicht gesehen, okay. Aber du hast doch eine Telefonnummer, die du regelmäßig anrufst und er hat dir doch auch eine Nachricht geschickt.«

»Ja, stimmt. Doch irgendwie scheint das alles nicht mehr wahr zu sein.«

»Er hat dich geghosted. Das ist nicht fair, ich weiß. Aber er ist real. Du wünschtest dir nur, er wäre es nicht, weil du dann nicht auf so ein Arschloch reingefallen wärst.«

»Du hast wahrscheinlich recht.«

»Und noch etwas. Du hast mir erzählt, dass der Idiot von nebenan eifersüchtig auf ihn ist. Da hast du den Beweis, dass er existiert.«

»Ich weiß nicht. Er sagte, er hat uns gehört. Ich weiß nicht, ob er ihn jemals gesehen hat. Normalerweise hat Ian mich immer nur unten zur Tür gebracht. Das war das einzige Mal, dass er in der Wohnung war.«

»Wenn er euch gehört hat, wird er sicher auch durch den Spion geschaut haben, um zu sehen, wer da wieder deine Wohnung verlässt, als er gegangen ist. Das hat er sich bestimmt nicht nehmen lassen.«

»Hmm. Mag sein, aber das sind alles Vermutungen. Er hat mich vor einigen Tagen deswegen im Hausflur angeschrien. Aber auch nur, weil ich ihn zurückgewiesen habe und das mit einem neuen Freund begründete. Selbst gesehen hatte er ihn noch nicht.«

»Okay, meine Liebe. Dann lass es uns anders angehen. Es kommt zwar Stalking gleich und ich halte normalerweise nichts davon, so etwas schmerzhaft zu verlängern. Hast du ihn gegoogelt?«

»Ja.«

»Ich habe nichts gefunden.«

»Gut. Damit habe ich nicht gerechnet. Immerhin ist er Musiker. Da legt man sicher Wert auf eine mediale Präsenz.«

Ellie schluckte. »Er hat mir vielleicht nicht seinen richtigen Namen gegeben.«

»Kann natürlich sein. Hat er dir irgendwas über sich erzählt?«

»Viel von seiner Familie, seiner Schwester, den Vater mit der neuen Frau. Er hat oft über seine Musik geredet.«

»Wollen wir mal in der Bar nachfragen, wo er wohnt oder zumindest, wann er das nächste Mal spielt?«

»Ehrlich gesagt, habe ich das schon versucht. Die haben geschlossen. Es geht kein Mensch ans Telefon und immer wieder geht ein Anrufbeantworter ran. Die öffnen erst wieder in zwei Wochen.«

»Wow! Das ist aber vertrackt.«

»Er hat mir damals erzählt, er würde in St. Georg wohnen. Irgendwo in der Nähe vom Hansaplatz. Rostocker Straße oder so.«

»Das ist doch ein Anhaltspunkt. Ich bin zwei Busstationen von dir entfernt in Eimsbüttel. Ich komm jetzt rum und dann schauen wir uns dort mal um. Abgemacht?«

»Jetzt noch? Es ist doch schon dunkel.«

»Na und? Seit wann bist du so zimperlich? Wirklich, Ellie. Du musst unbedingt wieder raus. Wir fahren zum Hauptbahnhof, schnappen uns dort was zu Essen und bummeln nach St. Georg.«

»Das ist jetzt nicht gerade der Stadtteil, den ich um diese Tageszeit aufsuchen würde.«

»Wir sind zu zweit. Zieh dir halt was an, das nicht so sexy ist und nimm dein Pfefferspray mit, dann entspannst du dich schon.«

Caro lachte.

»In Ordnung. Ich zieh mich um.«

Ellie beendete das Gespräch und zog sich eine Jeans und einen Pullover über. Sie legte ihren Pyjama zurück auf das gemachte Bett.

Fünfzehn Minuten später klingelte Caro und sie verließ die Wohnung, um sie auf der Straße zu treffen. Sie nahmen den Bus zum Dammtor und stiegen dort in die S-Bahn ein. Eine Station später stiegen sie am Hauptbahnhof aus. Auch wenn Ellie ein mulmiges Gefühl bei der Sache hatte, so war sie froh, etwas unternehmen zu können – auch auf die Gefahr hin, dass es zu nichts führte. Sie war draußen mit Caro und sperrte sich nicht in ihrer Wohnung ein.

Im Hauptbahnhof pulsierte das Leben. Ellie kaufte sich einen großen Becher aus verschiedenen Obstsäften und einen Bagel, bevor sie Richtung Taxistand schlenderten. Sie ließen den Parkplatz hinter sich und überquerten die Hauptstraße, um in das Herz von Hamburg-St. Georg vorzudringen. Zehn Minuten später hatten sie die Rostocker Straße erreicht.

»Hast du ihn überhaupt einmal draufgesprochen, wenn du ihn angerufen hast?«

»Ja, klar. Mehrmals schon.« Ellie zuckte mit den Schultern.

Caro sah sie verärgert an. »Er ist ein ziemlicher Arsch!«

Auf beiden Seiten der Straße parkten Autos. Die eine Straßenseite lockerte ein verwilderter Kinderspielplatz auf. Die Graffitis auf der ihn umgebenden Mauer setzten fröhliche Farbakzente. Viele Wohnungen wirkten verlassen. Weder Licht noch Gardinen konnte Ellie hinter den Scheiben sehen. Ein paar Meter voraus drang Musik aus einem Club. Wenige Menschen mit Flaschen und Kippen in den Händen standen davor in Grüppchen, unterhielten sich, genossen den milden Frühlingsabend.

»Ich weiß wirklich nicht, was wir hier wollen.«

»Ich auch nicht, um ehrlich zu sein, aber vielleicht hilft es dir«, erwiderte Caro.

Sie schlenderten die Straße entlang und sahen sich um. An einem Hauseingang, der etwas bewohnter wirkte, stand eine Frau; sie schien in ihrer Tasche nach dem Haustürschlüssel zu suchen. Caro ging schnell auf sie zu.

»Guten Abend. Entschuldigen Sie bitte. Kennen Sie einen Ian Walsh. Er muss hier in der Straße wohnen.«

Die Frau schüttelte mit dem Kopf.

»Vielleicht heißt er auch anders«, fügte Ellie hinzu. »Er ist groß, Ire, hat blonde Haare und ist Musiker.«

»Tut mir leid, Mädels. Ich kann euch da nicht helfen.« Sie sperrte ihre Eingangstür auf. Ellie sah Caro hilflos an.

»Ich gebe noch nicht auf«, sagte die und lief Richtung des Clubs an der Ecke.

Sie traten beide ein und ließen die sauerstoffreiche, frische Frühlingsluft hinter sich. Ellie konnte wenig sehen, weniger als eben auf der Straße. Sie drängte sich an Menschen vorbei, die den Eingang verstopften und konnte kaum ihr Umfeld vollständig erfassen. Die Luft schmeckte süßlich und roch nach Bier. Kein Lichtstrahl der Straßenlaternen drang in diesen Raum. Entweder gab es keine Fenster oder man hatte sie komplett abgeklebt.

Caro zog sie durch den Raum, bis zur Bar. Die schimmerte in einem bläulichen Licht. Langsam nahm Ellie ihr Umfeld wahr. Die Gäste dieser Lokalität waren ausnahmslos Männer. Kräftige, teils kahlköpfige Männer, in schwarzen Lack- und Lederklamotten. Ihr Blick blieb auf einer Schaukel an Ketten haften, die von der Decke neben einer Wand hing. Aus Versehen kollidierte sie mit einem älteren

Herrn und spürte einen dünnen Schweißfilm, den er von seinem Körper auf ihren Arm übertrug. Sein Oberkörper war völlig nackt. Hektisch drehte sie sich zu Caro, die mit dem Barmann redete.

»Caro, hast du dich umgesehen?«

Caro pausierte kurz in ihrem Gespräch und antwortete ihr völlig ruhig. »Ja, das ist eine Gay-Fetish-Bar. Konntest du am Eingang lesen.«

»Hab ich übersehen.« Ellie rückte dichter an ihre Freundin heran, die sich wieder dem Mann hinter der Bar widmete.

»Es stimmt schon. Hier war mal ein Musiker. Meinte, er kommt aus der Gegend und fragte, ob er hier spielen könnte. Musste ihn aber wieder wegschicken. Das ist nicht so das Richtige für uns.« Er hob entschuldigend die Arme und ein paar haarige Achseln kamen unter seinem knapp geschnittenen T-Shirt zum Vorschein.

»Hast du eine Ahnung, wo er wohnt?«

Der Mann überlegte. »Ich habe ihn noch ein paar Mal wiedergesehen. Die Straße runter. Vielleicht hundert Meter. Vor einem Backsteingebäude. Ob er da wirklich wohnt oder nur rumgelungert hat, weiß ich nicht. Die Straße runter, könnt ihr nicht verfehlen. Ist ein Stück kleiner als die anderen. Direkt neben dem türkisfarbenen Altbau.«

»Danke schön. Dann schönen Abend noch.«

Ellie atmete auf, als sie die Bar endlich verlassen hatten. Das Publikum davor warf ihnen neugierige Blicke zu. Erst jetzt bemerkte Ellie, dass sie die einzigen Frauen waren.

»Was bist du so empfindlich geworden? Ich erkenn dich gar nicht mehr wieder. Von denen da drin wird dir sicher niemand etwas antun.« Caro sah sie genervt an.

Ellie riss sich zusammen. »Entschuldige. Meine Nerven liegen blank. Ich weiß auch nicht, was los ist.«

Ihre Freundin legte ihr den Arm um die Schulter. »Schon gut. Ich weiß, dass du es in der letzten Zeit nicht leicht gehabt hast. Lass uns nachsehen gehen. Ich bin neugierig, ob wir deinen Iren heute noch finden.«

Caro hakte sie unter. In einem Eingang saß ein junger Kerl. Mutmaßlich jung. Sein Gesicht zeugte von mehr Erlebnissen, als er wahrscheinlich Jahre auf dem Buckel hatte. Einen kurzen Moment sah es so aus, als wollte er sie etwas fragen. Er verharrte dann mitten im Satz und starrte durch die beiden hindurch, die sich beeilten weiterzukommen. Nachdem sie den Spielplatz hinter sich gelassen hatten, erreichten sie nach kurzer Zeit ein Backsteingebäude.

»Und was nun?«, fragte Ellie, weil weit und breit kein Mensch zu sehen war, den sie ansprechen konnten.

»Das will ich dir sagen. Du bist am Ziel.« Caro deutete nach oben in den zweiten Stock rechts neben dem Treppenhaus. Hinter den Fenstern brannte kein Licht, Gardinen konnte sie auch nicht entdecken. Die Wohnung wirkte verlassen. Auf Ellies Gesicht breitete sich ein Lächeln aus. Statt einer Gardine hing hinter einem der Fenster eine große Stoffbahn, eine vertikale Trikolore: Grün, Weiß, Orange – die Flagge Irlands.

KAPITEL 19

Christoph musste jeden Moment heimkommen. Es war nach neun Uhr, doch er hatte Becca vorgewarnt, dass es in den ersten Tagen länger dauern könnte. Immerhin war er neu. Er müsste sich einarbeiten und wollte nicht gleich zu Beginn auf einem pünktlichen Feierabend bestehen. Nach ihrem Gespräch heute Nachmittag mit Steve glaubte sie, mehr Verständnis für Christophs Ehrgeiz aufbringen zu können. Es sah so aus, als hätte ihr Verlobter herausgefunden, was er mit seinem Leben anstellen wollte – im Gegensatz zu ihr. Sie tappte immer noch im Dunkeln. Steve hatte eine neue Zuversicht in ihr geweckt. Möglicherweise waren Hopfen und Malz in Bezug auf sie doch nicht verloren. Sie musste sich einfach ein bisschen Zeit geben.

Becca tappte die Treppe nach unten. Sie hatte eine Mülltüte in der Hand und wollte sie zu den Tonnen bringen, bevor Christoph heimkam. Bei der Gelegenheit konnte sie gleich nach ihrer Waschmaschine sehen, die sie vor geraumer Zeit angestellt hatte.

Obwohl sie die Treppe nicht mochte, weil sie nicht so stark beleuchtet war wie der Fahrstuhl, nutzte sie sie immer, wenn sie in den Keller musste. Sie mochte das Gefühl nicht, im Keller anzukommen und dann davon überrascht zu werden, wer oder was hinter den Türen auftauchte, wenn sie sich unten öffneten. Christoph fand das albern. Doch das war ihr egal.

»Da können nur Leute stehen, die hier in diesem Haus wohnen«, hatte er gesagt. Becca fand aber gerade den Gedanken gruselig, was es bedeuten würde, wenn es jemand anderes wäre.

Als sie unten um die Ecke bog, bemerkte sie, dass die Tür zu den privaten Kellerräumen offen stand. Sie war mit einem Holzkeil blockiert, der zu diesem Zweck immer daneben lag. Beim Näherkommen sah sie, dass es der Kellerverschlag von Frau Peters war. Ein Mann drehte ihr seinen Rücken zu. Ein warmes Gefühl breitete sich in ihrer Brust aus. Sie würde Steve nur kurz einen schönen Abend wünschen und dann weitergehen. Es wäre unhöflich, es nicht zu tun. Sie überprüfte ihre Haare und trat dann durch die offene Stahltür in den weiß getünchten Raum, in dem sich die verschiedenen Parzellen befanden: Käfige aus Brettern, nicht größer als sechs Quadratmeter.

»Einen wunderschönen guten Abend«, begrüßte sie den unerwarteten Gast in ihrem Haus. »Hast du kein Zuhause?« Sie strahlte übers ganze Gesicht und war selbst überrascht von ihrer selbstbewussten Art.

Die Gestalt vor ihr zuckte zusammen. Zu spät erkannte Becca, dass der Mann überhaupt keine Ähnlichkeit mit Steve besaß. Er war zierlicher, geradezu dürre. Die Kleidung entsprach überhaupt nicht der, die Steve am Nachmittag getragen hatte. Sie war schmutzig und wirkte zwei Nummern zu groß, für den hageren Mann, der in ihr steckte.

»Oh, Entschuldigung. Ich habe Sie verwechselt.« Becca drehte sich peinlich berührt wieder um und wollte den Kellerraum verlassen.

Ein fremder Mann in Frau Peters' Keller. Sie würde Steve anrufen, um ihm das mitzuteilen. Die Aussicht auf ein Telefonat mit ihm stimmte sie zufrieden. Eine kräftige Hand riss sie an der Schulter zurück.

»Ah!« Becca stieß einen Schrei aus und taumelte gegen die Wand. Die Hand wurde ihr auf den Mund gepresst. Sie roch so ekelhaft nach Rauch und etwas anderem, dass Beccas Magen rebellierte. Zwiebeln! Das war es.

»Halts Maul!«, schrie er sie an.

Becca spürte die kalte Betonwand an ihrem Hinterkopf. Mit großen Augen fixierte sie ihn. Er hatte eine ungesunde graue Haut; ein lichtes Gestrüpp aus Bartstoppeln wuchs ums Kinn. Die Augen waren groß. Viel zu groß, wie sie fand. Die Pupille nahm fast die gesamte Iris ein, sodass sie schwarz wirkten. So dunkel war es doch hier unten gar nicht.

Er schien nachzudenken. Sie spürte, wie seine Hand an ihrem Mund zitterte.

»Was willst du hier?« Er nahm seine Hand ein Stück von ihrem Mund weg.

Becca wollte ihn nicht verärgern, indem sie auf die offensichtlich dumme Frage mit einer dummen Antwort parierte. »Ich wollte zu den Mülltonnen.« Sie hob den Sack nach oben, der in ihrer Hand hing.

»Hier gibt es keine Mülltonnen!«

»Die sind nebenan. Ich dachte, Sie wären jemand anderes.«

»Du hast mich hier nicht gesehen!«

Sie schüttelte den Kopf, stimmte ihm zu. Hoffentlich bemerkte er die Lücke in seinem Gedankengang nicht. Er starrte sie an. Bewegte sich nicht. Beccas Puls raste. Sie hatte sich inzwischen zusammengereimt, dass es sich um den gesuchten Mitarbeiter von Irma Peters handeln musste. Was suchte er hier?

»Kümmer dich um deinen eigenen Kram!«

So ein Mist! Er war ihrem Blick gefolgt, der zu dem offenen Keller gewandert war. Er holte mit einer Hand aus und schlug ihr mitten ins Gesicht. Sie wurde zur Seite geschleudert und ließ ihren Sack fallen. Becca rappelte sich, so schnell sie konnte nach oben. Er hatte sie bei diesem Schlag loslassen müssen. Sie konnte ein wenig Abstand zu ihm aufbauen. Er war erstaunlich langsam. So schnell sie konnte, bewegte sie sich rückwärts. Das war eine Sackgasse, das wusste sie. Er blockierte den einzigen Ausgang. Möglicherweise bewegte er sich deshalb nicht schneller. Er wusste, dass sie gefangen war.

»Hilfe!« Sie schrie, so laut sie konnte. Mit einem Satz kam er auf sie zugesprungen. Sie hob ihr Bein und trat nach ihm, erwischte ihn an der Brust, der Tritt schleuderte ihn nach hinten. Dennoch bekam sie ihn nicht von dem Ausgang weg. Dann sah sie die offene Tür zu Frau Peters' Keller.

Er kam näher. Sie wusste nicht, wohin sie ausweichen sollte. In einem Akt der Verzweiflung schob sie sich in die offene Parzelle und zog die Tür hinter sich ran. Die war dadurch aber nicht verschlossen; sie musste sie festhalten, um ihm den Weg zu ihr zu versperren.

Er rüttelte an den dünnen Brettern, doch war er nicht so stark, wie Becca befürchtet hatte. Am Rande bemerkte sie einen unangenehmen Geruch, der ihr in die Nase stieg. Entweder kam der aus einem der umliegenden Kellerräume. Oder es war ihr Müllsack, dessen Inhalt sich zum Teil auf dem Boden verteilt hatte. Ihr Angreifer konnte es nicht sein, zumindest nicht in diesem Ausmaß.

Der Mann rüttelte wie verrückt an der Tür und Becca befürchtete, dass sie jeden Moment aus fragilen Angeln springen würde.

»Hilfe! Ich bin hier unten im Keller.« Sie schrie ohne Pause. Ihre Kehle brannte.

Dann ließ er plötzlich von ihr ab. Becca starrte ihn atemlos an. Im Kellergeschoss klappte irgendwo eine Tür.

»Hilfe!«

Mit einem Satz sprang er von der Tür weg und hastete aus dem Raum wie ein Tier. Keuchend lauschte sie, ob er wirklich verschwunden war. Dann kam jemand näher. Sie hörte die Schritte auf den Fliesen. Langsam und ruhig. Das musste ein Hausbewohner sein. Sie entspannte sich ein wenig, öffnete den Verschlag und kam heraus. Schnell ging sie um die Ecke und wäre fast auf Christoph geprallt. Erleichtert schlang sie ihre Arme um ihn, als sie ihn sah.

»Gott sei Dank!«, schluchzte sie.

»Was ist denn hier los? Wieso liegt hier alles voller Müll? Was machst du im Keller? Ich dachte, du hast Angst, hier runterzukommen?« Er streichelte ihr sanft den Kopf.

»Oh, Schatz! Es war furchtbar! Dieser Typ, nach dem die Polizei sucht, er war hier und hat Frau Peters' Keller durchsucht.«

»Der Vergewaltiger?« Christoph sah sie verwirrt an.

»Nein! Ihr Mitarbeiter. Dieser Drogensüchtige. Ach, das habe ich dir noch gar nicht erzählt. Er muss es gewesen sein. Er sah genauso aus. Bist du ihm begegnet?«

»Ich komme gerade aus der Garage. Da ist mir niemand entgegengekommen, aber vielleicht ist er nach oben und vorn raus auf die Straße gerannt.«

»Wir müssen die Polizei rufen!«

»Warte.« Christoph ließ alles stehen und liegen und sprintete zur Treppe. Becca konnte hören, wie er den Hausflur über ihr durchquerte und nach draußen auf die Straße rannte. Sie sammelte den Müll ein und verschloss den Sack mit einem Knoten. Die Kellertür hinter sich zog sie zu, ließ den Sack daneben angelehnt stehen und ging mit Christophs Aktentasche nach oben. Wie sie vermutet hatte, stand er davor und schloss sich gerade wieder auf.

Er schüttelte den Kopf. Ihr Herz sackte ab.

»Tut mir leid. Ich habe niemanden gesehen, der irgendwie verdächtig aussah. Niemand, der von hier weggelaufen wäre.«

Becca rieb sich mehrfach mit den Händen über das Gesicht.

»Was ist denn passiert?«

»Das erzähl ich dir, aber bitte oben, in der Wohnung. Ich will mir einen Tee machen. Ich zittere immer noch.« Sie wollte sich zum Fahrstuhl wenden, hielt dann aber inne. »Ich muss den Müll noch wegschmeißen. Ich hab den Sack unten stehen lassen.«

»Lass mich das machen, Schatz. Du hast genug Zeit da unten zugebracht. Fahr schon mal hoch und entspanne dich.«

»In Ordnung.«

Sie drückte den Knopf am Fahrstuhl und wartete. Dann hatte sie einen schrecklichen Gedanken und ihre Brust verkrampfte sich. »Was ist, wenn er nicht nach draußen geflüchtet, sondern nach oben gerannt ist? Vielleicht wartet er auf mich. Bitte lass uns den Müll gemeinsam machen, bevor wir zusammen hochfahren.«

»Ich bringe dich erst mal hoch. Danach kümmere ich mich um den Müll.« Christoph stieg zu ihr in den Fahrstuhl, der soeben seine Tür geöffnet hatte, und fuhr mit ihr nach oben.

Becca hielt die Luft an, als die Tür sich oben öffnete. Der Hausflur lag verlassen da. Auch hinter der Tür ihrer Nachbarin waren keine Lebenszeichen vernehmbar. Der Mieter, der eine Ein-Zimmer-Wohnung zwischen ihnen besaß, war für drei Monate in die Staaten geflogen. Christoph schloss die Tür auf und schob Becca hinein.

»Ich bin gleich wieder da. Mach dir deinen Tee. Dann reden wir.«

Sie nickte. Er drehte sich um und war schon fast bei der Treppe, da rief sie ihm hinterher: »Kannst du mal schauen, was in unseren Kellern so stinkt? Ich hoffe, es liegt nicht daran, dass ich den Müll vorhin dort verschüttet habe.«

Er nickte und rannte dann die Treppe hinunter. Becca fragte sich, warum er nicht den Fahrstuhl genommen hatte, der momentan auf ihrer Etage wartete. Doch vielleicht wollte Christoph im Moment ebenfalls nicht überrascht werden, wenn sich die Tür im Keller schlagartig öffnete.

Becca schloss zügig die Wohnungstür und betete, dass Christoph heil wieder aus dem Keller erscheinen möge. Ruhelos wanderte sie in der Wohnung umher. Ihr Handy lag auf dem Couchtisch im Wohnzimmer. Sie griff danach und wählte die Nummer der Polizei. Nachdem sie erklärt hatte, was sich die letzten Minuten ereignet hatte, legte sie wieder auf. Sie würden jemanden schicken. Das könnte eine Weile dauern, sagte man ihr. Die wären momentan alle unterwegs. Erleichtert, das Richtige getan zu haben, legte sie auf und starrte aus dem Fenster in die Dunkelheit.

Steve! Ihn wollte sie kontaktieren. Das hatte sie völlig vergessen. Sie suchte nach seinem Kontakt, den sie am Nachmittag von seiner Karte übertragen hatte, und rief ihn an.

»Peters.«

»Hi.« Sie kam sich unglaublich dumm vor. Es musste zehn Uhr sein. »Hier ist Becca. Rebecca Wolf. Von heute Nachmittag.« Wieso klang ihre Stimme so hoch? Sie räusperte sich. Ihre Zunge fühlte sich plötzlich eine Nummer zu groß für ihren Mund an.

»Hey, Becca. Das ist aber eine freudige Überraschung!« Er klang überhaupt nicht verärgert, dass sie sich so kurz nach ihrer Verabredung schon wieder meldete.

»Du hast gesagt, ich soll mich melden, wenn etwas passiert. Das ist es jetzt. Ich meine, es ist etwas passiert, dass dich sicher interessiert.«

»Ja?«

»Der Typ, der gesucht wird ...«

»Du meinst Marc?«

»Ja. Der wird es sein. Ich bin mir sicher, dass ich ihn gerade im Keller deiner Mutter erwischt habe.«

»Ist nicht dein Ernst! Ist er noch da?«

»Nein. Er ist geflohen. Ich habe schon die Polizei verständigt. Nur um sicher zu gehen, wie sieht er denn aus?«

Steve gab ihr eine knappe Personenbeschreibung und bestätigte Becca damit, was sie längst wusste.

»Er hat in den Sachen gewühlt. Ich weiß nicht, was er gesucht hat.«

»Hmm. Das ist schwer zu sagen. Vielleicht irgendetwas von Wert, obwohl ich bezweifle, dass dort etwas Wertvolles zu finden ist. Nur medizinische Artikel, aber keine Medikamente.«

»Spritzen, vielleicht?«, schlug Becca vor. Sie wanderte mit dem Handy am Ohr durch die Räume.

»Möglich. Ich muss gestehen, da bin ich überfragt. Ich habe selbst noch nicht nachgesehen. Wie hat er reagiert, als er dich gesehen hat?«

»Er hat mich festgehalten und ... geschlagen.« Becca spürte einen größer werdenden Kloß im Hals. Sie griff sich an die Kehle, während sie mit eisernem Blick raus auf die Straße schaute.

»Was? Dieser Scheißkerl! Geht es dir gut? Warte, ich komme vorbei.«

»Nein, nein. Schon gut. Mein Freund ist jeden Moment wieder hier. Es ist alles in Ordnung. Ich konnte fliehen.«

»Du konntest fliehen?« Becca hörte an seiner sonst so ruhigen Stimme, wie aufgeregt er war. Es schmeichelte ihr.

»Verdammt Becca! Pass bloß auf dich auf! Sei bitte ein bisschen vorsichtiger.«

Sie lachte laut auf.

»Was ist so komisch?«, fragte er verdutzt.

»Du bist der Erste, der mir das rät. Ich glaube in meinem ganzen Leben!«

Sie hörte ihn schmunzeln. Ein Kribbeln jagte über ihren Rücken.

»Sieh dich vor, bitte. Der Typ ist gefährlich. Höchstwahrscheinlich ein Mörder.«

»Sobald es geht, schickt die Polizei jemanden vorbei. Man kann momentan eh nichts tun. Er ist abgehauen, als Christoph gerade nach Hause kam.«

»Okay. Ich bin froh, dass du heute nicht allein bist. Bitte melde dich bei mir, wenn etwas passiert oder du jemanden zum Reden oder als Wachhund brauchst.« Er lachte. Es war nicht so gelöst, wie sie es bei ihm schon erlebt hatte. Er klang besorgt.

»Das ist sehr lieb von dir. Danke. Ich werde darauf zurückkommen.«

»Wirklich?«

»Versprochen.«

»Ausgezeichnet. Dann wünsche ich dir noch eine friedliche Nacht.«

»Das wünsche ich dir auch. Schlaf gut.«

Sie legte mit einem Lächeln im Gesicht auf und drehte sich um. Hinter ihr stand Christoph und funkelte sie böse an. »Wer zur Hölle war das?«

KAPITEL 20

»Und jetzt?« Ellie sah zu Caro.

»Lass uns doch mal klingeln.«

Sie betrachteten das Klingelschild, konnten aber keinen Ian Walsh entdecken.

»Ich denke, das ist genauso angeordnet, wie die Wohnungen im Haus verteilt wurden.«

»Dann müsste zweiter Stock, rechts dieser Knopf sein.« Ellies Zeigefinger wanderte die Knöpfe entlang und stoppte beim zweiten von unten.

»Susan Meyer.«

Caro zuckte mit den Schultern. »Probier es aus.«

Ellie klingelte. Nichts rührte sich.

»Zumindest passt es dazu, dass kein Licht in der Wohnung brennt. Offenbar ist niemand zu Hause.«

»Meinst du, das ist ein Zufall? Vielleicht gibt es in diesem Haus noch andere Iren? Oder es ist generell eine Verwechslung und er wohnt überhaupt nicht hier«, sagte Ellie.

»Kann sein. Ist aber auch möglich, dass er eine Freundin hat.«

Ellie zog einen Schmollmund und starrte auf die verschlossene Tür. Caro legte ihr einen Arm um die Schulter. »Ich weiß, dass du immer noch hoffst, das Märchen würde ein gutes Ende nehmen ...«

»Gar nicht wahr!«

»Doch, doch, aber das ist völlig in Ordnung. Wer täte das nicht. Wir alle wünschen uns diesen Traumprinzen.«

»Wieso kann ich nicht einmal Glück haben? Wieso gerate ich immer an diese Kerle?«

»Das geht nicht nur dir so. Wir anderen haben auch nicht mehr Glück, glaub mir.«

Enttäuscht sah Ellie sie an. Sie nickte stumm.

»Was hältst du von ein paar kräftigen Drinks?«

»Ich muss morgen zur Arbeit.«

»Wer nicht? Nur einer. Damit du besser drüber schlafen kannst.«

»In Ordnung.« Ellie wandte sich von dem Haus ab. Die Tür hinter ihr ging auf und ein Mann trat aus dem Haus. Die Mädels drehten sich abrupt um. Caro stieß ihr mit dem Ellbogen in die Seite.

»Guten Abend, sagen Sie, ist Ian zu Hause? Wir machen uns ein wenig Sorgen.«

Der Mann musterte erst Caro, die diese Frage gestellt hatte, dann Ellie.

»Moin. Das kann ich euch nicht sagen, Mädels. Ich führe kein Buch über seine Aktivitäten. Aber ich glaube, wenn er nicht erreichbar ist, will er vielleicht nicht erreichbar sein.« Skeptisch beobachtete er ihre Reaktion.

»Oh, machen Sie sich keine Sorgen«, beeilte sich Caro zu sagen. »Wir sind keine Stalker oder so. Wir waren verabredet und er ist nicht aufgetaucht. Deshalb sind wir besorgt, ihm könnte etwas zugestoßen sein. Sein Handy ist abgeschaltet.«

Der Mann blickte amüsiert von einer zur anderen. »Ich hab ihn seit Tagen nicht gesehen. Ich vermute deshalb, dass er nicht zu Hause ist. Und ihr wollt wirklich mit ihm verabredet gewesen sein?«

Ellie schlug die Augen nieder. Ihr war das gesamte Gespräch unangenehm. Caro hatte gelogen. Sie, Ellie, war eine Stalkerin. Wie hatte es nur so weit kommen können?

Sie zog ihre Freundin am Arm. »Lass uns gehen.«

»Viel Erfolg noch!«, rief ihnen der Mann hinterher und setzte seinen Weg in die entgegengesetzte Richtung fort.

Ellie lief stumm die Straße entlang. Der Wind ließ die Blätter der Bäume auf der anderen Straßenseite rascheln. Inzwischen schien der Mond als schmale Sichel durch die aufgebrochene Wolkendecke hindurch. Die Lichtaura in diesem Teil der Stadt verhinderte Ellies Blick auf die Sterne. Der Abendstern leuchtete als einziger hell genug, um ihn dennoch sehen zu können. Am Ende der Straße bog sie wie selbstverständlich in die Gay-Bar ein. Die neugierigen Blicke der Männer störten sie nicht. Ellie ging bis vor zum Tresen und bestellte zwei Wodka. Caro zwinkerte ihr zu und setzte sich neben sie auf einen Hocker.

»Gibt es eigentlich etwas Neues in Bezug auf deine Nachbarin?«

Der Barkeeper stellte die Drinks vor sie ab. Ellie kippte ihn herunter und bestellte noch einen.

»Hui, du willst es jetzt aber wissen. Warte! So schnell bin ich nicht.« Caro kippte ihren Wodka ebenfalls und hob die Hand, um dem Barkeeper eine weitere Bestellung zu vermitteln.

Ellie schüttelte ihren Kopf. »Leider nein. Die Polizei hat sich auch nicht mehr bei mir gemeldet. Vielleicht rufe ich da mal an.« Sie verzog das Gesicht.

»Mich haben sie letztens angerufen und sich dein Alibi bestätigen lassen. Ich ziehe meinen Hut vor dir, wie du das aushältst. Ich kann mir nicht vorstellen, wie es ist, einen toten Menschen zu finden.«

Ellie stieß die Luft geräuschvoll aus. Sie spielte mit dem vollen Glas in ihrer Hand.

»Ich hatte ziemliche Angst, dass ich nachts kein Auge mehr zu tun könnte. Die erste Nacht habe ich mit Licht geschlafen. Bin wie gerädert am nächsten Morgen aufgewacht. Aber es geht. Ich denke, die Ereignisse drumherum haben mich beschäftigt gehalten.«

Sie runzelte die Stirn.

»Ich habe viel zu viel über mich selbst nachgedacht und über meine Männerprobleme. In meinem Haus ist eine unschuldige Frau gestorben und ich habe nichts Besseres zu tun, als mir über meine Zukunft Gedanken zu machen.« Sie kippte das klare Getränk hinunter und kniff einen Moment die Augen zusammen.

»Ermordet. Sie ist nicht einfach so gestorben. Ich hätte es voll und ganz verstanden, wenn du hättest zu mir ziehen wollen, für ein paar Tage.«

»Das meine ich ja. Ich habe kaum einen Gedanken daran verschwendet, sondern nur an Ian.«

»Ach, Quatsch. Aber hast du mal überlegt, ob sie wirklich so unschuldig war?«

»Irma Peters?«

»Ja.«

»Du willst doch nicht behaupten, sie hätte den Tod verdient?«

»Nee. Natürlich nicht. Es muss doch eine Verbindung zwischen ihr und dem Täter geben. Sie ist schließlich nicht auf offener Straße überfahren worden.«

Ellie überlegte. Sie konnte nicht verhindern, dass die Bilder aus Irmas Wohnung in ihrem Kopf auftauchten. Sie waren auf alle Zeit in ihr Gedächtnis eingebrannt.

»Jemand ist bei ihr eingestiegen und hat sie mit einem Baseballschläger totgeprügelt. Dann hat er den Schmuck geklaut und ist verschwunden.«

»Nur Schmuck?«

»Das ist alles, was ich von der Polizei erfahren habe.«

»Wieso nimmt jemand einen Baseballschläger zu so etwas mit?«

»Keine Ahnung. Klingt für mich nach 'nem Schlägertrupp vom Kiez. Vielleicht waren es ja auch mehrere.«

»Die hätten sie nicht töten müssen, um ihr den Schmuck zu klauen.«

»Das stimmt.«

Der Barkeeper stand mit der Wodkaflasche im Anschlag vor den Mädels und hob die Augenbrauen zur Frage nach oben. Ellie winkte ab und bestellte ein Astra. Caro nickte und nahm auch ein Bier. Gedankenverloren strich Ellie mit der Hand über den klebrigen Tresen. Mit einem Blick auf die düstere Liebesschaukel in der Ecke zog sie die Hand angewidert zurück und strich sie unauffällig an ihrer Jeans ab.

»Wollen wir los?«, fragte Caro. Sie nickte. Sie zahlten und verließen mit den Bieren in der Hand den dunklen Club.

»Ihre Wohnung war total verwüstet … wie nach einem Wirbelsturm«, flüsterte Ellie, als sie durch die kühle Nacht zum Hauptbahnhof gingen.

»Dann haben sie möglicherweise etwas gesucht.«

»So sah es auch wieder nicht aus.«

»Wieso?«

»Wenn ich mich richtig erinnere, waren keine Schränke oder Schubladen geöffnet. Es sah so aus, als hätte ein Kampf stattgefunden. Vasen waren auf den Boden gefallen, ihr Laptop lag auf der Erde. Ich habe umgekippte Stühle gesehen und überall dazwischen Blut. In jedem Zimmer. Im Wohnzimmer war Blut, in der Küche und im Schlafzimmer. Da war es recht viel. Gefunden haben wir sie im Badezimmer. Man hatte immer und immer wieder auf sie eingeschlagen.«

Ellie hielt die Hand vor den Mund.

»Es hat so ausgesehen, als hätte sie sich mit letzter Kraft in das Badezimmer geflüchtet.« Ellie dachte an die unzähligen Handabdrücke zurück, die sie auf dem Boden gesehen hatte. Von der einen Wand war Blut geflossen, als hätte der Täter den letzten, den tödlichen Schlag, ausgeführt, während Frau Peters auf der Toilette gekauert hatte. Er hatte ihr die Schädeldecke zertrümmert.

Sie legte den Kopf in den Nacken und starrte zum Himmel.

»Der hat nicht nach Schmuck gesucht, Caro. Der ist gekommen, um sie wie ein Tier zu jagen und zu töten. Ich habe so etwas Grausames noch nie gesehen.«

»Das glaube ich dir. Hast du Angst?«

»Ich glaube nicht. Irgendwie habe ich das Gefühl, dass das Ganze nichts mit mir zu tun hat. Der hatte es auf Irma abgesehen. Ich frage mich, wie er reingekommen ist.«

»So wie der Vergewaltiger, würde ich sagen. Der scheint ein ziemlich guter Kletterer zu sein.«

Ellie fand diese Erklärung nicht sehr zufriedenstellend. Irgendetwas daran störte sie massiv. Sie konnte noch nicht sagen, was es war, doch etwas stimmte nicht.

»Sie hat gern die Tür offen gelassen. Möglicherweise ist er einfach reinmarschiert.«

»So wird es gewesen sein.«

»Dann wäre der Mord schon am Abend begangen worden. Gegen acht oder so hat sie die Tür geschlossen.«

»Kann doch sein.« Caro zuckte mit den Schultern. Sie hatten den Hauptbahnhof fast erreicht. Der Taxistand kam in ihr Sichtfeld.

»Das hätte doch einer von uns hören müssen, oder? Das Risiko wäre für den Täter viel zu hoch gewesen, dass ihn jemand um diese Zeit die Wohnung betreten und verlassen sieht. Schließlich kannst du nicht überprüfen, ob ein Nachbar gegenüber gerade durch den Spion schaut.«

»Sind ihre Nachbarn denn gerade daheim?«

»Das weiß ich nicht, doch das hätte der Täter auch nicht wissen können.«

»Bei meinem Onkel ist vor Jahren mal eingebrochen worden, da haben sie vorher bei den Nachbarn Toilettenpapierschnipsel vor die Spione geklebt.«

»Hm. Darauf habe ich natürlich nicht geachtet.«

»Vielleicht hatte derjenige einen Schlüssel.«

»Du meinst, es war ein Bekannter?«

»Der hätte dann mitten in der Nacht kommen können.«

Ellie dachte darüber nach. Sie überquerten die Straße und liefen über den Parkplatz.

»Ich würde mir gern ein Taxi heim nehmen«, sagte Ellie. »Wir müssen uns jetzt sowieso trennen.«

»Mach das«, erwiderte ihre Freundin und verabschiedete sich mit Wangenküsschen. »Lass den Kopf nicht so hängen. Das ist ohne Zweifel eine beschissene Zeit für dich. Das gebe ich zu. Trotzdem kein Grund aufzugeben und umzuziehen. Doch nicht wegen einem Mann! Ich bitte dich. Du schläfst da mal drüber. In ein paar Wochen sieht die Welt schon wieder ganz anders aus. Außerdem ist dann Sommer. Alles ist dann besser und du kannst mit deiner besten Freundin an die Côte d'Azur fahren, so wie wir es geplant hatten.«

»Das machen wir trotzdem.«

Caro verdrehte die Augen. »Versprich mir, dass du keine übereilten Entscheidungen triffst.«

Ellie nickte. Ihre Freundin eilte zur S-Bahn und sie ging zu dem Taxi, das vorn in der Reihe stand. Sie gab dem Fahrer ihre Adresse und ließ sich geräuschvoll auf die Rückbank fallen. Das Taxi fuhr los und erreichte schnell die Lombardsbrücke. Sehnsüchtig schaute Ellie auf den beleuchteten Jungfernstieg mit der Fontäne davor in der Mitte der Binnenalster. Diesen Anblick würde sie vermissen. Überhaupt fand sie, dass Hamburg die schönste Stadt Deutschlands war. Hier wegzuziehen, würde etwas mit ihr anstellen.

Traurig betrachtete sie die wenigen vorbeiziehenden Wagen. Hier war immer Leben, unabhängig davon, zu welcher Zeit des Tages man unterwegs war. Und bis vor einigen Tagen hatte sie sich immer sicher in dieser Großstadt gefühlt. Natürlich gab es einige Orte, die sie weder nachts noch am Tage aufsuchen würde, doch die waren außerhalb ihrer Hemisphäre. Das Gesicht, das sie von Hamburg kannte, war freundlich, grün, gutmütig und auf eine raue, nordische Art heimelig. Ihre Heimat. Obwohl sie hier nicht geboren war, schlang diese Stadt seit ihrem ersten Tag hier ihre schützenden Arme um sie und machte sie zu ihresgleichen.

Sie starrte auf den Hinterkopf des Taxifahrers, der sie mit überschwänglichem südländischem Akzent empfangen hatte. Um nichts in der Welt wollte sie hier weg. Sie schmunzelte bei dem Gedanken, jemals etwas Derartiges in Erwägung gezogen zu haben.

Die Sache mit Ian hatte sie hart getroffen, das war Ellie klar. Möglicherweise hätte sie sonst anders auf die nachfolgenden Erlebnisse reagiert. Arschlöcher wie diesen René gab es immer. Ian hingegen hatte ihr Herz erobert und es mit Leichtigkeit in tausend Stücke zerbrochen.

Das Taxi hielt in der Grindelallee vor ihrem Eingang. Ellie gab dem Fahrer ein großzügiges Trinkgeld und verabschiedete sich. Die leere Bierflasche hatte sie noch in der Hand. Sie war froh, sich gegen die Bahn und den Bus entschieden zu haben. Sie spürte den Alkohol in den Knochen und wankte vorsichtig zur Tür, wo sie eine Weile nach ihrem Schlüssel suchte. Im Hausflur zündete die Beleuchtung, sobald sie eingetreten war. Ellie betätigte den Knopf am Fahrstuhl und dankte dem Hausmeister in Gedanken, dass alles wieder repariert war, und sie in ihrem Zustand nicht drei Stockwerke nach oben laufen musste. Während sie hochfuhr, betrachtete sie sich im Spiegel und fand, dass sie nicht nur müde aussah, sondern regelrecht ausgezehrt.

Plötzlich fiel es ihr wieder ein.

Caro hatte sich ja an dem Abend sogar darüber beschwert. Das Licht ging nicht. An dem Abend oder in der Nacht, in der Irma ermordet worden ist, brannte im gesamten Treppenhaus kein Licht. Es spielte also keine Rolle, ob die Nachbarn von ihr zu Hause waren oder nicht. Sobald das Tageslicht fehlte, das durch die wenigen Fenster das Treppenhaus erleuchtete, konnte man durch seinen Spion nichts mehr erkennen. Die Fenster waren hinter dem Fahrstuhlschacht an der gegenüberliegenden Wand angeordnet. Sie zeigten zum Hof, wie ihr Balkon. Dort gab es nachts keine Lichtquelle wie vorn auf der Straße, wo es nie dunkel wurde. Jetzt ging das Licht wieder. Es brannte, als sie den Fahrstuhl verließ, dessen Tür sich mit einem lauten Pling öffnete.

Ellie ging zu ihrer Wohnung und steckte den Schlüssel ins Schloss. Aus der Wohnung gegenüber hörte sie Geschrei. Unverkennbar Christoph. Er schimpfte. Ellie wollte nicht lauschen, doch die Neugierde überwältigte sie. Leise schloss sie ihre Tür auf, öffnete sie und verharrte dann in der Bewegung. Sollte jemand die Tür gegenüber öffnen, konnte sie so tun, als wäre sie soeben nach Hause gekommen.

KAPITEL 21

Christoph kochte innerlich. Becca stand vor ihm, reckte ihr Kinn in die Höhe und war überhaupt nicht mehr wiederzuerkennen.

»Ich ackere jeden Tag wie ein Brauereipferd und du bändelst mit dem Sohn unserer toten Nachbarin an!« Er schrie ihr die Worte ins Gesicht. Scheißegal, was die Frau über ihnen davon halten würde.

»Du spinnst. Das ist alles nur in deinem Kopf. Das versuche ich dir schon den ganzen Abend beizubringen.«

»Ich hab doch deine Stimme gehört. So süßlich hast du seit Langem nicht mehr geredet.«

»Darüber solltest du dir Gedanken machen.«

»Aha!«

»Quatsch! Mit ihm hat das nichts zu tun. Dennoch könntest du dich fragen, warum es seit einiger Zeit bei uns kriselt.«

»Ach, das sind ja ganz neue Töne!« Er wandte sich von ihr ab und ging in den Flur. Becca folgte ihm. Seit über einer Stunde stritten sie im Wohnzimmer. Er hatte noch nicht einmal gegessen, geschweige denn seinen Anzug abgelegt. Der Arbeitstag haftete an ihm wie Staub auf schweißnasser Haut. Beccas Verhalten empfand er als absolut indiskutabel. Erst kommt er hier an und findet sie völlig verzweifelt vor. Angeblich hätte sie ein Junkie überfallen und dann erwischt er sie, wie sie mit einem anderen Kerl flirtet. Von Verängstigung keine Spur mehr. Sie hat die Chance genutzt, während er außer Hörweite war. Wenn es nichts Verdächtiges zwischen ihnen beiden gab, dann hätte sie den Typen in seinem Beisein angerufen.

»Warum zur Hölle musstest du ihn überhaupt anrufen?«

»Es geht um den Tod seiner Mutter! Das ist ja wohl selbstverständlich!« Sie hatte das Kinn immer noch in dieser trotzigen Art nach vorn gereckt. Das machte ihn fuchtig.

»Die Polizei wird ihm schon Bescheid geben. Du hast es ja kaum abwarten können, ihn zu kontaktieren, obwohl ihr euch gerade erst gesehen habt!« Becca hatte ihm eine Erklärung geliefert, die ihn augenscheinlich beruhigen sollte, aber das völlige Gegenteil ausgelöst hatte. Das sah Becca überhaupt nicht ähnlich: mit Fremden einen Kaffee trinken zu gehen und einem Fremden ihre Lebensgeschichte zu erzählen. Am meisten an der Sache störte ihn der offensichtliche Vertrauensbruch. Während er hart an ihrer beider Zukunft arbeitete und sich bemühte, jeden Stein aus dem Weg zu räumen, schien sie keinerlei Dankbarkeit zu fühlen.

»Erwartest du, dass ich den ganzen Tag in der Wohnung hocke?«, rief sie ihm hinterher, während er zum Schlafzimmer ging, um sein Jackett abzulegen. »Alles, was du gesagt hast, klingt für mich danach. Ich dachte, du würdest dich freuen, wenn ich mal rauskäme. Du weißt genau, wie schwer mir das fällt!«

»Eben drum!« Er drehte sich abrupt um und hätte ihr beim Sprechen beinahe ins Gesicht gespukt, so dicht standen sie sich plötzlich. »Wo ist die Becca von früher hin? Ich erkenne dich überhaupt nicht wieder!«

Es läutete an der Tür. Becca zuckte sichtlich zusammen.

»Gott, wer ist das denn?«, entfuhr es ihm genervt. Er ging zur Tür und schaute durch den Spion. Dann straffte er sich kurz und zog souverän die Tür auf. Vor ihm standen zwei Beamte. Die Polizei hatte er total vergessen. Hatte allerdings unnatürlich lang gedauert, bis die aufgetaucht waren.

»Guten Abend. Ich bin Kriminaloberkommissar Dietrich und das ist mein Kollege Kriminalkommissar Jensen«, grüßte der Polizist freundlich. »Sie hatten einen Einbruch gemeldet.«

»Guten Abend.« Christoph bemühte sich, den Zorn aus seiner Stimme zu nehmen. Leicht fiel das nicht, da er im Hintergrund Ellie sehen konnte, die verstohlen mit ihrem Schlüsselbund spielte, als er den Polizisten die Tür öffnete. Inzwischen konnte sie drei Mal ihre Wohnung betreten haben und die Tür hinter sich schließen, doch Ellie blieb, wo sie war, und lauschte unverhohlen. Christoph vermutete, dass sie länger dort stand und verfolgte, wie er sich mit seiner Verlobten zoffte.

»Ja, das ist richtig. Meine Verlobte ...« Er betonte das Wort laut und gedehnt, um Ellie einen reinzuwürgen. Die verdrehte hinter den Beamten die Augen. Mieses Flittchen!

»Meine Verlobte hat ihn erwischt, wie er in den Keller von Frau Peters einbrechen wollte. Soviel ich verstanden habe, hatte er Erfolg.«

»Darf ich mit Ihrer Verlobten einen Augenblick sprechen?«, fragte der Mann, der sich als Dietrich vorgestellt hatte.

»Natürlich, ich hole sie. Wollen sie so lange hereinkommen?« Christoph wollte das Gespräch aus dem Treppenhaus heraushalten. Neugierige Nachbarn waren ein Graus.

»Gern, aber vielleicht können wir mit Ihrer Verlobten kurz den Keller in Augenschein nehmen, und sie zeigt uns, wo und was passiert ist.«

Christoph nickte. »Becca? Komm bitte einen Moment mal zur Tür.«

Becca erschien und stellte sich den Beamten vor. Nachdem die drei den Fahrstuhl nach unten genommen hatten, warf Christoph einen genervten Blick auf Ellie, die sich immer noch nicht von der Stelle gerührt hatte.

»Hast du genug gesehen?«

Sie verzog das Gesicht. »Was soll das alles von einem Einbruch? Ist was passiert?«

Christoph spürte, wie er weicher wurde. Der Tag war verdammt lang gewesen und die Tatsache, dass Ellie ihre Krallen eingezogen hatte und nicht auf einen Kampf mit ihm aus war, stimmte ihn milde.

»Becca ist heute Abend von so einem Typen angegriffen worden. Scheint ein ehemaliger Mitarbeiter von der Peters gewesen zu sein.«

»Sie wurde angegriffen?«

Christoph hörte die leichte Verzögerung in ihrer Aussprache. Ihre Augen lagen untypisch ruhig auf ihm. Allzu sicher stand sie nicht auf den Beinen. Sie war angetrunken. Ein Lächeln schlich sich auf seine Lippen. Er trat ein paar Schritte näher an sie heran, neigte sich gegen die Wand und verschränkte die Arme. Von hier konnte er das Treppenhaus überblicken und stand nicht direkt im Sichtfeld, wenn der Fahrstuhl sich öffnete.

»Ja, leider.« Er senkte seine Stimme. »Er hat versucht, etwas zu stehlen. Zumindest hat er den Keller durchwühlt. Becca hat von Frau Peters' Sohn erfahren, dass die Polizei ihn im Verdacht hat, etwas mit dem Verbrechen zu tun zu haben. Seit Tagen suchen sie ihn und nun ist er hier aufgetaucht.« Er rutschte ein Stück näher, sodass seine Arme ihre Schulter berührten. Ellies Reflexe schienen zu schlafen.

»Ist das der Typ gewesen, mit dem sie heute im Eiscafé war?«

Christoph stöhnte und verdrehte die Augen.

»Soll das heißen, du bist eifersüchtig auf den Kerl?«

Er spürte die Wut wieder hochkommen. Doch da war noch etwas. Die Art, wie Ellie ihn herausfordernd ansah. Eine kleine Wildkatze war sie und sie wollte ein Spiel mit ihm spielen, das konnte er sehen. Er trat dichter an sie heran. Sie musste inzwischen seinen Atem auf ihrem Gesicht spüren. Sie zog sich nicht von ihm zurück. Es gefiel ihr.

»Würde es dir besser gefallen, wenn ich sagen würde, dass mich das nicht anhebt?« Er nahm seine Hand und strich ihr damit ein paar Strähnen aus der Stirn. Ellie ging einen Schritt zurück, in ihre Wohnung hinein.

»Ich wette, du hast keinen Grund bei Rebecca eifersüchtig zu sein. Immerhin bist du derjenige, der in der Beziehung fremdgeht, oder etwa nicht?«

Die Feststellung gefiel ihm. Sie erregte ihn. Die Tatsache, dass seine Verlobte vier Stockwerke unter ihnen außer Hörweite war, aber jeden Augenblick zurückkommen und ihn erwischen könnte, schickte ihm ein Kribbeln in die Lendengegend. Er griff sanft nach Ellies Hüften und zog sie gegen sein Becken.

»Sei ehrlich. Du bereust doch inzwischen, dass du es beendet hast. Wir hatten eine verdammt heiße Zeit, du und ich.«

Ellie zog sich nicht sofort zurück. Der Ausdruck in ihrem Gesicht war neu. Er wusste nicht, wie er ihn einstufen sollte. Hatte sie es sich überlegt? War das die Gelegenheit, die Dinge wieder an den Ort zu rücken, an den sie gehörten?

Christoph senkte seinen Kopf und küsste ihr seitlich auf den Hals.

Sekunden später spürte er einen Schmerz, der sich rasend schnell von seiner Körpermitte bis in seinen Kopf ausbreitete. Die Schlampe hatte ihm in die Eier getreten! Was für eine schreiende Ungerechtigkeit!

Gepeinigt von winzigen fiesen Nadelstichen, die bis in sein Gehirn zu gehen schienen, beobachtete er, wie sie die Tür vor seiner Nase zuknallte.

Pling!

Im letzten Moment konnte er verhindern, ihr wüste Beschimpfungen hinterherzuschicken. Der Fahrstuhl öffnete sich. Es ging weit über normale Willensstärke und einiges akrobatisches Geschick hinaus, was er aufbringen musste, um den Beamten und Becca aufrecht mit einem Lächeln entgegenzutreten.

»Seid ihr irgendwie weitergekommen?«

Verdammt, tat das weh!

»Es war richtig, dass Sie uns angerufen haben. Ich habe ein neues Schloss unten angebracht und werde Herrn Peters mitteilen, dass er sich den Schlüssel bei uns abholen kann. Mehr können wir im Moment nicht tun.«

»Glauben Sie, dass er Frau Peters ermordet hat? Gibt es schon weitere Erkenntnisse?«, fragte Becca.

»Solange wir ihn nicht vernehmen können, bleibt das alles Spekulation. Wir melden uns bei Ihnen, wenn es Neuigkeiten gibt.«

»Würden Sie uns Bescheid geben, wenn Sie ihn haben? Ich denke, dann könnte ich ruhiger schlafen«, sagte Becca.

»Natürlich. Das verstehe ich. Gehen Sie in der nächsten Zeit nicht allein in den Keller. Das wäre mein Rat.«

Becca nickte und Christoph, der inzwischen schützend seinen Arm um sie gelegt hatte, bejahte ebenfalls.

Der eine Beamte betätigte den Knopf des Fahrstuhls. Sie konnten hören, wie der sich vom Erdgeschoss wieder auf den Weg nach oben machte. Christoph warf einen unauffälligen Blick auf Ellies Wohnungstür. Er hätte schwören können, dass sie ihn von dort beobachtete.

»Haben Sie ein Rattenproblem im Haus?«

»Ein Rattenproblem?« Becca sah die Polizisten bestürzt an.

»Ja. Mir ist der Gestank im Keller aufgefallen, als wir gerade unten waren.«

»Sie meinen wegen des Mülls.« Sie machte eine wegwerfende Bewegung. »Das war ich. Ich habe vorhin vor Schreck meinen Müllsack fallen lassen und die Hälfte ist auf dem Boden zwischen Fahrstuhl und dem Raum für die privaten Keller gelandet.«

»Das war kein Müllgeruch, Frau Wolf. Das roch definitiv nach etwas Verwesendem.«

»Was?«

»Wie eine tote Ratte. Deshalb habe ich gefragt.«

Becca verzog ihr Gesicht angewidert. Christoph, der schräg hinter Becca stand, bemühte sich, dem Beamten mit den Augen zu signalisieren, dass er seiner Freundin keine Angst machen möge. Der ignorierte seine Bemühungen komplett.

»Ich habe hier noch nie eine Ratte gesehen. Der Geruch ist auch ziemlich neu. Ist mir heute das erste Mal aufgefallen.« Becca drehte sich zu ihm um. »Hast du was bemerkt, als du vorhin unten warst?«

»Nein, überhaupt nicht, mein Schatz. Aber wenn du willst, kann ich gern noch einmal nachsehen gehen.«

»Nicht heute. Mach das morgen. Für heute reicht es.« Sie schmiegte sich an ihn und Christoph war erleichtert zu sehen, dass ihr Streit von vorhin verrauchte.

»Schauen Sie unbedingt nach. Wenn so ein Tier in irgendeiner Ecke verwest, kann das sehr unangenehm sein. Den Geruch kriegen Sie nicht so schnell wieder raus. Vielleicht sollten sie alle Nachbarn bitten, in ihren eigenen Kellern nachzusehen. Mir ist aufgefallen, dass die meisten die Boxen von innen verkleidet haben, sodass man nicht reinsehen kann. Haben Sie schon in ihren eigenen Keller gesehen?«

»Noch nicht, um ehrlich zu sein. Ich hole das morgen sofort nach. Wenn dort eine tote Ratte liegt, werde ich sie finden.«

Die Tür des Fahrstuhls öffnete sich und die Beamten stiegen ein. Becca drehte sich um und ging zu ihrer Wohnung.

»Eine Ratte! Wie eklig«, sagte sie. Christoph konnte von hinten sehen, wie sie sich schüttelte.

»Ich werde mich darum kümmern.«

Sie drehte sich um. »Christoph?«

»Ja?«

»Was hast du mit Ellie besprochen?«

Er hoffte, sie würde ihm die Überraschung nicht ansehen. Sie wirkte vollkommen gefasst bei dieser Frage.

»Ich habe ihr kurz erläutert, was heute Abend vorgefallen ist. Immerhin muss sie als Mieterin auch wissen, was in diesem Haus vor sich geht.«

Becca musterte ihn, kniff die Augen zu schmalen Schlitzen zusammen und nickte. »Stimmt. Das sollte sie.« Dann ging sie in die Wohnung. Christoph atmete tief durch und folgte ihr.

»Woher weißt du eigentlich, dass wir gesprochen haben?« Hoffentlich forderte er sein Glück mit dieser Frage nicht heraus.

»Das war geraten. Ich habe dich von ihrer Wohnung kommen sehen, als ich aus dem Fahrstuhl kam.«

Er schloss die Tür hinter ihnen.

»Hast du dich jetzt beruhigt, was Steve angeht?«

»Steve? Ach, du meinst den Sohn der Peters. Na, klar. Selbstverständlich duzt ihr euch bereits!«

»Alles andere wäre doch auch Quatsch! Er ist fast in unserem Alter.«

»Schon gut. Ich habe keine Lust mehr, darüber zu streiten. Meinetwegen.« Er war müde und sein Magen knurrte mittlerweile so wütend, wie er vor ein paar Minuten gewesen war. Becca ging ins Schlafzimmer und zog sich um. Sie schloss die Tür hinter sich.

Er selbst ging zum Kühlschrank und holte sich eine Schachtel mit chinesischem Essen von gestern. Im Stehen aß er die gebratenen Nudeln mit Hühnchen und Gemüse. Mit einem Glas Wasser aus dem Hahn spülte er die schnelle Mahlzeit runter. Er hatte das Licht nicht angemacht und nur der Schimmer aus dem Flur erleuchtete den Raum. Das Wohnzimmer lag ebenfalls im Halbdunkel neben ihm. Die große Fensterfront ließ die Lichter der Straße unter ihnen und des Häuserblocks gegenüber hinein. Die sechsspurige Straße sandte ein beruhigendes Grundgeräusch nach oben.

Langsam hatte er sich gefasst. Die ganze Aufregung war sicher vollkommen unnötig. Becca war nicht der Typ zum Fremdgehen. Sie würde eines Tages die perfekte Ehefrau für ihn abgeben. Sie kam aus gutem Hause, sie wusste, was sich gehörte und was ihre Pflichten in der Beziehung waren. Die Art, wie sie bisher zu ihm aufgeschaut hatte und sich von ihm beschützen ließ, schmeichelte Christoph. Sie war ganz und gar sein, und er würde sie vor jedem und allem schützen.

Er warf die leere Pappschachtel in den Mülleimer und verließ die Küche. Becca war inzwischen ins Badezimmer gegangen und putzte sich die Zähne. Er zog sein Jackett aus und hängte es an einen Bügel hinter der Schlafzimmertür. Dann öffnete er die Knöpfe seines hellblauen Hemdes und ging zu seiner Seite des Bettes. Beccas Handy lag auf ihrem Nachttisch. Er lauschte kurz und vergewisserte sich, dass sie noch im Badezimmer war. Dann robbte er über das Bett und griff nach ihrem Mobiltelefon. Ihr Code war ihr Geburtsdatum. Als das Display entriegelt war, sah er eine neue Nachricht aufblinken.

Steve schrieb ihr!

Hitze stieg ihm in den Kopf. Er hatte es gewusst! Glaubte sie, ihn für dumm verkaufen zu können? Automatisch öffnete er die Nachricht. Es war die einzige Nachricht im Chat. Immerhin etwas. Aus seiner eigenen Erfahrung wusste er, dass sie alte Nachrichten gelöscht haben könnte.

Ich habe mich heute Abend gefreut, von dir zu hören. Ich hoffe, es geht dir gut. Liebe Grüße Steve

Christoph las die Nachricht zweimal. Sie einfach nur zu löschen, war ihm nicht deutlich genug. Schnell tippte er eine Antwort.

Bitte lass mich in Ruhe. Ich bin verlobt und habe kein Interesse an einem Flirt.

Er drückte auf ›Senden‹. Dann löschte er den kompletten Chat, legte ihr Handy zurück und zog das Hemd aus.

Als sie wenig später den Raum betrat, vertraute er darauf, dass sie seine schnelle Atmung dem langen Tag zuschreiben würde.

KAPITEL 22

Gegen Mitternacht am selben Abend wehte in Hamburg-Barmbek nur ein laues Lüftchen.

Langsam schob er sich durch die Glastür, sorgfältig darauf bedacht mit seiner Kleidung kein Geräusch auf der glatten Glasfläche zu machen. Er scheute sich davor angelehnte Türen, die der Wind zugezogen hatte, sorglos aufzustoßen. Manchmal knarrte das alte Holz. Neue Kunststofftüren waren ihm lieber. So wie diese hier. Doch Vorsicht war immer geboten, also blieb er hochkonzentriert und ließ sich nicht verleiten, sich scheinbarer Sicherheit hinzugeben.

Seine Füße berührten das Laminat im Inneren, und er hörte, wie feiner Sand unter seinem Gewicht knirschte. Er hob das Bein augenblicklich an und streifte sich den Schmutz am Hosenbein ab. Dasselbe wiederholte er auf der anderen Seite. Kein Problem. Sie schlief nicht in diesem

Zimmer. Ihr Schlafzimmer lag nebenan. Doch dort gab es keine Balkontür, nur Fenster, die sperrangelweit offen standen, um die kühle Nachtluft hereinzulassen. Sie hatte die Tür, die vom Wohnzimmer auf den Balkon führte, nicht für ihn geöffnet. Da hatte er nachhelfen müssen. Ein simpler Schraubendreher und drei kräftige Hübe hatten genügt – Kunststofffenster eben.

Jetzt war er drin und schlich auf den inzwischen lautlosen Sohlen seiner Vans über einen hochflorigen Teppich, der den Rest des Staubes von seinen Füßen strich. Aus dem Nachbarzimmer hörte er leise Schnarchlaute. Die Türen standen alle offen. Sie war allein. Er betrat den Flur und spürte einen frischen Luftzug in den Bereichen in seinem Gesicht, die nicht von der Maske bedeckt waren. Sie fühlte sich angenehm kühl an seinen Augenbrauen an, über denen bereits kleine Schweißperlen standen. Mittlerweile wurden die Nächte zu warm, zu warm für Winterbekleidung.

Zügig betrat er das Schlafzimmer. Dieses Mal hatte er ein paar Handschellen dabei. Das Veilchen, das ihm die Professorin vor ein paar Tagen verpasst hatte … diese langen, seidigen, schwarzen Haare auf ihrer porzellanfarbenen Haut … er war einen Moment abgelenkt gewesen … an was dachte er gerade? Ach, ja, das Veilchen schmerzte noch immer. Heute würde es nicht so weit kommen.

Er trat dicht an sie heran. Konnte ihr Parfüm riechen, dass die Kleidungsstücke des Tages von sich gaben, die auf einem Stuhl neben ihrem Bett lagen. Es duftete nach einem Versprechen, nach Frühling, Nähe und Geborgenheit. Er konnte es kaum erwarten, seinen Kopf in ihrem Nacken zu vergraben und tief einzuatmen. Er wollte den flüchtigen

Duft, den sie den Tag über getragen hatte, in sich aufnehmen, warm und wie ein Geschenk, das sie nur ihm machte, das sie bewahrt hatte, bis er zu ihr kam. Er drehte sich zu den Kleidungsstücken und betrachtete mit Wonne den Slip, der ganz oben auf thronte, weil sie ihn als letztes ausgezogen hatte. Rosa Baumwolle. Sehr verspielt, Frau Doktor, dachte er. Zu gern hätte er danach gegriffen, doch er ermahnte sich zielgerichtet zu bleiben, sich nicht kurz vor dem Ziel ablenken zu lassen. Tatsächlich wusste er, dass er den eigentlichen Moment, an dem er sie wecken würde, nur hinauszögerte, absichtlich, um das Spiel davor noch mehr zu genießen. Die Vorfreude, das Aufgeilen an so kleinen Dingen wie ihren Kleidern, Schmuckstücken oder Badezimmerutensilien. All das steigerte die Lust, die Sehnsucht und schaffte zugleich bereits Befriedigung. Die Sache mit dem anschließenden Raub der Kreditkartendaten war nur ein Ablenkungsmanöver für die Polizei, eine Verwirrung der Bullen, die er sich ausgedacht hatte, um den Eindruck zu erwecken, dass ihm das Geld wichtig war. Er nahm es natürlich, doch es bedeutete ihm nichts. Er wettete, dass es sie gehörig verwirrte bei der Erstellung seines psychologischen Profils. Er liebte das Spannen, das Beobachten und das Planen – lange bevor er sein Opfer aufsuchte. Doch das war nur die Vorfreude auf Weihnachten. Jetzt aber war Bescherung.

Hinter sich auf dem Flur hörte er das stetige Ticken einer großen Wanduhr, an der er vorbeigeschlichen war. Sonst war es vollkommen still, in diesem Raum, dieser Wohnung, draußen auf der Straße. So still, dass er den Luftzug zwischen den Fenstern hören konnte. Seine Augen suchten hektisch ihr Gesicht. Sie hatte aufgehört zu schnarchen. Erleichtert registrierte er, dass sie sich nur umgedreht hatte. Ihr Gesicht war nun von ihm abgewandt, die nackten Beine hatten die Decke beiseitegestrampelt. Sie schlief vollkommen friedlich.

Er zog das Panzertape aus seiner Tasche und riss einen Streifen ab. Doch erst die Hände. Sie würde bereits gefesselt sein, bevor sie begriff, was geschehen war, bevor sie zum Schreien Luft holen konnte. Er ging um das Bett herum. Dann griff er beherzt nach ihren Handgelenken und das Klicken der Handschellen durchschnitt die Stille im Raum. Sie schlug die Augen auf, doch ihre Bewegungen aus dem Tiefschlaf heraus waren kein Vergleich zu seinen überlegten, wohlgeplanten Handgriffen. Das Panzertape, das er zwischen den Zähnen gehalten hatte, drückte er ihr nun mit voller Kraft gegen die Lippen, diese vollen, sinnlichen Lippen, die er zu gern berührt hätte. Doch die Erfahrung, die er vor ein paar Tagen mit der Uni-Professorin gemacht hatte, belehrte ihn eines Besseren. Ein erstickter Laut war unter dem Klebeband zu hören, während weit aufgerissene Augen ihn panisch anstarrten. Ihr Schnaufen zeigte ihm, wie schnell ihr Herz gerade rasen musste. Sie bäumte sich unter ihm auf und versuchte wegzukommen, doch er drückte sie mit all seiner Kraft nach unten.

»Schhhh.«

Sie starrte ihn an. Dann fing sie erneut an zu strampeln. Er sah sich einen Augenblick um. Kein Pfosten, kein Gitter, nichts, um das er die Handschellen hätte schlingen können oder an dem er ihre Beine anbinden konnte. Mechanisch griff er hinter seinen Rücken und holte das Jagdmesser aus der Tasche an seinem Gürtel, das er für solche Fälle mit sich führte, in denen er sein Opfer nirgends am Bett fixieren konnte. Die Stahlklinge spiegelte das Laternenlicht von draußen wider. Er lenkte ihren Blick darauf und schon war Ruhe. Sie wagte nicht sich zu bewegen. Ihre Augen weiteten sich erneut und Wasser sammelte sich darin. Sie schüttelte den Kopf und blickte ihn flehend an. Dann begann sie laut zu wimmern und ihr ganzer Körper zitterte. Er spürte die Bewegung unter seinen Händen und genoss ihre Angst.

»Schhhh.«

Sie hörte nicht auf. Würde er heute bis zum Äußersten gehen müssen? Zum allerersten Mal? Er wurde hibbelig. Ein wenig reizte ihn der Gedanke. Neuland. Unerforschtes Gebiet, Gefühle, Reize, Spannungen. Die Stimme wollte er nur im Notfall erheben, wenn es gar nicht anders ging. Idealerweise war das nicht nötig. So konnten sie ihn nicht daran identifizieren. Außerdem glaubte er, dass es ihre Angst nur noch vergrößerte. Ein Feind, mit dem man nicht reden, nicht verhandeln konnte, war durchaus beeindruckender und furchteinflößender.

»Schhhh.« Er hielt ihr die Klinge an den Hals. Sie verdrehte die Augen, hörte aber auf zu wimmern. Jetzt atmete sie nur noch laut. Mit der einen Hand neben ihrer Kehle senkte er seinen Kopf tief runter und vergrub die Nase in ihren Haaren.

Ahhh. Tief atmete er ein und aus. Dann hörte er so etwas wie einen Schlüssel im Schloss.

KAPITEL 23

Becca schaute fasziniert nach vorn zur Tafel, ohne auch nur die geringste Information aus ›Steuerlehre I‹ zu verarbeiten. Der Dozent hatte soeben eine Kurve mit dem Whiteboard-Stift gezeichnet, die sich einem Grenzwert näherte. Becca versuchte überhaupt nicht erst, wieder in den Stoff reinzukommen. Er hatte sie schon vor einer halben Stunde verloren, als er über ertragssteuerliche Problembereiche bei der Steuerplanung gesprochen hatte.

Sie starrte durch die Tafel hindurch direkt in ihre Wohnung. Dort hatte sie gestern Abend im Bett gelegen und ihr waren tausend Sachen im Kopf umhergegangen. Nachdem Christoph sich beruhigt hatte, hatte sie mehr und mehr gemerkt, dass ihr das nicht genug war. Je friedlicher er neben ihr geschnarcht hatte, umso unzufriedener war sie geworden. Der Streit zuvor fühlte sich wider Erwarten richtig an. So, als würde am Ende ein verheißungsvolles Leben warten.

Christophs Akzeptanz führte sie dahin zurück, wo sie zuvor gewesen war. Sie steckte fest. Ein Gefühl, als würde sie ersticken, als befände sie sich in einem statischen Zustand. Die Angst war in der Nacht zurückgekehrt. Den ganzen Tag war sie davor verschont geblieben. Nun war sie zurück. Sie zwang sich zu kämpfen, wie so oft. Gegen sich, ihre Gefühle und den Rest der Welt. Um dem Ganzen die Krone aufzusetzen, kam Christoph heute Morgen beim Frühstück mit einem vollkommen überraschenden Thema um die Ecke. Er wünschte sich Kinder.

»Ist das dein Ernst?«, hatte sie ihn gefragt.

»Klar. Das ist doch nichts Neues. Diesbezüglich waren wir uns doch immer einig.«

»Schon, aber doch nicht jetzt.«

»Warum nicht?«

»Ich bin noch mitten im Studium.«

»Ach, Becca, sei doch ehrlich. Du hast nicht ernsthaft vor, mit dem Abschluss eine Bewerbung abzuschicken.«

»Bitte?« Diese Feststellung hatte sie zutiefst verletzt.

»Das habe ich falsch ausgedrückt. Gegen den Abschluss ist nichts zu sagen. Ich wollte darauf hinaus, dass du immer geplant hast, für die Familie zu Hause zu bleiben.«

»Wie kommst du darauf? Ich habe so etwas nie gesagt.« Sie musste selbst schmunzeln, als sie jetzt über ihre Reaktion nachdachte. Christoph schätzte sie völlig richtig ein. Doch das war einmal. Sie wollte andere Ziele im Leben haben als Ehefrau zu sein.

»Ich habe dich so eingeschätzt«, antwortete er. »Warum wollen wir warten, bis wir fertig sind. Du kannst auch mit Kind studieren. Vielleicht ist es sogar eine gute Idee. Niemand drängt dich in deinem Studium. Du besuchst die Vorlesungen in deinem Tempo. Wir wären endlich eine Familie. Wenn ich fertig bin, suchen wir uns ein Haus am Stadtrand und führen das Leben, das wir uns immer gewünscht haben.«

»Ich finde das verfrüht.« Becca fand alles verfrüht. Das Baby, die Familie, das Haus. Am liebsten wäre sie in diesem Augenblick aus der Wohnung geflohen, doch sie wusste nicht, wohin.

Sie starrte mit leerem Blick nach vorn und hörte, wie der Dozent die Vorlesung für beendet erklärte. Um sie herum wurde das Gemurmel lauter, die Studenten standen auf, packten Taschen und Rucksäcke und bildeten kleine Grüppchen oder verließen eiligst den Hörsaal. Die Nachmittagssonne knallte durch die großen Fenster in diesem über zwei Stockwerke ragenden Raum. Becca sah erleichtert nach draußen in den strahlenden Frühlingstag und erinnerte sich an das Kaffeetrinken von gestern zurück. Das sollte sie öfter machen. Sie war zu ihrer eigenen Gefangenen geworden und das ängstigte sie.

Steffi stürmte in den Raum, als Becca ihn über die Stufen nach oben verlassen wollte.

»Was machst du denn hier? Hast du nicht dein Seminar?«

»Ist fünf Minuten früher fertig geworden. Ich habe die gesamte Stunde gesurft und bin dann über etwas gestolpert, das dich interessieren wird.« Sie hielt ihr das Handy unter die Nase. Becca stellte ihren Rucksack ab und drückte sich an die Wand, um nicht allen anderen den Weg zu blockieren. Sie nahm Steffi das Handy ab und las die Schlagzeile.

Balkon-Vergewaltiger geschnappt: Können Hamburgs alleinstehende Frauen endlich aufatmen?

Sie sah Steffi mit großen Augen und einem Grinsen auf den Lippen an.

»Ich habe mir schon gedacht, dass dich das interessieren wird.«

Becca verließ langsam den Vorlesungssaal, ohne die Augen vom Display des Handys zu nehmen.

»Hier steht, dass er versucht hat, eine Frau in Barmbek zu überfallen. Der Kerl legt sich auf keinen Stadtteil fest.«

»Schlau von ihm. So ist niemand über die Maßen beunruhigt und trifft entsprechende Vorkehrungen. Jeder denkt, dass es ihn schon nicht treffen wird.«

»Meinst du? Also, ich war schon besorgt. Meine Balkontür bleibt zu, wenn Christoph nicht da ist.«

»Die der Frau unter dir aber nicht, wie du mir erzählt hast.«

»Meinst du, er war's?«

»Keine Ahnung. Ich würde an deiner Stelle bei der Polizei nachfragen. Immerhin hast du ein Recht zu erfahren, ob du dich noch ängstigen musst.«

Becca bezweifelte, dass die Polizei irgendeine Aussage in dieser Richtung geben würde. Bei Frau Peters lag der Fall anders. Hier gab es nicht nur einen Verdächtigen. Sie las weiter im Artikel.

»Der Typ ist Ende dreißig, steht hier. Man sollte doch meinen, dass es ihm in einer Stadt wie Hamburg möglich ist, auf andere Weise seine Bedürfnisse zu befriedigen.«

Steffi grinste. »Absolut. Vielleicht brauchte er ja den Nervenkitzel, den es mit sich gebracht hat. Dieses Mal konnten sie ihn auf frischer Tat ertappen, weil der Ehemann seines Opfers überraschend zu Hause aufgetaucht ist.«

»Steht da, woher er seine Informationen hatte? Ich meine, wann die Frauen allein anzutreffen waren?« Becca überflog den Artikel.

»Nein. Davon steht da nichts. Wäre aber spannend zu erfahren. Zumindest sitzt er jetzt fest.«

»Endlich mal gute Nachrichten.« Sie verließen das Universitätsgebäude an der Edmund-Siemers-Allee und liefen Richtung Grindel, dem Viertel mit ihrer Wohnung und einem weiteren Teil der Uni. Becca atmete tief die Blütenpollen-geschwängerte Luft ein und genoss die warmen Sonnenstrahlen auf ihren Wangen.

»Der Kerl ist offensichtlich wieder über den Balkon eingestiegen. Hat die Frau überwältigt und mit Handschellen fixiert. Dann soll er versucht haben, sie zu vergewaltigen, ist aber durch den Ehemann rechtzeitig gestört worden.« Becca gab ihrer Freundin das Handy zurück. »Mieses Schwein. Die Stadt ist voller kranker Typen.«

»Was du nicht sagst.«

»Ich frage mich, ob er eine Waffe dabeihatte.«

»Davon stand da nichts.«

»Ist er so kräftig, dass er es immer schafft, die Opfer zu überwältigen oder bedroht er sie?«

»Ich vermute mal, er nimmt zur Sicherheit was mit. Du kannst ja nie wissen, wie sich die Dinge entwickeln.«

»Der Mörder meiner Nachbarin hatte einen Baseballschläger dabei. Ist das nicht krank?«

Steffi nickte und schnitt eine Fratze.

»Da wäre ein Messer ja noch gnädiger. Ich kenne nicht mal jemanden, der einen Baseballschläger daheim hat.«

»In deinen Kreisen sicher nicht, doch ein bisschen südlicher von deiner Wohnung, gehört das zum guten Ton. Schätze ich zumindest.«

»Was hast du jetzt noch an Unterricht?«, fragte Becca.

»Ich bin durch für heute. Das nächste Seminar fällt aus. Ich begleite dich noch bis zur Bushaltestelle, hol mir einen Kaffee und steige in den Bus.«

»Klingt gut. Ich bin auch durch. Ich denke, ich nehme deinen Hinweis auf und rufe mal bei der Polizei an.«

Insgeheim überlegte Becca, ob sie die Chance nutzen sollte, um mit Steve über die neuesten Entwicklungen zu sprechen. Die Verhaftung bot eine günstige Gelegenheit, ihn anzurufen.

»Was lächelst du so vor dich hin?«

Becca zuckte zusammen.

»Du siehst ja regelrecht aus, als hättest du ein schlechtes Gewissen. Raus mit der Sprache! Woran hast du gedacht?«

Becca atmete tief aus und presste die Lippen aufeinander. Sie schluckte einmal, dann sagte sie: »Ich habe nur darüber nachgedacht, ob ich den Sohn meiner ehemaligen Nachbarin informieren sollte.«

»Wieso solltest du das tun?«

»Na, es sind doch neue Ereignisse eingetreten in dem Fall. Zumindest könnten sie von Wichtigkeit für den Fall sein und er hatte mich gebeten, mich zu melden, wenn sich was tut.«

Steffi sah sie amüsiert an. »Ich bin mir sicher, dass er damit nicht gemeint hat, dass du ihm die Nachrichten vorlesen sollst.«

Becca reagierte nicht auf diesen zynischen Einwand.

»Is nicht dein Ernst!«, rief Steffi aus. »Er gefällt dir! Ihh!«

»Wieso: Ihh?«

»Weil ihr euch über den brutalen Mord an seiner Mutter kennengelernt habt. Was sagt denn dein Christoph dazu?« Steffi schmunzelte. Becca hatte immer ein wenig das Gefühl gehabt, als würde Steffi ihren Freund nicht sonderlich mögen.

»Du irrst dich. Ich habe keinen Grund, ein schlechtes Gewissen zu haben.«

»Also ist Christoph entspannt damit?«

»Nein, ist er nicht. Warte? Womit?«

»Ha! Wusste ich es doch!«

»Aber genau wie du ist er auf dem Holzweg. Ich unterhalte mich gern mit dem Mann. Na und? Das ist doch kein Drama. Wenn es nach Christoph ginge, würde er mich gern in einen kleinen Käfig sperren.«

»Ich gebe dir recht. Nur ist man es bei dir einfach nicht gewöhnt, dass du dich mit allzu vielen Menschen triffst. Wahrscheinlich macht es ihn stutzig, dass es dir bei diesem Mann offensichtlich anders geht.«

Becca zuckte mit der Schulter. »Ich habe keine Lust, mir vorschreiben zu lassen, mit wem ich reden darf. Wenn wir Beziehungsprobleme haben, dann liegt das an uns und nicht an Steve.«

Die Augen ihrer Freundin wurden riesig. Steffi hielt sie am Arm fest. »Dass ich das noch erleben darf! Beziehungsprobleme? Das sind ja ganz neue Töne. Becca! Ich erkenne dich ja gar nicht wieder.«

Becca sah sie aus schmalen Augen an. »Du klingst genau wie Christoph. Was ist nur los mit euch?«

»Oh, nein, nein. Versteh mich nicht falsch. Ich bin ganz deiner Meinung. Sicher im Gegensatz zu deinem Christoph. Ich bin beeindruckt. Wer sind Sie und was haben Sie mit meiner Freundin gemacht?«

Becca stieß ihr mit dem Ellbogen in die Rippen und zog einen Schmollmund, während Steffi herzhaft lachte.

»Wie sieht er denn aus?«

»Darauf sollte ich überhaupt nicht antworten.«

»Komm schon! Lass mich nicht betteln!«

»Ja, ja. Er ist größer als ich, schlank, etwa Mitte dreißig, braune, kurze Haare. Sieht ziemlich attraktiv aus.«

»Ahaa.« Steffi zog das Wort vielsagend in die Länge. »Klingt ein bisschen wie der Balkon-Vergewaltiger.«

»Blöde Kuh!«

Steffi lachte. »Ganz ehrlich? Wenn du mich fragst, kannst du ein bisschen Ablenkung von deinem Christoph gut gebrauchen. Ihr hängt mir viel zu sehr aufeinander. Wie ein altes Ehepaar.«

Becca wusste, dass sie recht hatte. Sie war hin- und hergerissen zwischen ihrem Wunsch nach Geborgenheit und dem Drang, ihre Jugend zu genießen.

»Vielleicht tut das eurer Beziehung sogar gut. Wenn nicht, wäre es auch nicht schlimm.« Steffi grinste.

An der Bushaltestelle trennten sie sich, nachdem Steffi vom Bäcker vor Beccas Wohnung noch einen Caffè Latte erstanden hatte. Becca lief weiter zu ihrem Eingang. Steffi tat ihr gut. Was sie sagte, gab ihr Kraft.

Dasselbe galt auch für Steve. Aus irgendeinem Grund schienen sie und Christoph in der letzten Zeit nicht mehr dasselbe zu wollen. Wieso das so war, konnte sie nicht sagen. Möglicherweise hatte er sich verändert. Sie warf einen letzten Blick auf das traumhafte Frühlingswetter, bevor sie in den deutlich dunkleren Hausflur trat. Nachdem sie den Briefkasten überprüft hatte, ging sie zum Fahrstuhl und betätigte den Knopf.

Pling!

Die Tür öffnete sich. Ein paar Sekunden später schloss sie sich wieder. Becca stand nicht im Fahrstuhl. Sie war wieder umgedreht. Ging gerade die Straße zurück zum Eiscafé und suchte sich einen Tisch im Freien. Becca griff sich die umfangreiche Eiskarte und entschied sich nach kurzer Überlegung für den Früchtebecher. Nach einem Blick an ihrem Haus hinauf, erkannte sie Ellie, die auf ihrem Balkon saß und sich sonnte. Sie hatte ihre langen braunen Beine auf die Brüstung gelegt und sich in ihrem Stuhl weit zurückgelehnt. Augenscheinlich hatte sie heute Nachmittag frei. Sie trug ein enges, glänzendes, blaues Top, eine weite weiße Leinenhose und eine schicke Sonnenbrille.

Nachdem Becca ihre Bestellung aufgegeben hatte, war es ihr möglich, Ellies Blick aufzufangen. Die grüßte sie und schickte ihr ein Lächeln nach unten. Becca gab sich einen Ruck und deutete auf den leeren Platz neben sich. Bisher hatte sie sich von der Frau immer ferngehalten. Den Grund dafür kannte sie nicht. Etwas an Ellie machte ihr Angst. Doch heute … heute war es anders. Sie würde sich freuen, ein Gespräch mit ihrer Nachbarin führen zu können. Unter Mädels. Die tragischen Erlebnisse, die sie inzwischen verbanden, hatten ihr ein Stück weit die Augen geöffnet. Sie wusste viel zu wenig über ihre Mitmenschen.

Ellie registrierte ihre Einladung und zögerte sichtbar. Dann nickte sie vorsichtig. Becca konnte beobachten, wie sie ihre Sachen zusammenpackte und nach innen ging. Dann schloss sie die Balkontür. Becca war gespannt, ob sie schon die heutigen Nachrichten gelesen hatte. Wenn nicht, konnte sie das Eis zwischen ihnen mit diesem Thema brechen. Ob sie Steve später anrufen würde, hatte sie noch nicht entschieden. Sie freute sich auf der einen Seite auf jede Gelegenheit, mit ihm in Kontakt treten zu können, auf der anderen Seite wollte sie nicht klammern. Der Mann hatte sicherlich einen vollen Terminkalender.

Ein paar Minuten später trat Ellie aus dem Eiscafé auf die Terrasse. Sie lächelte sie leicht an und setzte sich neben sie. Für Wangenküsschen waren sie sich gefühlt zu fremd. Keine von beiden unternahm einen Versuch in der Richtung. Becca spürte, dass die Frau sich vorsichtig ihr gegenüber bewegte. Augenscheinlich hatte sie Ellie bisher verschreckt. Becca wusste, dass sie auf viele Menschen so wirkte, die ihr Leben entspannter angingen als sie selbst. Den meisten Leuten waren Ängste suspekt. Insbesondere, wenn sie auf keiner logischen Grundlage basierten. Sie wollte aber dazugehören, mitmachen und nicht immer am Rand stehen und zusehen. Heute würde sie etwas ändern. Sie strahlte Ellie an.

»Schön, dass du runtergekommen bist.«

KAPITEL 24

Ellie hatte ihren Augen nicht trauen wollen, als Rebecca sie nach unten ins Café gebeten hatte. Jedes Mal, wenn sie die Verlobte von Christoph sah, geriet sie in allerhöchste Alarmbereitschaft. Sie wusste, dass irgendwann der Tag kommen würde, an dem Rebecca sie mit dem Betrug konfrontieren würde. Sie hätte dem nichts entgegenzustellen. Am liebsten hätte sie so getan, als hätte sie Rebeccas Winken nicht gesehen. Sie fühlte sich in ihrer Gegenwart wie der letzte Dreck. Und nun lächelte diese Frau sie noch so freundlich an.

Ihr war elend zu Mute. Sie wünschte, sie wäre niemals auf Christoph reingefallen: auf sein blendendes Aussehen und die Art, wie er sie um den Finger gewickelt hatte. Erst als sie sich aus der verfahrenen Affäre befreit hatte, zeigte er ihr sein wahres Gesicht. Dann war es aber zu spät um zu erkennen, was sie für einen Mist gebaut hatte.

Während des Gespräches beobachtete sie Rebecca genau, konnte allerdings kein taktisches Verhalten entdecken. Christophs Verlobte war völlig ahnungslos. Sie tat ihr leid. Der Typ war im Begriff, ihr Leben zu versauen, und Ellie hatte ihn dabei unterstützt. Sie fühlte sich mies und stand kurz davor, Rebecca die Wahrheit zu sagen.

Das Gespräch war angenehm, Rebecca erwies sich als eine witzige Frau.

Sie hatten sich zunächst bei den neuesten Meldungen rund um den Triebtäter aufgehalten, waren dann aber bei unverfänglichen Themen gelandet. Ellie hatte sich sogar hinreißen lassen, etwas über Ian und ihre große Enttäuschung zu erzählen. In Rebecca fand sie eine Zuhörerin. Sie saugte alles aus Ellies Erzählungen auf, als wäre sie eine Botschafterin aus einer fernen Welt, die Rebecca schon immer einmal bereisen wollte. Dabei besaß sie doch alles, was sich Ellie immer gewünscht hatte – mittlerweile zählte Christoph nicht mehr dazu. Aber ein anderer Mann, ein Verlobter, gemeinsame Pläne für Hochzeit, Heim und Kinder? Das klang alles fantastisch in ihren Ohren.

»Ich bin vollkommen genudelt«, sagte Ellie, als sie die Reste aus ihrem Eisbecher gekratzt hatte.

»Lass uns bezahlen. Ich muss heute noch was an meiner Seminararbeit machen, bevor Chris nach Hause kommt.«

Sie winkten dem Kellner und verlangten die Rechnung.

»Das war eine super Idee von dir. Danke«, erwiderte Ellie fröhlich. Insgeheim fragte sie sich, ob Rebecca ihrem Freund davon erzählen würde. Zu gern würde sie Mäuschen spielen, wenn er Blut und Wasser schwitzte, weil er nicht wusste, was genau sie besprochen hatten. Doch was würde passieren, wenn er reinen Tisch machte? Rebecca würde sie hassen.

Zu Recht. Dann bekäme diese nette Begegnung einen schalen Beigeschmack. Ellie wischte diesen Gedanken beiseite. Christoph hatte nicht die Eier zu beichten. Dazu müsste er erst mal Reue empfinden so wie Ellie gerade, die mit jeder Sekunde, die sie Rebecca kannte, mehr wünschte, ihren Fehler ungeschehen zu machen.

Sie schluckte. Das war Wunschdenken. In der Realität würde sie die Suppe auslöffeln müssen.

Nachdem sie bezahlt hatten, verließen sie gemeinsam das Café.

»Hast du heute noch etwas Schönes vor?«, fragte Rebecca.

»Nicht wirklich. Ich schätze, ich brauche ein Hobby.«

»Hast du manchmal Angst, seit die Sache mit der Peters passiert ist?«

»Es geht so. Es sind andere Dinge passiert, die mich mehr geängstigt haben, das muss ich zugeben.«

Becca sah sie neugierig an. Ellie hätte nicht gewusst, wie sie alles erklären sollte, ohne Christoph in ihre Erzählung mit einzubeziehen.

Als sie den Hausflur betraten, hörten sie Stimmen im Keller. Eine davon gehörte dem Hausmeister. Ellie sah Rebecca an. »Den wollte ich schon die ganze Zeit etwas fragen. Kommst du mit?«

»Klar.«

Sie stiegen die Treppe hinab und folgten den Stimmen bis zu den privaten Kellerparzellen. Dort stand Hausmeister Wichert, ein Mittsechziger, der emsig war und außerordentlich erfinderisch, wenn es darum ging, für die Probleme der Mieter im Haus eine Lösung zu finden. Ellie sah, wie er sich mit einer Frau unterhielt. Als die in Rebeccas Sichtfeld geriet, versteifte sich Rebecca.

»Ich kann versuchen, es aufzukneifen. Die entsprechende Zange habe ich im nebenan in meinem Schrank. Sind Sie sicher, dass es in Herrn Peters' Sinne ist?«

»Natürlich. Er hat mich damit beauftragt. Leider hat ihm die Polizei immer noch nicht den Schlüssel ausgehändigt.«

Sie standen vor der Parzelle, in der Frau Peters die Materialien ihres mobilen Pflegedienstes untergebracht hatte. Ellie wusste, dass die Peters zwei Parzellen besessen hatte. Die andere hatte sie privat genutzt. Die war, wie die meisten Boxen, mit Sichtschutz von innen ausgekleidet worden, sodass einem der Blick hinein verwehrt blieb.

»Gut, dann gehe ich eben rüber und hole mein Werkzeug. Eine Sekunde.« Der Hausmeister grüßte Ellie und Becca und drückte sich an ihnen vorbei, um den Kellerraum zu verlassen. Er betrat den Flur, der zum Waschkeller, zur Hauselektrik und dem Raum für den Müll führte.

»Hallo, Madeleine. Wie geht es Ihnen?«, sagte Rebecca.

»Hallo.« Das kam sehr knapp.

»Sind Sie sicher, dass Steve es gutheißen wird, wenn Sie den Keller aufbrechen lassen?« Ellie drehte sich überrascht zu Rebecca um. Die klang außergewöhnlich kampflustig. Sie fragte sich, warum sie der Frau gegenüber so feindselig eingestellt war.

»Ich möchte Sie bitten, sich um Ihre eigenen Angelegenheiten zu kümmern«, antwortete Madeleine.

Ellie riss die Augen auf. Wo kam diese ganze Aggression her?

»Wissen Sie, ich wohne in diesem Haus, und wenn das hier jemandes Angelegenheit nicht ist, dann Ihre!«

»Was für eine Unverschämtheit!«

Ellie fühlte sich, wie bei einem Tennismatch. Ihr Kopf bewegte sich bei diesem Schlagabtausch zwischen beiden Parteien hin und her.

»Was halten Sie davon, wenn wir ihn gleich anrufen. Steve, meine ich. Ich habe mein Telefon dabei und seine Nummer gespeichert.«

Diese Frau gefiel Ellie immer besser. Sie wusste nicht, wieso sie dermaßen auf Krawall gebürstet war, doch sie schien ihr Revier verdammt gut zu verteidigen.

Ellie wurde neugierig auf diesen Steve. Das musste ein Hammerkerl sein, wenn er Christoph so schnell in den Schatten gestellt und aus Rebecca diese selbstbewusste Frau gemacht hatte, die jetzt neben Ellie stand.

Rebecca bluffte nicht. Sie zückte ihr Handy und suchte im Speicher nach einer Nummer. Ellie grinste die andere Frau unverhohlen an. Sie fühlte sich Rebecca gegenüber verbunden. Immerhin wohnte sie auch in diesem Haus und die andere war eine Fremde. Der Drang, ihr zu beichten, wurde immer stärker.

Die Frau kochte vor Wut. Sie warf ihre strähnigen, langen, schwarzen Haare nach hinten und presste die Lippen aufeinander. Ellie konnte deutlich sehen, dass sie nach Argumenten suchte.

»Schlampe!« Das war alles, was sie herausbrachte, während sie zornig an Ellie und Rebecca vorbeiging.

»Wie haben Sie mich gerade genannt?«

Ellie hätte es dabei belassen, aber Rebecca schien das nicht auf sich beruhen lassen zu wollen.

»Du hast mich schon verstanden«, murmelte die Angeschlagene und ging weiter, ohne sich umzudrehen.

»Ich habe Sie gehört, wissen Sie? Damals, kurz bevor Frau Peters ermordet wurde. Sie scheinen schnell mit Gossensprache um sich zu schmeißen. Muss ich heute Nacht meine Tür abschließen?«

Ellie drehte sich abrupt zu Rebecca um und starrte sie mit offenem Mund an. Ging das jetzt zu weit? Sie hatte sich noch nicht entschieden.

»Was sagen Sie da? Soll das eine Anschuldigung sein?« Die Frau hatte sich umgedreht und funkelte Rebecca aus sicherer Entfernung an.

»Sagen Sie es mir. Ich beobachte nur, dass Sie versuchen, hier unbefugt einzudringen. Das hat letztens schon einmal einer Ihrer Kollegen versucht, und mir ist es schleierhaft, wieso Sie nach wie vor einen Schlüssel zu diesem Gebäude besitzen. Ich wohne hier, und ich fühle mich nicht sicher, wenn hier jeder Fremde ein- und ausgehen kann, wie es ihm gerade passt. Die Polizei hat das Schloss an dieser Tür angebracht. Aus gutem Grund. Ich bezweifle, dass der Besitzer damit einverstanden ist, dass Sie es aufbrechen lassen.«

»Das meine ich nicht. Sie haben mich gerade beschuldigt, eine Mörderin zu sein.«

Rebecca hatte die Arme verschränkt und sah sie abschätzend an. Ellie hatte ihre Nachbarin völlig falsch eingeschätzt. Bisher war sie in ihren Augen ein hilfloses Geschöpf gewesen, das einen Christoph brauchte, der ihr im Leben weiterhalf. Wenn sie sie jetzt sah, war sie sicher, dass Christoph sie nur aufhalten würde.

»Ich finde einfach nur, dass Sie alles tun, um sich verdächtig zu machen. Darüber würde ich an Ihrer Stelle mal nachdenken.« Sie behielt die Arme vor der Brust überschlagen und rührte sich nicht.

Der Hausmeister kehrte soeben aus den Tiefen des Heizungskellers zurück.

»Wollen Sie nicht mehr in den Keller?«, fragte er in Richtung der unerwünschten Besucherin.

Die winkte ab, machte auf dem Absatz kehrt und verließ den Flur Richtung Tiefgarage.

»Sie hat es sich anders überlegt«, antwortete Rebecca an ihrer statt.

Der Hausmeister zuckte mit den Achseln und kehrte wieder um, um sich seines Werkzeuges zu entledigen. Ellie sah Rebecca an und konnte jetzt erkennen, dass diese heftig zitterte.

»Wow! Rebecca! Was war das denn?«

»Nenn mich ruhig Becca.« Sie lächelte. »Ich weiß auch nicht. Tut mir leid, aber bei dieser Frau gehen all meine Alarmglocken an.«

»Glaubst du tatsächlich, sie hätte etwas mit dem Mord zu tun?«

»Nein. Ehrlich gesagt nicht, aber ich denke sie führt irgendwas im Schilde und ich glaube sie versucht, Steve irgendwie über den Tisch zu ziehen. Das stinkt mir.«

»Das hat man gesehen! Den Kerl möchte ich mal kennenlernen. Muss ja einen gehörigen Eindruck auf dich gemacht haben.«

Becca sah sie schockiert an. »Es ist nichts dabei, wirklich nicht. Wir kennen uns kaum.«

»Alles gut. Du musst dich mir nicht erklären. Ist doch toll, wenn er nett ist. Alles andere geht mich nichts an.«

Becca schickte ihr einen dankbaren Blick. Herr Wichert tauchte wieder auf und verabschiedete sich.

»Dann wünsche ich den Damen noch einen schönen Abend. Bleiben Sie nicht so lange im Keller. Man weiß ja nie. Sagen Sie, haben Sie mal bei sich in den Parzellen nachgesehen?« Er zog angewidert die Nase nach oben. »Stinkt, als wäre hier ein ganzes Rudel Ratten verendet oder jemand hätte seine Einkäufe vom Schlachter vor einigen Tagen hier vergessen.«

»Ich weiß. Ist uns auch schon aufgefallen. Christoph sagte, er konnte nichts finden und ich habe gerade keinen Schlüssel dabei«, erwiderte Becca.

Dann sahen beide zu Ellie.

»Oh, ich habe noch nichts gerochen, aber das ist nicht ungewöhnlich. Meine Nase ist sehr schlecht. Liegt an meiner Allergie. Ich rieche nur sehr wenig. Das ist schon immer so. Ich kann ja mal nachsehen.«

Sie zog ihren Schlüssel aus der Jackentasche und ging zu ihrer Parzelle. Auch sie hatte einen Sichtschutz angebracht, weil sie keine Lust hatte, ihr Gerümpel der gesamten Nachbarschaft zu präsentieren. Sie öffnete die Brettertür und betätigte den Lichtschalter. Die nackte Glühbirne entflammte und spendete ein warmes dämmriges Licht.

»Ich kann hier nichts sehen. Auf den ersten Blick ist alles wie immer«, rief sie den beiden zu, die von draußen reinschauen konnten. Sie knipste die Lampe wieder aus. Ratten? Sie hatte hier noch nie eine gesehen. Sie würde bei Gelegenheit wiederkommen und die Kartons von der Wand abrücken und auf Spuren untersuchen. Möglich, dass sich dahinter ein Tier versteckt hatte. Hoffentlich fraßen sie sich nicht durch ihre Erinnerungsstücke.

»Na gut. Ich werde die anderen Mieter anschreiben. Irgendein Kellerraum muss es sein.« Der Hausmeister drehte sich um und wollte sich gerade aus dem Staube machen, als Ellie wieder einfiel, weshalb sie überhaupt hierhergekommen war.

»Entschuldigen Sie. Ich wollte Sie noch etwas fragen.«

»Ja?« Er blieb stehen.

»An dem Abend, bevor Frau Peters gestorben ist, da brannte kein Licht und der Fahrstuhl ging nicht.«

»Das stimmt.«

»Ja, nun, ich wollte wissen, was genau kaputt war. Ich meine, es ist doch ziemlich praktisch für den Mörder gewesen, dass man ihn nicht sehen konnte.«

»Richtig. Nun der Fahrstuhl wurde gewartet, so wie ich es auch allen Mietern mitgeteilt habe. Was die Beleuchtung angeht, stand ich auch vor einem Rätsel.«

»Wieso? Jetzt geht sie ja wieder.«

»Ja, richtig. Ich musste jede einzelne Lampe kontrollieren, nur um am Ende festzustellen, dass sie alle funktionieren. Dann dachte ich, es wäre eine Sicherung rausgeflogen, doch augenscheinlich war alles in Ordnung. Jemand hatte am Kasten rumgespielt und die Sicherung rausgenommen.«

»Da kommt jeder ran?«

»Na ja, jeder nicht. Nur die Leute, die in Ihrem Eingang und dem benachbarten wohnen. Sie teilen sich den Keller. Die Sicherungskästen der einzelnen Wohnungen sind abgeschlossen, aber der für die öffentlichen Bereiche ist tatsächlich frei zugänglich. Ich werde bei der Verwaltung beantragen, das ändern zu dürfen. Irgendein Scherzkeks hat uns damit die Dunkelheit beschert. Sehr ärgerlich.«

»Das heißt ja dann, dass derjenige etwas mit dem Mord zu tun hat.« Ellie sah ihn besorgt an.

»Meinen Sie wirklich? Ich weiß nicht. Vielleicht ist es ein Zufall.«

»Ein ziemlich glücklicher für den Mörder. So konnte er unbemerkt verschwinden. Man sitzt auf unseren Gängen schon ziemlich in der Falle. Insbesondere, wenn der Fahrstuhl auch außer Betrieb ist.«

Herr Wichert wackelte mit dem Kopf und schien diese Möglichkeit abzuwägen. »Ich würde dem nicht allzu viel Bedeutung beimessen. So was kann wirklich ein Zufall sein.«

»Ein Zufall, dass die Sicherung absichtlich an diesem Abend rausgenommen wird?«

»Sie könnte ja auch rausgeflogen sein.«

»Sie sagten doch eben noch, dass Sie nicht davon ausgehen.«

»Ja. Na ja. Ich weiß nicht. Mein Leben würde ich nicht darauf verwetten. Wenn es irgendwo einen unerwünschten Stromfluss gegeben hätte, hätte sie wieder rausfliegen müssen, sobald ich den Schalter umgelegt habe. Das ist nicht passiert. Alles funktionierte, wie es sollte, und es kam zu keinem weiteren Ausfall. Deshalb meine Schlussfolgerung. Das muss aber nicht die vollkommene Wahrheit sein. Manchmal steckt man da nicht drin.«

»Ich finde es schon ziemlich verdächtig.«

»Machen Sie sich nicht zu viele Gedanken. Da wird schon nichts dran sein.«

»Es könnte aber … wieso schreckt Sie der Gedanke so ab?«

»Ganz einfach. Denken Sie den Gedanken doch mal zu Ende. Sie sagen, dass jemand aus diesem oder dem Nachbareingang ihre Nachbarin ermordet hat. Das halte ich für ausgeschlossen.«

Ellie verschlug es kurz die Sprache. Becca sah sie besorgt an.

»Es kann sich doch jemand durch die offene Tür eingeschleust haben. Vielleicht war es auch ein Besucher einer unserer Nachbarn«, schlug Becca vor. Ellie wurde ganz mulmig zumute.

»Der hätte doch dann die ganze Nacht bleiben müssen, bis zu dem Zeitpunkt des Mordes«, warf Ellie vorsichtig ein.

»Nein, meine Damen. Ausgeschlossen. Hier kann nicht jeder x-Beliebige rein. Für diesen Kellerraum benötigt man einen Hausschlüssel. Dieser Raum ist immer abgeschlossen.«

Ellie warf Becca einen Blick zu, die ein wenig an Farbe verloren hatte.

»Also jemand aus diesem Haus«, sagte Ellie.

»Oder zumindest mit einem Hauschlüssel«, ergänzte Becca.

KAPITEL 25

Der Schein ihres Monitors war die einzige Lichtquelle im dämmrigen Wohnzimmer. Sie hatte vor einer Weile die Jalousien zugezogen und seit die Abendsonne von ein paar Wolken verdeckt wurde, war es ziemlich dunkel in diesem Raum. Becca saß seit zwei Stunden vor dem Rechner und starrte auf ihre Seminararbeit. Resigniert lehnte sie sich in ihrem Schreibtischstuhl zurück und scannte den Raum. Sie war noch keinen Deut in ihrer Arbeit vorangekommen. In einer Woche war Abgabe. Langsam spürte Becca den Druck. Lang genug hatte sie prokrastiniert. Jetzt war der Zeitpunkt gekommen loszulegen.

Sie stützte die Ellbogen auf der Schreibtischplatte auf, legte ihren Kopf in die Hände, schloss die Augen und rieb sich mehrfach hefig über das Gesicht. Dann lockerte sie ihre Nackenmuskulatur und starrte erneut auf den Bildschirm.

Nichts.

Sie wusste nicht, wie sie weitermachen sollte.

Der Mörder hatte einen Schlüssel besessen.

So musste es sein. Jemand schaltete am Abend vorher die Sicherung aus, sodass im Hausflur kein Licht brannte zum Zeitpunkt der Tat. Was sonst könnte es für einen Grund dafür geben? Das schränkte die möglichen Verdächtigen erheblich ein. War Becca vorhin übereilt gewesen, als sie Madeleine bei den Verdächtigen ausgeklammert hatte? Möglich wäre es. Nur weil sie sich nicht vorstellen konnte, dass man aufgrund von Antipathien einen Mord beging, musste das ja nicht für andere Menschen gelten. Doch wenn sie ehrlich war, sah sie diese Frau nicht vor sich, wie sie einen Baseballschläger schwang.

Dann gab es da noch einen Mitarbeiter, der nach wie vor gesucht wurde. Nachdem sie ihn kennengelernt hatte, stand dieser Mann ganz oben auf ihrer Liste. Hoffentlich machte die Polizei bei der Suche Fortschritte.

Becca stieß die Luft als Schnaufer aus. Sie speicherte ihre Datei und schaltete den Computer ab. Auf ihre Arbeit würde sie sich heute nicht mehr konzentrieren können. Sie musste sich ablenken. Der Wunsch, mit Steve zu telefonieren, wurde größer. Ein Blick auf ihr Handy verriet ihr, dass Christoph in ein bis zwei Stunden erst heimkommen würde. Sie könnte die Tür abschließen, dann würde sie das Geräusch mit Sicherheit warnen und er könnte sie nicht mehr so überraschen wie beim letzten Mal. Schlimm genug, dass sie überhaupt solche Überlegungen anstellen musste, doch Christoph ließ ihr mit seinem Verhalten keine Wahl. Sie konnte auf Nachfragen behaupten, sie hätte sich geängstigt und deshalb den Panzerriegel abgeschlossen.

Sie wählte seine Nummer und ging mit dem Handy am Ohr zum Flur, um ihren Plan in die Tat umzusetzen. Es klingelte zwei Mal, laut, wie sie fand. Dann hörte sie es deutlicher, beim dritten Klingeln. Draußen auf dem Flur läutete es.

»Hallo?«

Sie hörte seine Stimme, im Apparat und auf der anderen Seite der Tür. Erschrocken nahm sie das Telefon vom Ohr und schaute durch den Spion. Steve stand auf ihrem Abtreter hinter der Tür. Beccas Herz raste. Sie konnte nicht verleugnen, wie sehr sie sich freute. So ein Mist! Er würde es ihr sofort ansehen. Sie legte auf. Dann atmete sie ruhig ein und aus.

»Becca?«, ertönte es auf der anderen Seite der Tür. Er klingelte nicht. Stand nur da und wartete. Becca war sicher, dass er ihre Anwesenheit direkt auf der anderen Seite der Tür spürte. Sie drückte die Klinke herunter. Während die Tür sich öffnete, hielt sie den Atem an. Hoffentlich kam Christoph nicht früher nach Hause. Das würde deutlich mehr Ärger geben als ein Anruf bei Steve.

»Hi.« Sie bemühte sich, entspannt zu klingen. Nervös strich sie sich eine Strähne aus der Stirn. Hätte sie doch nur einmal in den Spiegel geschaut.

»Hi«, erwiderte er verhalten. Er sah aus, als wäre er auf der Hut. Einen Moment sahen sie sich nur an und es herrschte Stille. Dann begannen sie zeitgleich und redeten durcheinander.

»Du …«

»Ich …«

»Entschuldige. Fang du an«, sagte Becca. Die hatte ohnehin nicht gewusst, was sie sagen wollte.

»Also gut.« Er zögerte. Sah sich verstohlen um.

»Möchtest du reinkommen?«

»Öhm. Ja. Gerne. Wenn das geht …«

»Natürlich«, sagte sie freimütig. Genau überlegt hatte sie sich das nicht. Sie trat beiseite und öffnete die Tür ein Stück weiter. Steve kam herein. Er ließ seine Jacke und die Schuhe an, als wäre er auf dem Sprung. Normalerweise hätte sie ihn gebeten, die auszuziehen, doch sie teilte seinen Wunsch, das Treffen zügig beenden zu können. Sie bot ihm einen Platz am Esstisch an. Er ließ sich auf den Stuhl aus Buche sinken und sah sich in ihrer Wohnung um. Sie setzte sich zu ihm an den Tisch. Becca hatte nach wie vor kein Licht angeschaltet. Das wenige Tageslicht von draußen, das durch die Jalousien drang, erhellte ihr Wohnzimmer dezent. Das reichte ihr aus. Beleuchtung wäre jetzt kontraproduktiv. In diesem wenigen Licht fand sie Schutz und den Mut, ihn offen anzusehen.

»Ich wollte mich bei dir entschuldigen«, begann er.

Becca blieb ihr erster Satz, den sie sich zurechtgelegt hatte, im Halse stecken. »Wieso das denn?«

Er zog die Brauen zusammen. »Ich bin dir gestern offensichtlich zu nahe getreten und ich wollte dir nur versichern, dass es nicht meine Absicht war, mit dir zu flirten.«

Becca schluckte. Am liebsten wäre sie im Boden versunken. »Okay. Das … ist mir jetzt ein bisschen unangenehm.«

»Das muss es nicht sein. Ich dachte nur, ich komme lieber persönlich vorbei und kläre das, als dass ich schreibe. Das führt manchmal zu Missverständnissen.«

Becca nickte. Ihr war unglaublich heiß. Ihre Kehle fühlte sich staubtrocken an. Wie unangenehm.

Wieder dieses Schweigen zwischen ihnen. Steve unterbrach es, indem er mit der flachen Hand auf den Tisch klopfte und sich anschickte aufzustehen. Jetzt war ihr klar, weshalb er seine Jacke angelassen hatte. Er wusste, dass sein Besuch nur von kurzer Dauer sein würde. Er stand auf und ging zurück zur Tür. Becca war immer noch nicht in der Lage, ihr pochendes Herz unter Kontrolle zu bringen. Ihre Gedanken kreisten. Er fand sie offensichtlich zu aufdringlich. Sie hatte keine Ahnung, was er damit meinen könnte. Sie hatte zwar oft mit ihm Kontakt aufnehmen wollen, war bisher jedoch nicht dazu gekommen. Lag es an dem Gespräch von gestern Abend? War ihr »Schlaf gut!« zu intim? Sie wurde rot. Gut, dass er das in diesem Dämmerlicht nicht sehen konnte.

Mein Gott! Der Mann hatte das Bedürfnis verspürt, ihr zu sagen, dass er nicht an einem Flirt interessiert war. Er entschuldigte sich dafür, bei ihr diesen Eindruck hinterlassen zu haben. Vielleicht war ihr Anruf gestern Abend zu spät gewesen. Sicherlich lag es an dem Anruf. Mehr war seitdem nicht passiert.

Sie presste die Lippen zusammen. Es lohnte jetzt nicht, die Themen Madeleine oder den Vergewaltiger anzusprechen. Was hatte sie sich nur gedacht? Der Mann wollte mit dem Tod seiner Mutter allein gelassen werden und nicht ein Abenteuer mit einer Nachbarin daraus machen.

»Mir ist das sehr unangenehm. Bitte entschuldige«, sagte sie, kurz bevor er die Wohnungstür erreichte.

»Das ist dein gutes Recht. Dafür musst du dich nicht entschuldigen.«

Das verstand Becca nicht.

»Du siehst mich ratlos. Ich dachte, ich bin dir zu nah gekommen.«

Er blieb stehen. »Wie meinst du das?«

»Wie meinst du das?«

Er kam einen Schritt auf sie zu. Er stand dicht vor ihr, sodass sie sein Aftershave riechen konnte. Sein Atem berührte ihre Wangen.

»Du hast mich gestern Abend aufgefordert, dich in Ruhe zu lassen und ich respektiere das. Unabhängig von deinem Wunsch wollte ich mich dazu heute persönlich äußern. Ich finde eine SMS bei so etwas nicht angebracht. Hinterlässt nur eine klaffende Wunde.«

»Eine Wunde?«

Er zuckte mit den Schultern.

Becca überlegte, was sie verpasst hatte. Stand sie schon so stark neben sich, dass sie ganze Brocken ihrer Kommunikation vergessen hatte? Was meinte er? »Ich habe dich zu gar nichts aufgefordert.«

Jetzt sah er ratlos auf. Er griff in seine Jackentasche, holte sein Handy heraus, tippte darauf herum und streckte es ihr so entgegen, dass sie einen Blick auf einen Chat werfen konnte – ihren Chat.

Beccas Augen weiteten sich. Sie riss ihm das Handy aus der Hand. Sie konnte nicht glauben, was sie da las. Doch mit jeder weiteren Sekunde wuchs die Erkenntnis. Sie überprüfte die Zeiten, zu denen die Nachrichten geschrieben wurden.

»Moment mal.«

Sie ging ins Wohnzimmer und holte ihr eigenes Handy. Sie prüfte ihren eigenen Chatverlauf mit Steve. Es gab keinen. Becca kochte. »Ich habe das nicht geschrieben!«

»Ist das dein Ernst …« Seine Stimme klang erfreulich fröhlich.

»Ja!« Ihre auch. Obwohl ihr nicht dazu zumute war.

Er griff nach ihren Schultern. »Dann habe ich mich gerade vollkommen umsonst entschuldigt?«

»Sieht so aus.« Sie lächelte. Er stand ganz dicht vor ihr. Von draußen waren Autogeräusche zu hören. Er sah aus, als würde er sie gern in den Arm nehmen.

Sie wünschte, er täte es.

»Becca, du weißt, was das bedeutet?«

»Was denn?« Sie sah ihm wie hypnotisiert in seine Augen.

»Dein Freund hat diese Nachricht geschrieben, nachdem er meine zuvor gelesen hat.«

Sie nickte. »Eine absolute Frechheit!«

»Ich weiß nicht. Wenn meine Freundin so eine Mitteilung bekäme, wäre ich auch eifersüchtig und würde den Kerl zum Teufel wünschen.«

»Wühlst du auch im Handy deiner Freundin?«

»Ich habe keine Freundin«, erwiderte er mit einem Zucken um die Mundwinkel.

Becca konnte das Lächeln nicht unterdrücken, das sich auf ihr Gesicht stahl.

»Aber nein, ich respektiere die Privatsphäre der Menschen in meinem Umfeld.«

Becca nickte. »Willst du noch mal reinkommen? Ach was. Weißt du was? Lass uns ein paar Meter spazieren gehen. Ich wollte gern etwas mit dir besprechen und hier drin fühlt sich keiner von uns beiden sehr wohl.«

Seine Augen glänzten. »Sehr gern.« Er hielt ihr die Tür auf, nachdem sie sich Jacke und Schuhe genommen hatte, und gemeinsam stiegen sie die Treppe nach unten und verließen das Haus vorn zur Grindelallee.

»Magst du eine Kleinigkeit essen? Wir könnten in dem Diner im Grindelhof einkehren«, fragte er sie beiläufig.

»Perfekt.«

Wenig später saßen sie vor einer riesigen Portion Pommes, frittierten Zwiebeln, zwei Burgern und tranken indisches Bier, das ihnen der indische Besitzer empfohlen hatte.

»Ich bin froh, dass das alles ein Missverständnis war. Du hast mir mit deiner Ankündigung einen Riesenschrecken eingejagt. Ich dachte schon, ich wäre dir zu nahe getreten.« Becca sah ihn erleichtert an.

Er schüttelte den Kopf, während er kaute. »Das kann ich nur zurückgeben.«

Becca genoss ihr Essen in vollen Zügen. Sie hatte kein schlechtes Gewissen gegenüber Christoph, der in ihren Augen einen massiven Vertrauensbruch begangen hatte.

»Ich habe Madeleine heute getroffen«, sagte sie, nachdem sie ein paar Pommes runtergeschlungen hatte.

»Ach? Bei dir im Haus?«

»Ja. Sie wollte sich Zutritt zum Keller deiner Mutter verschaffen.« Ihre Vermutungen behielt Becca zunächst für sich. Sie wollte sehen, wie Steve im Allgemeinen auf das Thema reagierte.

»Das darf nicht wahr sein! Der ist doch von der Polizei neu verriegelt worden. Wie wollte sie da ran? Ich bin der Einzige, der einen Schlüssel besitzt.«

»Sie hat den Hausmeister bequatscht, das Schloss aufzubrechen.« Sie beobachtete, wie sich seine Augenbrauen hoben.

»Guter Gott! Die Frau macht vor nichts Halt. Ich werde sie nachher anrufen und ihr noch einmal ins Gewissen reden.«

»Du bist ja großzügig. Ich hätte die Polizei verständigt.«

»Abwarten. Sie soll mir erst einmal erklären, was sie in meinem Eigentum gesucht hat. Vielleicht fahre ich auch nachher noch bei ihr vorbei. Solche Dinge sollte man persönlich klären.«

»Da wird sie sich aber freuen«, murmelte Becca in ihr Bier.

Steves Lippen bogen sich nach oben. Auf seinen Augen lag ein seidiger Glanz.

»Sie wird auch wissen, wem sie diesen Besuch zu verdanken hat.«

»Ein kleiner Trost.«

Er nahm einen Schluck, stellte sein Glas ab und lehnte sich zu ihr nach vorn. »Und jetzt sag mir, wie es dir nach deinem gestrigen Erlebnis geht. Was ist überhaupt genau passiert.«

»Dieser Typ ...«

»Marc.«

»Ja, Marc. Er hat den Keller durchwühlt. Ich habe ihn angesprochen, weil ich geglaubt habe, dass du es wärst. Er hat mich ... ›angegriffen‹ ist vielleicht nicht das richtige Wort. Er wirkte, als fühlte er sich von mir bedroht und ist irgendwie ausgeflippt. Ich weiß nicht, was er vorgehabt hat. Er hat mich geschlagen und dann versucht, mich einzufangen. Keine Ahnung, wohin das geführt hätte. Dann ist Christoph heimgekommen und Marc ist abgehauen.«

»Das klingt nicht gut. Ich bin froh, dass du so glimpflich davongekommen bist.« In seinem sanften Blick lag Besorgnis. Becca fühlte sich in ihre Teenagerzeit zurückversetzt.

»Alles halb so wild«, hörte sie sich sagen. Vor diesem Mann wollte sie nicht als Schwächling dastehen. »Was suchen diese beiden Leute nur in dem Keller?«

»Da gibt es nichts von Wert. Nur jede Menge medizinischer Artikel. Klar, die kann man auch verhökern, wenn man es will. Aber dafür einen Einbruch begehen?«

»Vielleicht hat deine Mutter mehr dort gelagert als dieses Equipment.«

»Ich bin schon dort gewesen. Die Polizei wollte von mir wissen, ob etwas fehlt. Kurz bevor ich zu dir gekommen bin, habe ich sie angerufen und ihnen mitgeteilt, dass alles in Ordnung ist. Meine Mutter hatte noch jede Menge alter Abrechnungsbücher dort unten, aber auch damit lässt sich kein Geld verdienen.«

»Könnte da etwas drinstehen, das Madeleine wichtig ist?«

»Möglich.«

»Vielleicht etwas, das sie verdächtig macht.«

»Du meinst, sie hat sich was zuschulden kommen lassen? Hmm. Ich schau's mir bei Gelegenheit noch mal genauer an.«

»Glaubst du, dass die beiden vielleicht gemeinsame Sache miteinander machen?«

»Weil sie unabhängig voneinander versucht haben, in den Keller einzudringen?«

»Ja. Vielleicht sollen wir auch nur denken, dass sie nichts miteinander zu tun haben.«

Steve stieß die Luft geräuschvoll durch die Nase aus. »Madeleine versucht alles, um Marc ans Messer zu liefern. Wenn er sich tatsächlich mit ihr zusammengetan hat, ist er noch dümmer, als ich gedacht habe.«

»Vielleicht ist das Tarnung.«

»Ich weiß nicht. Ich glaube, da gehen die Pferde mit dir durch.«

»Gibt es sonst irgendwelche Fortschritte in den Ermittlungen? Vielleicht aus Richtung des Hostessen-Services?«

Steve schüttelte den Kopf. Sie tappen immer noch im Dunkeln.

»Ich hätte vermutet, dass die ganze kriminelle Energie aus der Richtung hätte kommen können. Vielleicht Leute, die sich von ihr bedroht gefühlt haben. Marktbegleiter … nennt man das in dieser Branche so?« Sie lächelte ihn kokett an. »Das sind die Leute, denen ich als Erstes zugetraut hätte, mit einem Baseballschläger zu einer Verabredung zu gehen.«

Steve zuckte zusammen. Dann lehnte er sich langsam zurück. Seine Finger spielten mit dem Untersetzer seines Glases. So lange, bis er Teile der Pappe abgebrochen hatte.

»Nein. Die mussten den Baseballschläger nicht mitbringen«, sagte er mit einem entrückten Blick. »Der gehört mir.«

Becca schluckte. »Was?«

»Es ist meiner. Ich habe ihn vor langer Zeit einmal bei meiner Mutter gelassen. Sie fand es witzig. Meinte, sie bräuchte ihn zum Schutz. Er lag jeden Abend neben ihrem Bett.«

KAPITEL 26

Becca betrat ihr Haus durch die Tiefgarage. Steve hatte sie am Tor verabschiedet und war zu seinem Wagen gegangen. Bei ihrem Abschied hatte sie gespürt, dass er mit dem Gedanken spielte, sie zu umarmen. Glücklicherweise wusste er, ebenso wie sie, dass es vollkommen unangebracht war. Sie war verlobt und auch, wenn sie sich sehr über Christoph und sein Verhalten geärgert hatte, so fand sie, dieses Essen ging bereits weit genug, um ihre Selbstbestimmtheit zu unterstreichen. Alles Weitere wäre Betrug.

Außerdem jagten ihr nach wie vor Schauer über den Rücken, seit Steve über den Baseballschläger gesprochen hatte. Sie hatte sich erschreckt, als er mit dieser Information herausgerückt war. Nicht nur über den Fakt als solchen. Auch über sich selbst, weil sie sich so ungeschützt in die Hände eines Fremden begeben hatte. Was wusste sie schon von diesem Mann? Sie kannte ihn gerade drei Minuten und schon hatte sie darüber nachgedacht, für ihn ihr Leben zu verändern.

Auf der einen Seite klang das unglaublich romantisch und ließ ihr ausgetrocknetes Herz aufblühen, von ihrer Libido mal ganz zu schweigen. Auf der anderen Seite hatte sie sich in Gefahr gebracht – und ihre Zukunft auch. Sie war seit Jahren mit Christoph zusammen. Sicher hatte die Beziehung ihre Schattenseiten und sexuell befanden sie sich seit Langem an einem kritischen Punkt. Sie konnte sich nicht einmal daran erinnern, wann er sie das letzte Mal angefasst hatte. Noch hatte es ihr tatsächlich gefehlt. Doch jede Beziehung kannte diese Höhen und Tiefen. Sie war kein Narr. An diesen Punkt würde sie mit jedem anderen auch in ein paar Jahren geraten. Jetzt ging es darum, um die Beziehung zu kämpfen, Arbeit zu investieren, auch wenn es anstrengend war.

Doch da gab es diese kleine Sache, die Becca immer unruhiger werden ließ. Sie drehte sich nach hinten, um zu sehen, dass das Tor sich wieder hinter ihr geschlossen hatte. Dass niemand mit durchgeschlüpft war. Dass sie allein war.

Die Neonröhren waren angegangen, als sie der Bewegungsmelder beim Eintreten auf dem ersten Meter hinter dem Tor erfasst hatte. Das kalte, aber grelle Licht spülte ihre Sorgen beiseite, die an ihr nagten, weil sie in diesem großen Raum vollkommen allein war. In diesem Raum mit vielen Ecken und Winkeln und Fahrzeugen, hinter denen sich jemand verstecken konnte.

Es gab diese eine Sache, die winzige Sorge, dass Steve etwas mit seiner Freundlichkeit bezweckte. Er hatte sich auffallend um sie bemüht, mit ihr sehr freimütig über den

Fall gesprochen und das, obwohl er in Trauer war, obwohl er eine schwere Zeit durchmachte. Nicht ein einziges Mal hatte er sich trösten lassen, hatte Anzeichen einer Depression gezeigt oder Distanz aufgebaut, um mit sich und seinen Sorgen allein zu sein. Er hing wie eine Klette an ihr und Becca fragte sich, warum das so war. Tatsächlich hatte er diese vermaledeite SMS geschrieben, die Christoph zu so einem Unfug verleitet hatte. Er war heute Abend vorbeigekommen, um sie zu sprechen. Er wusste, dass Christoph spät von der Arbeit kommen würde. Sie hatte ihm tags zuvor davon erzählt.

Was steckte dahinter?

Becca ging bemüht ruhig zur zwanzig Meter entfernten Tür, die in ihren Keller führen würde, in ihre Seite des Hauses. Normalerweise rannte sie an dieser Stelle. Sie hasste diesen Weg, weil sie hier wie auf dem Präsentierteller zu sehen war, während jemand sie aus einem Auto oder von einer Ecke heraus beobachten konnte. Heute ging sie ruhig und gefasst. Die Zeit der Angst musste ein Ende haben. Ihre Schritte hallten durch den Raum aus Beton.

Steves Geständnis mit dem Baseballschläger machte ihr zu schaffen. Es war seiner. Sicher hieß das nicht, dass er ihn geschwungen hatte. Becca konnte dieses Bild jedoch nicht aus ihrem Kopf verdammen. Es fügte sich plötzlich alles ineinander. Doch wieso hatte er ihr davon erzählt? Hieß das nicht, dass er nichts damit zu tun hatte? Sicherlich war das eine Information, die er ohnehin der Polizei hatte geben müssen. Wozu dann verschweigen? Stimmte es, dass seine Mutter den Schläger bei sich hatte? Was, wenn er ihn in dieser unheilvollen Nacht mitgebracht hatte? Wer sonst hätte davon gewusst? Wer wäre mit leeren Händen zu ihr gegangen, nur um dann am Ende ein Blutbad mit ihrer eigenen Waffe anzurichten? War es im Affekt geschehen? Hatte sich jemand spontan zu diesem Mord hinreißen lassen? Das war nicht möglich, wenn sie die Worte des Hausmeisters berücksichtigte. Ja, er hatte darauf hingewiesen, dass sie und Ellie sich keine Sorgen machen sollten. Doch zu viele Zufälle machten Becca skeptisch. Das Licht war nicht ohne Grund an diesem Abend ausgefallen. Da steckte Planung dahinter. Wie passte das zu einer spontanen Nutzung des Baseballschlägers?

Hinter Becca ertönte ein Geräusch. Sie zuckte zusammen und drehte sich hastig um. Ihre düsteren Gedanken machten sie schreckhaft. Das Tor klappte nach oben und sie erwartete jeden Moment ein Auto um die Ecke biegen zu sehen, das die Einfahrt benutzen wollte. Automatisch hatte sie die Mitte der Fahrbahn verlassen und war an die Seite gegangen, um dem Einfahrenden Platz zu machen. Stattdessen stand dort in der Dunkelheit ein einzelner Mann. Er hatte den Lichtkegel, der aus der Garage fiel, noch nicht betreten. Becca konnte nur vage seine Umrisse sehen. Er stand einfach da und sah sie direkt an. Becca gefror das Blut in den Adern. Er hatte offensichtlich eine Fernbedienung für das Tor, aber kein Auto. Ihr Herz klopfte. Sie fühlte sich gemustert. Sie wusste nur nicht zu welchem Zweck. Für einen Moment sahen sie sich nur an. Dann spürte Becca so etwas wie Gefahr in der Luft. Er sagte nichts, ging nicht weg. Er wollte etwas von ihr, das stand fest. Becca drehte sich mit Mühe um und ging langsam weiter. Dann warf sie wieder einen Blick über die Schulter. Er rührte sich nicht. Sie beschleunigte ihren Schritt. Es war nicht mehr weit bis zu der Feuerschutztür.

»Becca!«

Sie hörte, wie ihr Name geschrien wurde, hart und bestimmt. Sie kannte die Stimme. Steves Stimme. Ein weiterer schneller Blick über ihre Schulter verriet ihr, dass er sich in Bewegung gesetzt hatte. Augenscheinlich war er schon vor einer Sekunde losgeeilt, denn er stand längst nicht mehr oben am Tor, sondern war bereits am Ende der Einfahrt angekommen.

»Becca!«

Dieser Ton duldete keine Widerrede. »Stopp!«

Sie blieb wie angewurzelt stehen. Die Klinke der Tür hatte sie in der Hand. Was wollte Steve? War er nicht längst gegangen. Die Stimme in ihrem Kopf riet ihr zur Vorsicht. Ihr ganzer Körper schaltete auf Alarm. Sie hatte diese ganzen Schlussfolgerungen bestimmt nicht grundlos gezogen. Hier stimmte was nicht. Sie hatte aber nicht vor herauszufinden, was es war. Nicht allein in dieser Garage, nicht in diesem verfluchten Haus! Flucht war schon immer das Mittel ihrer Wahl in Angstsituationen gewesen. In der Jackentasche kramte sie noch nach dem Schlüssel.

»Stopp! Ich will mit dir reden.«

Sie wühlte.

»Du bist am Ende so distanziert gewesen.« Er stand etwa zehn Meter vor ihr. Hatte wieder angehalten. Er sah sie skeptisch an. Da war etwas in seinem Ausdruck, dass sie vorher nicht gesehen hatte. Vorsicht? Seine Augen schienen ihr Gesicht nach etwas abzusuchen.

»Es gibt da noch etwas anderes, das ich mit dir besprechen muss.« Seine Stimme klang rau und hart.

Sie kramte in dieser verdammten Tasche.

»Bleib stehen. Ich denke, das solltest du dir anhören.«

Sie hatte ihn!

»An diesem unsäglichen Abend, als ...«

Sie steckte den Schlüssel ins Schloss, drehte ihn um und stieß die Tür auf. Dann zwang sie sich durch und warf sich dahinter angekommen dagegen. Wenn er ihr folgen wollte, musste er selbst erst einmal aufschließen. Diese Tür besaß ein Panikschloss. Von der anderen Seite konnte man sie ohne Schlüssel öffnen. Becca sprintete die paar Treppenstufen nach oben, die zu einer weiteren schweren Stahltür führten, die nur als Brandschutz fungierte und immer unabgeschlossen war. Sie rannte zum Fahrstuhl. Sie drückte den Knopf. Die Anzeige signalisierte ihr, dass er aus dem vierten Stock nach unten fahren musste. Dieser Fahrstuhl war eine Schnecke. Er würde ewig für diese Fahrt benötigen. Becca überlegte nicht lange, als sie ein Geräusch aus Richtung der Garage hörte. Sie nahm die Beine in die Hand und sprintete um den Fahrstuhlschacht herum, die Treppe nach oben. Als sie an der Stahltür vorbeilief, bemerkte sie, wie sie geöffnet wurde. Ein leichter Luftzug streifte ihre Haare.

Steve!

Sie rannte, so schnell sie konnte. Hinter sich vernahm sie die schnellen Schritte. Noch jemand rannte die Treppe hinauf. Steve folgte ihr! Beccas Schläfen pochten. Ihr Blut schoss ihr in den Nacken, Hitze breitete sich in ihrem ganzen Körper aus, die Oberschenkel brannten. Fast wäre sie gestolpert, schaffte es aber, sich abzufangen. Sie glaubte, einen Fluch ein paar Meter hinter ihr zu hören. Hoffentlich hatte ihn das Schicksal ereilt, dem sie gerade noch so ausgewichen war, der aufgerollte Abtreter im ersten Stock.

Becca mobilisierte ihre letzten Kräfte. Sie war auf der Zielgeraden. Nur noch ein Stockwerk. Mittlerweile wurde sie das Gefühl nicht los, dass sie in die Falle lief. Sie würde es niemals rechtzeitig schaffen, die Tür aufzuschließen, bevor er bei ihr war. Der Abstand war dieses Mal viel kürzer zwischen ihnen beiden als eben noch in der Garage.

Sie konnte bei Ellie klingeln. Doch was, wenn sie nicht da war? Dann würde sie schreien. Würde den ganzen Hausflur zusammenschreien. Sie entschied, dass sie es versuchen musste. Warum war sie nicht einfach nach vorn auf die Straße gelaufen, als sie die Chance dazu gehabt hatte? Dort war es belebt. An den Briefkästen vorbei und raus aus der Eingangstür, auf die Grindelallee.

Zu spät!

Auf den letzten Metern vor ihrer Tür zog sie den Schlüssel heraus. Sie streckte den Arm im Lauf und erreichte ihren Abtreter. Von hinten griff eine kräftige Hand nach ihr und riss sie herum. Beccas Herz setzte einen Schlag aus. Sie taumelte und knallte mit dem Kopf gegen ihre Tür. Becca starrte in die wilden Augen von Steve. Sie erkannte den Mann nicht wieder. Schweiß stand ihm auf der roten Stirn und an seinem Hals pochte eine dicke Ader. Er keuchte und hatte Mühe, einen Satz herauszubringen. Becca war fertig, doch er sah deutlich geschaffter aus. Sie war wie erstarrt. Er stand einen halben Meter vor ihr und starrte sie mit aufgerissenen Augen an.

Plötzlich glitt sie nach hinten. Einen Bruchteil einer Sekunde später wurde ihr klar, dass sich ihre Tür geöffnet hatte … dass sie geöffnet wurde. Sie taumelte, fing sich aber wieder und spürte Erleichterung, dass es Christoph war, der die Tür bewegt hatte.

»Ich denke, Sie sollten jetzt gehen«, sagte Christoph völlig ruhig. Er war hinter ihr aufgetaucht und hatte sie langsam am Arm hereingezogen. Die ganze Anspannung fiel mit einem Mal von Rebecca ab und sie begann zu zittern.

Christoph schloss die Tür, nachdem sie vollständig im Flur war. Steve blieb keuchend wie ein Tiger auf der anderen Seite stehen, als hätte man ihn kurz vorm Ziel – die Beute – gestoppt.

Becca schlang ihre Arme von hinten um Christoph, der kurz durch den Spion schaute und drückte sich an seinen kräftigen Rücken. Dicke Tränen flossen ihr sturzbachartig über die Wangen. Sie durchnässte sein Hemd, roch seinen typischen Körpergeruch vermischt mit seinem Duschgel und fühlte sich daheim. Es war ihr schrecklich unangenehm, wie sie sich aufgeführt hatte, wie sie ihn in Gedanken hintergangen hatte, um aus dem Leben zu fliehen, dass ihr bisher wichtig gewesen war.

Wie dumm war sie gewesen!

Christoph drehte sich um, drückte sie an seine Brust und streichelte ihren Kopf, während sie sich völlig der Verzweiflung hingab und in sein Hemd schluchzte.

»Sch… Sch… Sch…«

Becca konnte sich überhaupt nicht mehr beruhigen.

Ihr Handy signalisierte das Eintreffen einer Nachricht. Sie hatte es in der Hosentasche.

»Gib her. Kümmer dich nicht darum. Das brauchst du nicht mehr.«

Christoph griff hinter sie und zog es heraus. Dann legte er es auf den Konsolentisch im Flur, ohne es eines Blicks zu würdigen. Er wusste sicher auch so, dass es eine Nachricht von Steve sein musste. Ebenso wie Becca. Sie hatte das dringende Bedürfnis, sich von ihm vor diesem Mann schützen zu lassen. Sie blickte nicht auf das Display und ließ sich von Christoph langsam in das Badezimmer führen. Das Handy mied sie, als wäre es vergiftet. Ihr Verlobter hatte die Arme um ihre Schultern geschlungen und führte sie zum Waschbecken. Er schloss die Tür hinter sich und setzte sich auf den Badewannenrand. Sie setzte sich auf die Toilette und schluchzte in ihre Hände.

Lange traute sie nicht aufzuschauen. Ihr schlechtes Gewissen war zu groß. Was musste er von ihr denken? Christoph war so ein rechtschaffener Mensch. Er würde kein Verständnis für ihre Beweggründe haben. Sie hatte selbst keines dafür. Sie überlegte, wie sie anfangen sollte. Die Vorwürfe, die sie ihm wegen der Nachricht machen wollte, schluckte sie runter. Das war der völlig falsche Zeitpunkt. Sie hatte sie beide und ihre Beziehung in Gefahr gebracht und es stand ihr nicht zu, mit dem Finger auf ihn zu zeigen. Er hatte sich abgebuckelt, Tag für Tag, für sie, für ihre Zukunft.

Becca atmete erleichtert aus. Sie hatte rechtzeitig die Kurve gekriegt, bevor etwas passiert war.

Hoffentlich!

Sie wischte sich die letzten Tränen aus den Augen und stand auf. Ein kurzer Blick auf ihn sagte ihr, dass er ihr Zeit lassen wollte. Er hatte die ganze Zeit nichts gesagt, hatte sie weinen und sich wieder beruhigen lassen. Seine Hand lag dabei auf ihrem Knie und streichelte es.

Becca stand vor dem Waschbecken, öffnete das kalte Wasser und ließ es sich über die Handflächen laufen. Zunächst schrubbte sie die mit Seife. Dann spülte sie die Seife vollständig weg und füllte die Hände mit einem Schwall Wasser. Sie tauchte ihr Gesicht darin ein und spülte die salzige Feuchte weg. Das frische Wasser belebte ihre Wangen und zauberte einen rosigen Teint. Sie wiederholte den Vorgang ein paar Mal. Irgendwann hatte sie sich vollkommen beruhigt. Spürte, wie die Kälte ihren Puls senkte. Ihre Atmung ging inzwischen wieder vollkommen normal. Sie hatte sich im Griff und wurde nicht mehr von spontanen Heulkrämpfen geschüttelt.

Sie hob die Augenlider und sah Christoph im Spiegel an. Sie lächelte. Er lächelte auch und zwinkerte ihr zu. Dann sagte er: »Ich finde, du solltest noch nicht aufhören. Du solltest das Wasser wieder aufdrehen und dir damit deine dreckige, verlogene Visage schrubben, mein Schatz.«

Dann stand er auf und kam ganz dicht hinter sie. Er griff an ihr vorbei und drehte den Wasserhahn wieder an. Becca riss die Augen auf und starrte auf sein Bild im Spiegel. Christoph griff mit einer Hand in ihren Nacken und umklammerte ein Bündel Haare. Er zog daran.

»Ah!«

»Schnauze!«

Er steckte den Stöpsel ins Waschbecken und ließ das Wasser einlaufen. Becca war wie zu Stein erstarrt. Er hatte sie an den Haaren ganz dicht an seinen Oberkörper herangezogen. Das Wasser stieg im Becken auf die kritische Höhe an und er stellte es ab. Blitzschnell drückte er sie mit aller Wucht nach unten und Becca stieß mit dem Kopf in das kleine Becken. Sie tauchte komplett unter. Sie hatte keine Zeit gehabt, die Luft anzuhalten. Sie hustete und schluckte Wasser. Gleichzeitig atmete sie einen großen Teil davon ein.

Er zog sie wieder heraus.

Sie japste. Spuckte eisiges Wasser aus, gegen den Spiegel. Schon spürte sie wieder den Druck im Nacken. Sie hielt die Luft an. Diesmal stieß er noch stärker. Ihr Gesicht wurde gegen das harte Porzellan gepresst. Ihre Nase brannte. Ein stechender Schmerz breitete sich über der Nasenwurzel aus. Dort war von dem kalten Wasser nichts mehr zu spüren, nur unerträgliche Hitze. Er zog sie ruckartig an den Haaren wieder zurück. Sie schrie, als sie auftauchte. Beim Hochkommen fiel ihr Blick in den Spiegel. Blut lief ihr übers Gesicht. Die Fratze hinter ihr lächelte selig. Er ließ sie los, trat ihr von hinten in eine Kniekehle. Sie ging zu Boden. Auf die Knie. Hielt sich mit den Händen am Waschbecken fest. Ihre Kehle war leer, stumm. Kein Wort war da zu finden, um es in die Welt zu lassen. Blut tropfte auf die weißen Fliesen. Sie sah, wie es immer schneller tropfte.

Becca verabschiedete sich. Zwischen ihren Füßen bildete sich ein kleiner See. Christoph kniete sich neben sie, nahm ihr Kinn zwischen die Finger und drehte es zu sich. Becca musste ihm in die Augen sehen und sah nur Schwärze. Was hatte Christoph für eine Augenfarbe gehabt? Sie wusste es nicht mehr. Jetzt waren sie schwarz.

»Du machst dich jetzt endlich sauber und ich kümmere mich um deinen Romeo.«

Dieser Blick hypnotisierte sie. Becca wusste nicht, was er meinte. Er ließ von ihr ab und stand auf. Dann ging er aus der Badezimmertür. Becca glaubte, in einem Traum festzuhängen. Einem Albtraum. Jeden Moment würde sie aufwachen. Er schloss die Tür hinter sich. Sie hörte, wie er ihr Handy vom Konsolentisch nahm. Dann sperrte er das Badezimmer von außen zu. Wenige Sekunden später fiel die Wohnungstür ins Schloss.

KAPITEL 27

Die beleuchteten Häuser zogen zügig an ihm vorbei, während Christoph die Grindelallee Richtung Norden fuhr. Ein leichter Nieselregen zog Schlieren auf den Seitenfenstern seines alten Golfs. Die Leuchtreklamen der Geschäfte reflektierten sich darin. Er musste die Scheibenwischer einschalten, um klare Sicht zu erhalten. Trotz des miesen Wetters sah er absolut klar. Die Zeit war gekommen, Ordnung zu schaffen. Dieser Kerl hatte sich unbemerkt in ihr Leben geschlichen und Becca vollkommen den Kopf verdreht. Christoph konnte ihr natürlich zeigen, wie sie sich richtig verhalten musste. Das gelang ihm seit Jahren und Becca hatte sich stets als dankbare Zuhörerin erwiesen. Sie wusste, wo ihr Platz war, sie kannte ihre Aufgabe. Sie würde kein Problem darstellen. Nur dieser Steve stellte ein Risiko dar. Der war definitiv ein weiterer Stolperstein für Christoph auf dem Weg zu seinem Ziel. Heute Nacht würde er ihn aus dem Weg räumen, das letzte Hindernis.

Christoph mahlte mit den Backenzähnen, während er darüber nachdachte, dass er selbst Steve in ihr Leben geholt hatte. Er schnaufte und biss die Zähne so stark aufeinander, dass seine Kieferknochen schmerzten. Er hatte seine Suppe aber immer selbst ausgelöffelt und dieses Mal würde es keine Ausnahme geben. Becca würde ihm dankbar sein. So verzweifelt wie vorhin hatte er sie noch nie erlebt. Ihr war bewusst gewesen, dass sie etwas falsch gemacht hatte.

Die Art, wie sie sich an ihn gepresst hatte, bewegte ihn immer noch. Das war eindeutig ein Hilferuf gewesen. Er sollte diese unsägliche Geschichte zwischen ihr und diesem Mann beenden und das tat er jetzt auch. Seiner Becca zuliebe würde er durch die Hölle gehen. Das wusste sie. Sie konnte sich auf ihn verlassen. Er würde für sie da sein, würde sie schützen.

Erleichtert lächelte er bei dem Gedanken, dass sie endlich zu sich gekommen war und bei ihm Schutz suchte. Es erregte ihn sogar. Er rutschte in seinem Autositz ein wenig hin und her, um die Enge in seiner Jeans auszugleichen. Wenn er alles erledigt hatte, würde er nach Hause kommen und mit Becca schlafen. Selbstversunken hing er dem Gedanken nach, wo er sie am liebsten nehmen würde. Der Esstisch bot sich an. Hoffentlich hatte sie sich bis dahin beruhigt. Zeit hatte sie genug. Er musste erst zum Stadtpark fahren. Wie lang die ganze Prozedur dauern würde, stand in den Sternen. Eine Stunde blieb ihr bestimmt, um sich vorzubereiten. Dann wäre sie nur für ihn da. Seine Erektion wuchs bei dem Gedanken, dass er sich dann hart und bedingungslos nehmen könnte, was er wollte, so wie er es sich schon immer wünschte. In ihren Augen stand der Wunsch danach. Sie würde es von ihm bekommen. Heute Nacht. Endlich wollten sie beide dasselbe.

Christoph fühlte sich unbeschwert und glücklich. Sein Schicksal erfüllte sich in dieser Nacht. Wenn er alles richtig machte und der Kerl nicht so lange zum Sterben brauchte, konnte er Becca in spätestens einer Stunde zeigen, wovon er seit Wochen träumte.

Seit er vor einigen Wochen bei einer anderen Frau all seine Gelüste ausgelebt hatte, brannte eine unstillbare Sehnsucht in ihm, Becca an dieselben Orte zu führen. Das würde ihr guttun. Ihr und ihm. Er stöhnte bei dem Gedanken, diese Triebe immer und zu jeder Zeit in seinem eigenen Heim ausleben zu können. Er würde sich beeilen. Lange ertrug er diese Qualen nicht mehr. Seine Körpermitte war heiß und er spürte, wie seine Gedanken von einem Schleier umwoben wurden. Sollte er Abhilfe schaffen, um gleich einen klaren Kopf zu haben? Oder nahm ihm das einen großen Teil der Freude auf seine spätere Begegnung, sein Fest mit seiner liebsten Becca?

Seine Erregung wurde intensiver also bog er in eine Seitenstraße ab und hielt unter dem Schutz von großen Kastanien. Die nächste Straßenlaterne stand etwa dreißig Meter entfernt. Keiner konnte in sein Auto schauen. Er schaltete den Motor aus und warf einen Blick aus dem Seitenfenster. Schräg hinter ihm begann der Stadtpark. Dort wartete seine Verabredung sicher schon auf ihn. Christophs Mundwinkel bogen sich nach oben. Er öffnete seine Hose, knöpfte die unteren Knöpfe seines Hemdes auf, zog es auseinander und stopfte die Enden hinter seinen Rücken. Bequem lehnte er sich zurück und schob das Becken nach vorn. Er schloss die Augen und dachte daran, wie Becca vorhin auf Knien vor ihm gesessen hatte. Aus einer Platzwunde an ihrer Augenbraue und ihrer Nase war Blut geflossen. Ihre Augen hatten ihn am meisten fasziniert. Groß und aufgerissen. In ihnen stand Erkenntnis und das Wissen darum, dass er ihr zeigen würde, wie sie sich in Zukunft verhalten müsste.

Christoph stöhnte. Langsam bewegte sich seine Hand in seiner Unterhose auf und ab. Er glitt mit seiner Zunge über seine Lippen, die Augen geschlossen. Er stellte sie sich nackt vor, wie sie schutzlos vor ihm lag, willig, mit denselben großen demütigen Augen. Er würde sie schützen und züchtigen. So etwas durfte nicht noch einmal passieren.

Er war sicher, dass er Becca dazu bringen würde zu verstehen, wie wichtig Loyalität ihm gegenüber war. Schneller peitschte er seine Erektion voran, während er mit geschlossenen Augen daran dachte, ihr auf den weichen, zarten Hintern zu schlagen. Nicht nur mit der flachen Hand. Er würde auf dem Rückweg darüber nachdenken. Da ließ sich sicher etwas Geeigneteres finden. Sollte er seinen Gürtel nehmen oder war das zu klischeehaft? Der Gedanke erregte ihn stärker. Hoffentlich schrie sie dabei.

Christoph kam schneller, als er vermutet hatte. Sein Sperma ergoss sich über seinen ganzen Bauch und lief in warmen Rinnsalen seitwärts Richtung Rücken. Er genoss die letzten Zuckungen und öffnete dann die Augen. Die Straße lag leer und verlassen vor ihm. In einigen Fenstern der Einfamilienhäuser brannte Licht. Er nahm ein Taschentuch aus der Mittelkonsole und reinigte sich. Dann knöpfte er sein Hemd wieder zu und stopfte es zurück in die Hose. Eine Minute später wendete er den Wagen und fuhr zum Stadtpark.

Der Nieselregen war stärker geworden und er wischte ihn sich von der Stirn, als er aus seinem geparkten Auto stieg. In seiner Hosentasche vibrierte es. Christoph lächelte. Er zog Beccas Handy heraus und öffnete die Nachricht. Sie war von ihm – Romeo.

Ich bin sehr erleichtert, dass du mir doch noch zuhören willst. Konnte gar nicht verstehen, warum du vorhin vor mir davongerannt bist. Wollte dir nur meine Gefühle gestehen und dass diese schon da waren, als ich dich neulich Abend angeschrieben habe.

Und direkt danach kam …

Es regnet, willst du nicht lieber zu meinem Auto kommen? Oder ich komme zu dir. Wo hast du geparkt?

»Das könnte dir so passen«, murmelte Christoph laut. Er tippte eine Antwort ein.

Das bisschen Wasser stört mich nicht. Ich will, dass du mir die Sterne zeigst.

Er freute sich über seinen Einfallsreichtum. Die Antwort kam umgehend. Ein Kussherz. Christoph hob die Augenbrauen.

»Schlaffi!«

Er schickte dasselbe Emoji zurück und machte sich auf den Weg. Bis zum Planetarium war es ein kleiner Fußmarsch. Den nahm er gern auf sich. Er wollte nicht auf dem Parkplatz dahinter parken. Zu auffällig. Wenn Steve ihn kommen sah, würde er misstrauisch werden.

Der Kiesweg knirschte unter seinen Schritten. Er trat ein Stück an den Rand. Hier gab es Gras. Schon war er lautlos unterwegs. Der Himmel war wolkenverhangen. Beim Nachobensehen landeten winzige Wassertropfen in seinen Augen. Christoph schüttelte sich. In seinen Sneakers spürte er Feuchtigkeit. Die waren nicht wasserdicht. Das nasse Gras durchtränkte sie langsam. Vor sich sah er das Planetarium majestätisch auftauchen: Das sechzig Meter hohe Backsteingebäude vom Anfang des letzten Jahrhunderts zeichnete sich mächtig vor dem nächtlichen Himmel ab.

Der Regen versiegte langsam und vereinzelt riss die Wolkendecke auf. Einzelne Sterne blitzten hindurch und entlockten Christoph ein Lächeln. Die perfekte Kulisse für sein Rendezvous. Fast hätte er vergessen, dass sein Date überhaupt nicht mit ihm verabredet war. Aber irgendwie doch. Ohne ihn wäre er nicht hier.

Christoph ging langsam um den ehemaligen Wasserturm, das Planetarium, herum. Er bemühte sich, aus den Schuhen kein Geräusch wachsen zu lassen. Vor dem Gebäude brannten Lampen. Er konnte nicht verhindern, dass Steve ihn sah. Er zog die Kapuze seiner Jacke über den Kopf und trat in den Lichtschein. Den Kopf nach unten auf seine Füße gerichtet, stieg er die Treppenstufen nach oben. Ganz oben neben der Backsteinmauer sah er den Mann stehen: Hinter einem kleinen schmiedeeisernen Geländer wandte sich Steve hin und her, er schien Ausschau zu halten. Christoph schmunzelte. Er war aufgeregt und bemühte sich, langsam an ihm vorbeizugehen, ein paar Meter weiter. Dann verschwand er hinter einer der mächtigen Säulen, wie sie rund um das Gebäude angeordnet waren. Dort blieb er stehen, drehte sich um und spähte um das Gemäuer herum. Einige Meter vor ihm stand sein Opfer und wartete auf seinen Tod. Christoph holte erneut das Handy aus der Tasche. Dieses Versteckspiel reizte ihn. Er würde sich nachher mit Becca darüber amüsieren, wenn sie nackt unter ihm lag. Sie würde es genießen, während ihres Höhepunktes davon zu erfahren.

Er dimmte das viel zu grelle Display und schrieb eine weitere Nachricht.

Ich bin gleich bei dir. Kann es kaum erwarten. Ich kann dich schon sehen. Siehst du mich auch?

Er schickte die Nachricht los und wartete gespannt darauf, das charakteristische Geräusch zu hören.

Bing.

Ein paar Meter vor ihm holte der Mann sein erleuchtetes Handy näher vors Gesicht. Christoph konnte deutlich sein glückliches Gesicht sehen. Sein eigenes Lächeln gefror. Statt Freude trat Lust in seine Augen – Jagdlust.

Der Mann reckte seinen Kopf nach oben und richtete den Blick nach vorn über die Treppe und das Wasserbassin vor dem Planetarium hinweg zu der riesigen Wiese davor. Christoph tat es ihm gleich. Dort war keine Menschenseele. Sie waren allein. Langsam ging Christoph kleine Schritte nach vorn. Das Handy hatte er in die Tasche gesteckt. Aus einer großzügigen Innentasche seiner Jacke holte er ein langes, dünnes Küchenmesser. Sie beide waren etwa gleich groß. Er würde sich auf die Zehenspitzen stellen müssen. Er würde sich sanft von hinten anschleichen und dem Mann die Kehle durchschneiden. Erst gestern hatte er dieses Messer perfekt geschärft. Was für ein glücklicher Umstand!

Steve sah ratlos aus, schaute noch einmal sorgsam nach vorn und griff dann zu seinem Handy. Er tippte etwas. Christophs Atem stockte. In der rechten Hand hielt er das Messer, während er sich anschlich. Es waren noch ein paar Meter. Er tastete hektisch mit der linken Hand nach Beccas Handy in seiner Jackentasche.

Zu spät!

Er sah, wie der Mann die letzte Taste drückte, bevor er wieder aufschaute.

Bing.

»Becca?« Steve drehte sich um.

Christoph war nach vorn gesprungen. Beccas Handy fiel ihm dabei aus der Tasche. Eine Sekunde zu spät erreichte er Steve. Der schien ihn aus dem Augenwinkel zu sehen und riss die Augen auf, während er zur Seite sprang. Christoph holte mit aller Kraft aus und rammte ihm das Küchenmesser ins Fleisch. Er spürte, wie es von einem Knochen gestoppt wurde, sanft abrutschte und entspannt weiterglitt. Ein kehliger Schrei entwich seinem Opfer, das nun zusammenbrach und in die Knie ging. Christoph vermutete, dass er eine Rippe getroffen hatte. Den Stich hatte er präzise rechts außer der Mitte angesetzt. Erfreut sah er, wie das Messer unterhalb der Schulter aus dem stark blutenden Mann herausschaute. Der krümmte sich vor Schmerz und war nicht in der Lage, etwas gegen Christoph zu unternehmen. Christoph holte mit seinem rechten Bein aus und trat ihm gegen das Kinn, als wollte er einen Football fünfzig Yards bis in das große H befördern. Steve flog nach hinten und knallte mit dem Hinterkopf geräuschvoll auf den steinernen Boden.

»Ahhh!«

Christoph hörte eine Frau schreien. Er sah auf und entdeckte am Fuße der Treppe ein Pärchen, das soeben in Begriff war zum Planetarium zu schlendern.

Sie hatten ihn gesehen! Daran bestand kein Zweifel. Hektisch suchte er nach dem Handy des Mannes. Es lag unter ihm. Er rollte ihn während der Suche hin und her. Der rührte sich nicht mehr. Wenigstens etwas! Ein Stück Fleisch, Steve, blockierte den Weg zum Handy. Christoph hatte einige Mühe, um danach zu angeln. Aus dem Augenwinkel konnte er sehen, wie der Mann etwas ins Telefon sprach. Die beiden kamen nicht näher. Klug von ihnen. Der Mann legte auf und steckte das Handy ein. Jetzt bewegte er sich doch nach vorn.

Idiot!

»Bleiben Sie, wo Sie sind. Die Polizei ist auf dem Weg.«

Christoph zog das Messer aus Steve heraus und rannte los. Er floh die Treppe hinunter und rannte direkt auf den Mann zu, der erschrocken zur Seite sprang, vorbei an der Frau. Die schrie erneut. Völlig unnötig. Er hatte überhaupt keinen Grund, ihr irgendetwas zu tun. Er rannte den Weg zurück, den er gekommen war. Der Kies spritzte unter seinen Sneakern. Hinter einer Weggabelung öffnete er die Nachrichten auf Steves Handy. Glücklicherweise war es noch nicht verriegelt, sonst hätte er es verschwinden lassen müssen. Er suchte den Chat zwischen Steve und Becca und löschte ihn. Einfacher als gedacht und nicht zurückverfolgbar. Dann warf er das Gerät in hohem Bogen in die Büsche. Natürlich hatte er seine Fingerabdrücke zuvor an seinem Hemd abgewischt.

Nach ein paar Minuten hatte er sein Auto erreicht. Die Sirenen der Polizei und eines Krankenwagens tönten in der Ferne durch die Nacht. Sie kamen näher. Er stieg in seinen Golf. Das Messer hatte er zurück in seine Jacke gesteckt. Darum würde er sich später kümmern. Er setzte vorschriftsmäßig den Blinker und verließ die Parkbucht. Auf seinem Weg war er keiner Menschenseele begegnet. Ohne Eile fuhr er die leere Straße entlang, nicht lang, dann bog er auf die Hauptstraße ab. Ihm kam ein wild blinkender Krankenwagen entgegen, mit überhöhtem Tempo. Danach floss normaler Verkehr.

Ihr braucht euch nicht so beeilen, dachte er, für euch gibt es nichts mehr zu tun.

Mit einem warmen Gefühl dachte er daran, wie ein Schwall Blut aus der Wunde geflossen war, nachdem er Steve das Messer aus dem Brustkorb gezogen hatte.

Erleichtert atmete er tief durch. Sein Puls lief regelmäßig und ruhig, genau wie der Motor seines Wagens. Nur ein paar Minuten und der Rest der Nacht konnte anbrechen. Gedanklich prüfte er, ob seine Erleichterung, die er sich vorhin in der Seitenstraße verschafft hatte, seiner Vorfreude auf Becca Abbruch tat. Er stellte sich vor, wie er Becca von seinem Erlebnis eben erzählte. Sie würden darüber lachen, wie er beinahe alles versaut hatte, als er vergessen hatte, das Handy auf lautlos zu schalten. Natürlich musste sie nackt sein, währenddessen. Keine Frage. Doch sie würde es gern tun, ihm zuliebe. Jetzt, da er sie beide von allen Fesseln befreit hatte. Er würde mit den Fingern ihren Körper erkunden und ihr berichten, was er für sie auf sich genommen hatte. Für sie und ihr zukünftiges gemeinsames Leben.

KAPITEL 28

Beccas Hals brannte, so laut hatte sie die letzte halbe Stunde geschrien. Es musste etwa eine halbe Stunde gewesen sein. Leider trug sie keine Uhr und ihr Handy war bei Christoph.

Dieses Monster! Was war passiert? Das konnte alles nicht wahr sein. Sie wurde verrückt. So, wie sie es all die Jahre hatte kommen sehen. Ihr Verstand war durchgedreht, durchgebrannt. Dies konnte nicht die Realität sein. Sie stand auf, ging zum Spiegel, schaute hinein. Das Bild jagte ihr noch mehr Angst ein. Erschrocken setzte sie sich wieder, betastete ihre Nase und ihre Augen vorsichtig.

Autsch! Das tat weh.

Becca wurde schlecht. Sie sprang von der Toilette, öffnete den Deckel und übergab sich. Hoffentlich zum letzten Mal. Mit einem Arm auf der Brille aufgestützt, wischte sie sich mit der anderen Hand übers Gesicht. Die Haut unter ihren Augen brannte wund von den unzähligen Tränen. Ein letzter Spuckefaden verließ ihren Mund. Sie achtete nicht darauf. Langsam erhob sie sich. Schwindel begleitete sie. Nachdem die Spülung die Toilette wieder in einen blitzblanken Zustand versetzt hatte, ging sie erneut zum Waschbecken und wusch sich. Minutenlang starrte sie danach in den Spiegel, bis sie ihre Augen im Spiegel übereinanderliegen sah.

Das war das Ende ihrer Geschichte. Jahrelang hatte sie gewusst, dass sie Angst haben musste. Schließlich offenbarte sich ihr, wovor. An Christoph hatte sie nie gedacht. Schwarz war plötzlich Weiß und Weiß war Schwarz. Er war nicht ihr Beschützer gewesen, er war die Bedrohung. Das Leben, das sie gemieden hatte, war die Freiheit gewesen, ihre Wohnung, die sie mit ihm teilte, der Käfig.

Becca setzte sich wieder auf die Toilette. Bilder stürzten auf sie ein. Ein blutbeschmiertes Badezimmer, Blutspritzer in der Wohnung unter ihr. Christoph, der völlig ruhig mit ihr nach unten gegangen war. Er hatte fröhlich ausgesehen, erleichtert. Sie war wach geworden in jener Nacht. War dies wirklich durch das Geschrei der Katze geschehen oder durch eine Bewegung in ihrem Bett? Hatte sie die Katze nicht erst gehört, als Christoph die Balkontür geöffnet hatte? Hatte er sie nicht auf Geräusche angesprochen?

Wie stark diese Wände Geräusche schluckten, hatte sie heute Abend festgestellt. Oder war einfach nur niemand daheim, der sie hätte hören können? Was, wenn die umliegenden Nachbarn nicht helfen wollten? Sie selbst zog sich aus dem Leben immer mehr zurück, verbarrikadierte sich in ihren eigenen vier Wänden, wollte so wenig Kontakt wie möglich. Unpersönlich und auf sich fixiert lebte sie hier seit einer Ewigkeit und machte sich keine Mühe, die anderen Mieter kennenzulernen.

Karma, war das erste Wort, das ihr dazu einfiel. Das Schicksal schlug jetzt mit aller Macht zurück. Becca schloss die Augen und dachte an den Mann, in den sie sich vor ein paar Tagen verliebt hatte.

»Steve.«

Sie hauchte seinen Namen und Sehnsucht zog ihr Herz zusammen. Trauer folgte diesem Gefühl auf dem Fuß. Sie hatte die Chance nicht ergriffen, war vor ihm davongerannt wie vor allem, das sie in die Freiheit hätte führen können. Christoph hatte vorhin etwas gesagt, das sie nicht verstanden hatte. Dann war er gegangen. Stechende Schmerzen schnürten ihr die Kehle zu. Was hatte er gesagt? Hatte er etwas über Steve gesagt? Ein dichter Schleier lag über der Erinnerung. Der schützte sie. Becca schnaufte laut auf. Diesen Schutz wollte sie nicht mehr! Nie wieder!

Christoph. Sie würde ihn darauf ansprechen. Komme, was da wolle.

Er war immer noch nicht zurück. Auf der einen Seite war sie erleichtert. Ganz tief im Innersten hoffte sie sogar, er würde nie wieder zurückkehren. Wahrscheinlich war das nicht.

Wunschdenken eines naiven Mädchens.

Sie saß auf der Toilette in ihrem Verlies und hatte die Knie dicht ans Kinn gezogen. Die Blutung hatte aufgehört und dort, wo die Haut an ihrer Augenbraue aufgeplatzt war, erblühte eine dicke Beule.

Keiner hörte sie hier drin. Das Apartment in ihrem Rücken, im Nachbareingang, auf der entgegengesetzten Seite, war nicht vermietet. Den Auszug des Mieters hatte sie vor einigen Wochen aus der großen Fensterfront im Wohnzimmer beobachtet. Es musste die direkte Nachbarwohnung sein. Die Renovierungsarbeiten waren nicht zu überhören gewesen.

Becca ging in Gedanken ihre Möglichkeiten durch. Dieser Raum hatte kein Fenster. Die einzigen Wege nach draußen führten durch die Kanalisation. Ihre Schreie und Rufe hatten nichts genützt. Niemand kam ihr zu Hilfe. Damit Ellie sie in der Wohnung gegenüber hörte, musste ihre Stimme drei Wände und Raum dazwischen überbrücken.

Tränen liefen ihr erneut über die Wangen. Sie schmeckte das Salz auf ihren Lippen. Das fühlte sich vertraut an. Es spendete Trost. Ihre Augen fixierten die Blutlache vor sich auf den weißen Fliesen. Sie hatte sie nicht angerührt. Becca beobachtete, wie die rote Flüssigkeit von der Fugenmasse aufgesogen wurde. Das würde er nicht so leicht beseitigen können. Später, wenn man nach ihr suchte oder nachdem man ihre Leiche gefunden hatte. Becca hatte keinen Zweifel daran, dass er sie umbringen würde. Ein heftiger Heulkrampf schüttelte sie.

Sie fror bestialisch. Vor ein paar Minuten hatte sie die Heizung auf die höchste Stufe gedreht. Es nützte nichts, ihr Körper kühlte immer weiter aus.

Über sich hörte sie das Klavierspiel der alten Frau. Sie spielte eine düstere Melodie. Becca startete einen erneuten Versuch. Sie schrie aus voller Kehle. Sie rief um Hilfe, schrie, dass sie unten im Badezimmer festsaß, doch nichts passierte. Die Frau unterbrach zu keinem Moment ihr Spiel. Sie schien sie nicht zu hören. Ein Geräusch hinter der Tür ließ Becca das Blut in den Adern gefrieren. Sie hielt die Luft an und ging so weit im Raum zurück, wie sie konnte.

Er war zurück. Durch ihr Geschrei hatte sie ihn nicht kommen hören. Sie stieß mit den Kniekehlen gegen den Toilettendeckel. Das Zittern kehrte zurück. An ihrem ganzen Körper breitete sich eine Gänsehaut aus. Sie rieb sich die Arme.

In ein und derselben Sekunde wurde der Schlüssel im Schloss gedreht und die Tür schwang auf. Christoph stand im Türrahmen und glotzte sie seltsam gierig an. Dieses Gesicht an ihm sah sie zum ersten Mal. Seine Augen sprühten und tanzten, seine Mundwinkel waren nach oben gebogen. Das Hemd hing zur Hälfte aus seiner Hose. Sein unangenehmer Geruch erreichte sie. Angewidert wich sie weiter vor ihm zurück, bis sie die Wand im Rücken spürte.

»Schön, dass du gewartet hast. Ich habe mich beeilt, schnell wieder hier zu sein.« Er grinste.

Sie starrte auf seine Hände. Die hingen schlaff an seiner Seite herunter. In einer Hand hielt er ein Messer mit blutiger Klinge. Seine Augen fingen ihren Blick auf.

»Ach, ja. Das wollte ich abwaschen, bevor wir anfangen.« Er kam in den Raum herein. Sie schrie auf.

»Keine Sorge. Du musst dich nicht darum kümmern. Guck, ich spüle es selbst ab.« Er stand neben ihr und drehte den Hahn auf. Langsam rieselte Wasser über die Schneide und spülte einen hellroten Schwall in das Becken. Sie hielt die Luft an. Was war das für Blut?

›Ich kümmere mich um deinen Romeo.‹

Oder so ähnlich. Der Satz schoss ihr durch den Kopf, und sie spürte, wie sich ihre letzte Mahlzeit nach oben kämpfte. Angetrieben von nackter Panik stürzte sie an ihm vorbei, als er mit der Hand über die blanke Klinge fuhr und die letzten Spuren Bluts abwusch.

»Hey! Hiergeblieben!« Blitzschnell fuhr er herum und griff nach ihrem Arm. Schmerzhaft zog er sie zurück. Dann angelte er nach der Badezimmertür und schlug sie zu. Sie war gefangen.

»Was soll der Mist? Willst du, dass ich dich ein bisschen durch die Wohnung jage? So wie Steve?« Er entblößte eine lange Reihe weißer Zähne. Beccas Kehle krampfte sich zusammen. Verschreckt drückte sie sich gegen den Badezimmerschrank.

»Was hast du getan?«, wimmerte sie.

»Dir einen Gefallen, meine Liebste.«

»Was?«

»Du kommst damit allein nicht klar. Dieser Kerl hat sich in dein Leben gedrängt, dich vollkommen durcheinandergebracht. Ich habe von Anfang an gespürt, dass das nur Ärger geben wird. Inzwischen ist es dir ja auch klar geworden. Aber vorher hatte ich schon so meine Zweifel bei dir. Das muss ich schon zugeben.«

Er lachte.

»Doch nun hast du dich entschieden. Ich kann dir gar nicht sagen, wie froh ich darüber bin. Jetzt können wir glücklich sein. Schön, dass du und ich endlich an einem Strang ziehen. Wollen wir gleich damit anfangen?« Er warf das Messer ins Becken und kam auf sie zu.

Becca verstand kein einziges Wort.

Steve! Er hatte Steve etwas angetan. Beccas Brust schmerzte. Weitere Tränen suchten sich ihren Weg ihre Wange hinab.

Christoph nahm sie bei den Schultern und führte sie zur Badezimmertür. Dann legte er seinen Mund ganz dicht neben ihr Ohr und flüsterte: »Lass uns jetzt ins Wohnzimmer gehen. Ich hoffe, du hast nicht vor, das Haus zusammenzuschreien. Falls doch, muss ich das Messer mitnehmen. Was ist dir lieber?«

Becca presste die Lippen aufeinander und schüttelte den Kopf. Langsam schob er sie nach draußen auf den Flur. Plötzlich hörte sie hinter der Haustür das Geräusch einer zuschlagenden Tür. Ellie!

»Denk nicht mal daran«, sagte Christoph und griff ihr mit der Hand vor den Mund. Offensichtlich hatte Ellie gerade ihre Wohnung verlassen. Christoph schob sie vor sich her ins Wohnzimmer. Angewidert registrierte sie, dass er sein Hemd durchgeschwitzt hatte. Er stand völlig neben sich. Ein anderer Mann. Den kannte sie nicht. Fieberhaft überlegte sie, wie sie mit dem früheren Christoph Kontakt aufnehmen könnte. Er hatte etwas mit ihr vor und sie war sicher, es war nichts Gutes.

»Hast du Hunger?«, fragte sie.

»Oh, ja.« Das kam, als flötete er.

Sie runzelte die Stirn, als er sie tatsächlich zum Esstisch führte.

»Leg dich hin«, befahl er, als sie davorstand.

Sie schüttelte energisch den Kopf. »Nein.« Ihre Angst wuchs.

»Los! Mach schon!« Er wirkte total aufgegeilt.

Sie weinte. Mit ausgestrecktem Arm schlug er ihr ins Gesicht. Ihr Kopf wurde zur Seite gerissen. In ihrem Nacken zog es gewaltig. Die Wange: ein Flammenmeer. Becca schrie auf. »Ich habe dir nichts getan! Wieso willst du mich umbringen?«

Christoph stand verdutzt vor ihr. »Ich will dich doch nicht umbringen.«

»Nicht?«

»Quatsch! Du stehst mir doch nicht im Weg. Wir bleiben ewig zusammen. Vögeln will ich dich. Hier, auf dem Esstisch.«

Becca blickte sich im dunklen Raum um. Dann sah sie wieder zu ihm. Er stand ein wenig im Schatten, doch sie glaubte, ihn sabbern zu sehen. Der Gedanke, von ihm vergewaltigt zu werden, rief erneut Übelkeit hervor, angetrieben von ihrer Angst.

»Können wir dazu nicht ins Bett gehen?« Zeit … sie musste Zeit gewinnen.

»Nope. Der Tisch. Ich habe es mir genauso vorgestellt.«

»Christoph?«

»Ja?«

»Wie ist das mit Frau Peters passiert?« Die Wörter taten ihr im Hals weh, während sie sie wie Brocken nach oben brachte. Den ganzen Abend hatte sie darüber gegrübelt. Würde er es ihr erzählen oder würde ihn die Frage nur noch wütender machen?

Christoph lächelte verschmitzt. »Möchtest du hören, wie ich es gemacht habe?«

»Ich möchte gern wissen, warum«, antwortete sie. Über das Wie wollte sie nichts erfahren. Das hatte sie mit eigenen Augen gesehen.

»Ach, Becca. Schade. Ich hätte dir viel lieber erzählt, wie.« Er wirkte enttäuscht, wie ein Kind, das nicht bekommt, was es will. »Aber später. Jetzt fangen wir erst einmal an. Was hältst du davon, wenn ich dir von Steve erzähle? Darauf warte ich schon den ganzen Abend.«

Er fing an, sich auszuziehen. Becca stand wie erstarrt vor ihm. »Ich habe ihn mit einer List in den Stadtpark gelockt.« Er war voller Eifer. »Eure alte Masche. Habe ihm eine Nachricht geschickt. In deinem Namen natürlich. Er ist sofort drauf angesprungen, dieser Drops.«

Becca bemühte sich, ihre Atmung unter Kontrolle zu bekommen. Sie nahm die Züge viel zu schnell, viel zu flach. Ihre Haut kribbelte bereits, ihre Muskeln schmerzten. Augenscheilich tat sie dies schon viel länger, als ihr aufgefallen war. Sie hyperventilierte. Der Boden unter ihren Füßen rutschte weg und die Spannung, die zuvor ihren Körper aufrechterhalten hatte, löste sich auf, zog sie nach unten ... in die Dunkelheit.

Christoph sah, wie Becca zusammensackte und auf den Boden knallte. Ihr Gesicht färbte sich innerhalb weniger Sekunden grau und sie verdrehte die Augen.

»Was zur Hölle ...?«

Genervt kniete er sich nach unten und schüttelte sie. Sie atmete. Langsam kam Farbe in ihre Wangen zurück. War das ein Trick? Wollte sie ihn reinlegen?

»Komm schon! Zwing mich nicht, grob zu werden.« Er klatschte ihr mit der Hand ins Gesicht. Becca schlug die Augen auf. Erst sah sie verwirrt auf, dann erkannte er die Erinnerung, wie sie langsam zu ihr zurückkehrte. Er sah sie in ihren Augen, die sich veränderten, je wacher sie wurde. War wohl doch kein Trick gewesen.

»Steh auf!«

Sie ließ sich von ihm hochziehen. Ihre Beine wackelten. Voller Enttäuschung stellte er fest, dass nicht alles so lief, wie er es sich vorgestellt hatte. Da fehlte etwas. Diese großen demütigen Augen, die zu ihm aufschauten. Die fehlten. Becca stand vor ihm und sah aus wie ein Schluck Wasser. Ihr Blick war leer und ging durch ihn hindurch. So ein Mist! Christoph spürte aufkeimende Wut.

»Reiß dich zusammen! Wir haben noch viel vor.«

Sie drehte ihm ihr Gesicht entgegen, ging einen Schritt nach hinten und sprang rittlings auf den Tisch. Dort saß sie jetzt und durchbohrte ihn mit provozierenden Blicken.

Er verzog das Gesicht. »Nein, nein. Nicht so. So macht mir das keinen Spaß.«

»Es ist mir egal, ob dir das Spaß macht!«, schrie sie ihn plötzlich an. Wo kam das auf einmal her?

»Das sollte es aber nicht.«

»Das wirst du wohl nicht ändern können!«

War die nicht ganz dicht? Sie musste doch wissen, dass man sich mit ihm nicht anlegte.

»Wollen wir wetten?« Er kam ein paar Zentimeter näher an sie heran, reckte ihr das Kinn entgegen.

Sie zuckte mit der Oberlippe. Dann traf ihn aus dem Nichts ein kräftiger Tritt am Brustkorb. Christoph taumelte zurück gegen die Wand. Becca sprang wie der Blitz auf und rannte an ihm vorbei. Er musste sich erst fangen.

»Miststück!«

Er drehte sich zu ihr und sprang hinterher. Sie war schon an der Wohnungstür und betätigte die Klinke. Er lächelte innerlich. Die Tür ging einen Spalt auf und rastete nach ein paar Zentimetern mit einem Knall ein. Christoph lachte laut auf, während er sich gegen das massive Türblatt warf und sie wieder zuknallen ließ.

»Bist du jetzt auch so erleichtert wie ich, dass du mich genötigt hast, immer den Panzerriegel abzuschließen, wenn ich nach Hause komme?«

Er sah, wie ihre Augen größer wurden.

Ja! Genau das war der Gesichtsausdruck! Er schubste sie vorwärts Richtung Schlafzimmer. Sollte sie doch ihren Willen haben. Eine Beziehung bestand aus Kompromissen.

Es klingelte.

KAPITEL 29

Ellie war nach unten gegangen, um sich ein für alle Mal Gewissheit zu verschaffen. In ihrem Kopf kreisten die Gedanken wild durcheinander. Sollte sie mit der Polizei sprechen? Nein! Erst einmal wollte sie diesem Geruch auf die Spur kommen. Herr Wichert hatte völlig recht. Es stank bestialisch. Mittlerweile roch selbst sie mit ihrer schlechten Nase etwas. Wenn man sich anstrengte, konnte man es bis zum Erdgeschoss hoch riechen.

Vor einer halben Stunde hatte sie all ihre Blumen gegossen. Abgestorbene Stängel und Blüten sammelte sie auf und brachte sie zum Mülleimer. Der Geruch, der ihr beim Öffnen des Eimers entgegengeschlagen war, motivierte sie, heute ein letztes Mal in den Keller zu gehen. Nachdem sie den Sack in den Keller mit den Tonnen gebracht hatte, ging sie in den Nachbarraum mit den privaten Kellerräumen. Es war kaum noch zum Aushalten. Hier unten herrschte keinerlei Luftzirkulation. Der Gestank hing unsichtbar in der Luft und ließ sie husten. Da verweste definitiv irgendein Tier. Ellie hatte noch nie etwas Totes gerochen, doch sie war sicher, dass es genauso riechen musste.

Sie ging an den einzelnen Parzellen vorbei und warf einen Blick rein. Dort, wo es möglich war. Nichts. Als Nächstes schloss sie ihren eigenen Raum auf. Sie betätigte den Lichtschalter und warf einen prüfenden Blick in alle Ecken. Die Nase in die Luft schnüffelte sie sich voran wie ein Hund auf Fährtensuche, ging ein paar Schritte vor, drehte sich in alle vier Himmelsrichtungen. Je weiter sie nach hinten ging, desto stärker wurde der Geruch. Sie zog ein paar Kisten hervor, blickte hinein. Alte CDs, Videokassetten und Bücher kamen zum Vorschein. In der nächsten Kiste ihr altes Puppenhaus aus Kindertagen. Die Kisten waren unangetastet, nicht einmal sonderlich verdreckt, keinerlei auffällige Löcher in der Pappe, keine Nagespuren. Sie schob sie zurück. Es lohnte sich nicht, die oberen Kartons zu untersuchen. Wie sollte das Tier dort hineingelangt sein? Sie ging zur Bretterwand, die an den Keller von Frau Peters grenzte. Nicht den, den der Hausmeister aufbrechen wollte. Den anderen, den sie darüber hinaus gemietet hatte. Hineinsehen konnte Ellie nicht. Dort drin war es dunkel und die Kisten waren an der Wand bis zur Decke nach oben gestapelt. Sie zog einen weiteren ihrer eigenen Kartons heraus und öffnete ihn. Geschirr, von ihrer Mutter, das sie in dieser Wohnung nicht mehr hatte unterbringen können. Auch dieser Karton war in einwandfreiem Zustand.

Ein Schwall des Gestankes streifte ihre Nase. Hier und in diesem Augenblick roch es stärker als irgendwo anders im Keller. Sie ging in die Knie und späte durch die Lücke hindurch, die der Karton freigegeben hatte, in den Nachbarkeller. Dort fand sie nur Dunkelheit. Ellie hustete. Hier unten ließ es sich kaum aushalten. Sie kroch dichter heran, griff nach ihrem Handy, entsperrte es und leuchtete in die Dunkelheit. Nichts.

Halt! Dahinten hatte sie etwas gestreift.

»Ahh!« Mit einem Satz sprang sie auf, sah sich blitzschnell um. Ihr Herz raste. Verdammt, hatte sie sich erschreckt! Mit langsamen, tiefen Atemzügen beruhigte sie sich wieder.

Ganz ruhig, sagte sie sich. Sie ging ein weiteres Mal in die Knie. Ganz vorsichtig ließ sie den Schein des Handys über den benachbarten Fußboden gleiten. Sie kam zu der Stelle, an der sie vorhin in die Luft gegangen war. Dort reflektierte etwas den Schein ihres Displays – ein Auge.

Ellie schluckte und stand langsam auf. Sie verließ ihren Kellerraum und stellte sich vor den Eingang von Frau Peters' Keller. Mit den Händen angelte sie zwischen den Brettern hindurch. Dort, wo sie sie zu fassen kriegte, schubste sie die Pappe, die die Peters als Sichtschutz aufgestellt hatte, um. Links neben der Tür gelang es ihr. Rechts standen zu viele Kartons im Weg. Sie tastete hinein und fand den Lichtschalter. Sie knipste ihn an und starrte auf das, was dort augenscheinlich seit einiger Zeit auf dem Boden lag und stank.

Lucy, Frau Peters' Katze.

Ausgetrocknet, mit leblosen Augen lag sie dort auf einem offenen Karton mit ein paar alten Kleidungsstücken, die der Peters gehört haben mochten. Ellie schlug die Hand vor den Mund. Das arme Vieh! Sie erinnerte sich noch, dass Lucy an ihr vorbei gestürmt war, als sie die Leiche gefunden hatten. Da hatte sie noch relativ fit gewirkt. Jetzt sah Ellie eine vertrocknete Wunde in Höhe ihrer Rippen. Die war ihr damals in der Panik nicht aufgefallen. Offensichtlich war auch sie von dem Angreifer geschlagen worden. Sonst wäre sie sicher nicht so schnell gestorben. Irgendwie musste Lucy in den Keller gelangt sein, hatte die Bretterwand erklommen und war durch den dreißig Zentimeter großen Spalt zwischen Brettern und Decke geschlüpft. Ellie vermutete, dass sie an den Folgen ihrer Verletzung gestorben war. Arme Lucy. Oder an Gram, dachte sie. Sie verstand sie allzu gut. Sie musste den Hausmeister anrufen. Egal, wie spät es jetzt war. Er musste spätestens morgen die Tür öffnen und die Katze beseitigen. Ellie blickte auf ihr Handy. Leider war es für einen Anruf bei ihm doch schon zu spät. Nun gut. Eine weitere Nacht hier unten spielte auch keine Rolle mehr. Sollte Lucy noch einmal Abschied nehmen können.

Ellies Gedanken flogen zu dem Thema, das sie seit einigen Stunden umtrieb. Jemand musste einen Schlüssel besessen haben, wenn er die Sicherung im Hausflur umlegen wollte. Würde es nicht reichen, sich einen Schlüssel zu leihen? Sie dachte daran, wie Ian eine Kleinigkeit für sie beide beim Bäcker geholt hatte, an dem letzten Tag, an dem sie ihn gesehen hatte. Wie selbstverständlich hatte er ihren Schlüssel genommen und war aus der Tür gestürzt. Sie hatte zu der Zeit im Schlafzimmer geruht und von sich auf einem weißen Pferd geträumt: wie sie mit Ian über saftige grüne Hügel ritten. Ellie verdrehte die Augen.

Er war da gewesen, ein Fremder, der sie ausgenutzt hatte. Was hatte er an diesem Tag bei ihr gewollt? Vom Sex mal abgesehen. Wieso war er zu ihr gekommen? Was gab es für eine Verbindung zu Frau Peters?

Ellie schloss die schwere Kellertür hinter sich und ging nachdenklich zur Treppe. Sie starrte auf das Display ihres Handys und erklomm eine Stufe nach der nächsten ohne Eile. Sie blendete ihre Umgebung aus, schlurfte die letzten drei Stufen nach oben und drückte geistesabwesend auf den Knopf des Fahrstuhls. Bis ganz hoch wollte sie nicht laufen.

»Hallo, Ellie.«

Wie vom Blitz getroffen erstarrte sie in der Bewegung. Hastig drehte sie sich um.

Hinter ihr stand Ian.

Er lächelte sie mit weit aufgerissenen Augen an. Etwas stand darin. War es Schuldbewusstsein?

»Was?«

Die Fahrstuhltür öffnete sich mit einem sanften Bing.

Er kniff die Lippen aufeinander, kam einen Schritt auf sie zu.

»Nein.« Sie streckte den Arm nach ihm aus, die Handfläche angewinkelt. »Keinen Schritt weiter!«

»Ellie.«

»Stopp!«

Er beobachtete sie, musterte sie.

»Wie kommst du hier rein?«

»Was? Ist das alles, was du wissen willst?«

»Wie kommst du hier rein?« Dieses Mal war sie deutlich lauter. Sie straffte sich. Hatte ihr Erlebnis mit der Katze sie so aufgewühlt?

Er zuckte zusammen, nahm den Kopf ein Stück zurück. »Ich habe geklingelt.«

»Ich habe nicht geöffnet, soweit ich weiß.« Kannte er hier jemanden? Ellie hielt die Luft an.

»Wieso nicht?«

»Ich war ... so ein Quatsch! Was zur Hölle machst du hier?«

Ian stellte einen Rucksack beiseite, den er bei sich trug. Kam ein Stück auf sie zu, ein Lächeln auf den Lippen.

»Bleib, wo du bist.«

»Ellie, was soll das?«

»Hör zu! Ich werde jetzt nach oben gehen.« Sie tastete erneut nach dem Knopf. Der Fahrstuhl hatte sich inzwischen schon wieder geschlossen.

Bing! Er stand noch immer im Erdgeschoss.

»Nein, Ellie. Nicht.« Ian sprang an sie heran und zog sie vom Fahrstuhl weg. Die Tür schloss sich erneut. Ellies Muskeln verkrampften sich unter seinem Griff. Ihr Herz zog sich zusammen. Ihn zu sehen, tat so weh. Ihr fehlte das Gefühl, in ihn verliebt zu sein, an ihn als guten Menschen zu denken, als Mann, der sie liebte.

»Ich will, dass du mir das erklärst. Lass uns gemeinsam in deine Wohnung gehen«, sagte er. Sie fixierte seine vollen Lippen, öffnete unbewusst ihren Mund ein kleines Stück, während er sprach.

»Du bist derjenige, der mir eine Erklärung schuldig ist.«

Er zog die Augenbrauen sorgenvoll zusammen. »Weil du mich nicht erreichen konntest, richtig?«

Ellie schüttelte resigniert den Kopf und stieß dann die Luft in einem langen, kräftigen Atemzug aus.

»Es geht nicht um die letzten vier Tage, obwohl ich das so tatsächlich nicht erwartet habe. Mein Fehler. Aber nach dem, was hier alles passiert ist ... dieses Haus ... Im Grunde ist es mir inzwischen egal.«

Sie sah sich um. Sie waren allein im Treppenhaus. Sollte sie ihn auf Frau Peters ansprechen? Sie traute sich nicht. Das wäre das Dümmste, das sie tun konnte. Doch wie wurde sie ihn wieder los? Wie gern wäre sie ihn nicht losgeworden? Wie gern wollte sie hoffen, dass es eine simple Erklärung für all diese Dinge gab. Dass er hier gewesen war. Ein Fremder. Er hatte Zutritt gehabt und dann waren all diese Sachen passiert. Sie sollte ihn reden lassen. Das verschaffte ihr Zeit. Oder war das ein Fehler? Er würde sie wieder einfangen. Er war bereits dabei und betörte sie mit seinem herben Eau de Toilette. Wie immer trug er ein einfarbiges dunkles T-Shirt, das durch seinen dünnen Stoff, an einigen Stellen seine feste Brustmuskulatur erahnen ließ.

»Ich war enttäuscht von dir«, sagte sie schließlich. »Wozu willst du uns die Sache noch erschweren. Hast du noch nicht alles, was du wolltest?« Das bot viel Raum für Interpretation, wie sie fand.

Er sah sie lange an. Sein Blick wanderte von ihren Augen zu ihren Lippen und wieder zurück.

»Nein, noch lange nicht«, erwiderte er die Frage.

»Ian?«

»Ja, Ellie?«

»Wie bist du reingekommen?«

»Das sagte ich doch schon. Ich habe geklingelt und jemand hat aufgemacht.«

»Jemand?«

»Ja. Jemand.«

»Wer? Ian. Wer hat dich reingelassen?«

»Du forderst mich wirklich heraus, Ellie. Was ist nur mit dir los? Ich bin ein paar Tage weg und finde eine völlig veränderte Frau wieder.«

»Ein paar Tage zu viel, würde ich sagen.«

»Okay, Ellie.« Er stand auf. »Ich weiß nicht, was hier los ist, aber mir gefällt das nicht. Wenn du unbedingt willst, dass ich gehe, dann gehe ich. Zwingen werde ich dich nicht.«

Er wandte sich um und ging zur Tür. Dort drehte er sich ein letztes Mal um. »Du hast mir so sehr gefehlt, ich habe es nicht abwarten können, wieder bei dir zu sein.«

Er zuckte mit der Schulter, öffnete die Tür und ging. Langsam schwang die träge Eingangstür hinter ihm ins Schloss. Ellie sah, wie er nach links zur Bushaltestelle abbog. Der Schmerz lähmte ihre Glieder. Mühevoll ließ sie sich nach hinten auf die Treppenstufen fallen. Tränen rannen ihr wie Sturzbäche über die Wangen. Sie schlug die Hände vor die Augen und ließ sich von der Trauer treiben. Allein auf dieser Treppe konnte sie unbemerkt leiden.

Nach einer Weile, die sie sich nicht regte, schalteten die Lampen ab. Im Dunkeln saß sie da und schaute auf den Lichtschein von draußen, die Autos, die vorbeifuhren, Neonröhren der umliegenden Geschäfte, Straßenlaternen. Der

Bus der Linie 5 rollte heran. In ihn würde Ian einsteigen. Dann verschwand er aus ihrer Straße und aus ihrem Leben.

Eine weitere Welle der Trauer schüttelte sie. Ellie schluchzte laut. Erschrocken stellte sie fest, wie stark das Geräusch im Hausflur widerhallte. Sie verstummte. Es gab nichts mehr zu sagen, zu tun oder zu empfinden. Ein dumpfer Schmerz, wie sie ihn schon oft nach Ians Verschwinden empfunden hatte, nahm von ihrem Körper Besitz.

Draußen liefen einige Menschen vorbei. Einer blieb stehen, ging wieder weg, kam unschlüssig zurück. Sie kniff die Augen zusammen.

KAPITEL 30

Es war Ian. Er betätigte die Klingel. Er fuhr sich mit einer Hand durch die Haare, stützte die andere Hand neben der Klingelleiste auf und starrte auf die Knöpfe. Als nichts passierte, ging er erneut nervös auf und ab, kam zurück und schien wieder einen Knopf zu drücken. Klingelte er bei ihr? Ellie stand auf und ging langsam zur Tür. Der Bewegungsmelder erfasste sie und schaltete das Licht ein in dem Moment, in dem sie Ian die Tür öffnete. So überrascht, wie er aussah, konnte er sie vorher auf der dunklen Treppe nicht gesehen haben.

»Oh, Ellie. Gut«, sagte er erleichtert. »Bin ich froh, dass du noch hier unten bist. Ich habe meinen Rucksack vergessen und habe keine Lust, den Zorn deiner Nachbarn auf mich zu ziehen, wenn ich wieder alle Knöpfe auf einmal drücke.«

Ellie fand, dass er ziemlich fertig aussah. Dieses verräterische Glitzern in seinen Augen ließ sie stutzen. Er ging an ihr vorbei und griff nach seinem Gepäckstück, an das sie nicht mehr gedacht hatte. Wortlos wollte er wieder verschwinden.

»Ian?«

»Ja?« Er stand jetzt direkt vor ihr.

»Wieso hast du alle Knöpfe gedrückt?«

»Weil du mich nicht reingelassen hast.«

»Also kennst du hier niemand anderen? Aber was wolltest du hier? Wenn ich nicht da bin?«

»Wen sollte ich denn sonst noch kennen? Ich habe gesehen, dass bei dir Licht brennt. Ich weiß nicht. Ich dachte, du hörst mich aus irgendeinem Grund nicht und ich wollte dich unbedingt sehen. Ich bin vorhin gelandet und direkt hierhergekommen.«

Sie dachte nach. Es konnte nicht schaden zu erfahren, was er sich für eine Geschichte ausgedacht hatte.

»Warum hast du mich nicht angerufen?« Sie reckte ihm ihr Handy entgegen. »Oder eine Nachricht geschrieben. Als du gelandet bist, zum Beispiel. Ich muss sicher nicht erwähnen, dass ich auch gern eine gehabt hätte, während du weg warst.«

»Deswegen flippst du so aus?«

»Nein, mein Lieber. Das ist nur die Spitze des Eisbergs.«

Er runzelte die Stirn. Eine zu lange Strähne kitzelte Ellie am Auge. Sie blinzelte. Ian hob seine Hand und strich sie zur Seite. Seine jadegrünen Augen schimmerten türkis.

»Es tut mir leid. Ich habe totalen Mist gebaut.« Sein Blick hypnotisierte sie. »Ich wusste nicht, wie ich dich erreichen sollte. Anrufen konnte ich nicht. Mein Gepäck ist mir bei der Landung in Dublin geklaut worden. Jacke, Rucksack, Handy war in der Jacke. Die hier gehört meinem Vater.«

Er zog an der Lederjacke, die er trug.

»Den Rucksack, habe ich mir vor dem Rückflug gekauft.« Ian wies auf das Gepäckstück, wegen dem er noch einmal umgekehrt war.

»Glücklicherweise hatte ich meinen Schlüssel und mein Portemonnaie mit Ausweis in der Hosentasche. Sonst würde ich nicht mehr in meine Wohnung zurückkommen. So wie es aussieht, wirst du mich wohl kaum aufnehmen.« Er brachte ein schiefes Lächeln zustande.

Ellie spürte seinen Daumen auf ihrer Wange, wie er sie streichelte, während er redete. Mit einem Mal fühlte sie sich klein.

»Wieso hast du nicht versucht, mich zu erreichen?«

»Ich habe deine Nummer leider noch nicht im Kopf. Du bist im Netz nicht gelistet und auf meine Kontaktversuche bei Instagram hast du nicht ein einziges Mal reagiert.«

Ellie griff nach ihrem Handy und wählte sich in ihren Account ein. Es stimmte schon. Sie hatte sich seit einiger Zeit nicht mehr bei den sozialen Medien sehen lassen. Benachrichtigungen hatte sie noch nie aktiviert, sodass sie keinerlei Mitteilung bekam, wenn sie jemand anschrieb. Sie fand das nicht wichtig. Ihre echten Freunde hatten alle ihre Handynummer.

»Oh Gott!« Sie schluchzte. Da waren sie, unzählige Nachrichten von Ian. Vom ersten Tag an. Ein Kloß drückte unangenehm in ihrem Hals. »Du hast dich tatsächlich bei mir gemeldet.«

»Warum überrascht dich das so?«

Darauf hatte sie spontan keine Antwort. Alle Gedanken, die sie sich in der letzten Zeit über ihn gemacht hatte, die Schlüsse, die sie gezogen hatte … das alles war in diesem Moment wie weggespült. Sie hatte ihm nach ihren bisherigen Erfahrungen kein Vertrauen entgegengebracht.

Schäm dich, Ellie!

Ohne weiter zu überlegen, schlang sie ihre Arme um ihn. Ian zog sie überrascht dichter. Er grub seinen Kopf in ihre Haare. Ellies Knie wurden weich.

»Oh Gott, Ian. Du hast keine Ahnung, was hier alles passiert ist.«

Sie fing an zu weinen.

»Erzähl's mir. Gleich.« Er beugte sich zu ihr hinab, nahm ihr Kinn zwischen Daumen und Zeigefinger und schickte ihr einen tiefen, ernsten Blick aus jadegrünen Augen. Ellie sog seinen Duft ein und näherte sich seinem Gesicht bis auf wenige Zentimeter. Sie spürte, wie er den Rest überbrückte. Seine Lippen streichelten sanft ihre Wange, bevor er seinen Kopf senkte und sie küsste. Gott, hatte ihr das gefehlt. Ellie zerfloss in seinen Armen. Er war da, endlich, völlig real. Die Geschichte über sein Handy klang völlig plausibel. Zumindest hatte sie keinen Haken entdecken können. Er hatte Kontakt mit ihr aufgenommen. Ihr war es nur nicht aufgefallen.

»Moment!« Sie drückte ihn beiseite. Sein verschleierter Blick klärte sich nur langsam.

»Was hast du?«

»Wohnst du eigentlich allein?«

»Nein. In einer Wohngemeinschaft mit Eddi und seiner Freundin Susi. Wieso?«

»Nur so.«

Den Stein musste er plumpsen hören. Sie zog ihn heftig, mit einem Griff an seinem Revers zu sich und küsste ihn energisch. Er schloss die Augen und sie tat es ihm gleich. Wild knutschend sanken sie auf die untersten Treppenstufen. Ian zog sie auf seinen Schoß. Überglücklich, dass er wieder an ihrer Seite war, bedeckte sie sein Gesicht mit Küssen. Ellie wollte mehr, viel mehr. Ihm ging es ähnlich. Sein Stöhnen während er ihren Hals küsste ließ darüber keine Zweifel offen. Ellies Kopf schwirrte wie von einer Droge, als sie ihn sagen hörte: »Was riecht hier eigentlich so streng?«

Schlagartig katapultierte sie dieser Satz wieder in ihre Realität.

»Das ist die Katze meiner Nachbarin«, hörte sie sich sagen.

Ian stoppte seine Liebkosungen.

»Ja, du hast richtig gehört. Im Keller meiner Nachbarin liegt ihre tote Katze.«

»Was?« Er schob sie ein Stück von sich, als stünde sie in Verdacht, etwas mit dem Ableben des armen Tieres zu tun gehabt zu haben.

Ich weiß genau, was du denkst und wie sich das anfühlt, dachte sie und musste unweigerlich lächeln.

»Sie muss dort reingekrochen sein und ist offensichtlich vor ein paar Tagen bitterlich verendet. Ich habe sie gerade gefunden, bevor wir uns getroffen haben.«

»Dann lass uns der Frau Bescheid geben. Das ist ja kaum zum Aushalten. Meinst du, sie verkraftet es?«

Ellie hob die Augenbrauen und zuckte mit den Schultern.

»Meine Nachbarin lebt nicht mehr. Sie wurde vor einigen Tagen ermordet. Genau genommen in der Nacht, nachdem du verschwun… gegangen bist.«

»Ermordet?« Er stieß das Wort fassungslos aus. Es hallte als Echo von den nackten Betonwänden wider.

»Ja. Ich habe sie am Morgen gefunden.« Ellies Stimme brach. »Pass auf. Das ist eine längere Geschichte. Wollen wir zu mir nach oben gehen? Dort kann ich dir alles erzählen.«

»Ist gut.« Er lachte. »Krieg das jetzt nicht in den falschen Hals. Meine Erleichterung, meine ich«, sagte er, als sie in den Fahrstuhl einstiegen. »Ich bin nur so erleichtert, dass du mich doch noch reinlässt. Ich dachte vorhin ernsthaft, es wäre aus.«

Sie drückte sich fest an ihn und ließ zu, dass er ihren Kopf an seiner Brust streichelte. Hier wollte sie für alle Ewigkeit bleiben.

Die Tür öffnete sich im dritten Stock. Sie gingen zügig zu ihrer Wohnung. Ellie wollte so schnell wie möglich in ihr privates Reich. Den Ort, an dem sie sich sicher fühlte, und das mit ihm. Nachdem sie hinter ihnen die Tür geschlossen hatte, zog sie ihn ins Wohnzimmer. Im Schlafzimmer wäre sie Wand an Wand mit Becca und Christoph gewesen. Momentan stand ihr der Sinn danach, Abstand von ihren Nachbarn zu halten, sich auf sich selbst zu besinnen und sich Zeit allein mit Ian zu stehlen.

»Magst du was essen?«

»Was hast du da?«

Sie grübelte. Nur Kekse, soweit sie wusste.

»Willst du noch was bestellen? Der Sushiladen um die Ecke liefert bis Mitternacht, denke ich.«

»Okay.« Er lächelte.

Nach Ellies telefonischer Bestellung ließen sie sich auf ihre bequeme Couch vor der großen Fensterfront zur Straße raus sinken. Ganz dicht saßen sie beisammen, als sie ihm von dem Morgen erzählte, an dem sie Irma Peters gefunden hatte.

»So etwas Grauenvolles habe ich in meinem ganzen Leben noch nicht gesehen, Ian. Die Wohnung sah aus, als hätte man sie gejagt. Vielleicht war ein Teil des Blutes auch von der Katze, ich weiß es nicht. Was für ein Monster mordet auf diese grausame Art und Weise und nimmt sich dann noch die Zeit, die Katze zu Brei zu schlagen?«

»Sagtest du nicht, die Katze liegt im Keller?«

»Nein. … Ja. Das ist Lucy … die Katze im Keller. Sie ist nach draußen gerannt, als wir Frau Peters gefunden haben. Sie hatte zwei. Rocky, ihre andere Katze, lag totgeschlagen bei ihr in der Wohnung.«

»Verstehe.«

Ellie sah ihn zweifelnd an.

»Wer ist: wir?«

»Ich und meine Nachbarn, Christoph und Becca. Sie kamen wenig später dazu, als ich gerade die Polizei rufen wollte.«

Ellie atmete tief durch. »Pass auf. Ich erledige das gleich jetzt. Auch wenn es ziemlich viel für dich sein muss. Ich will nicht, dass noch einmal etwas zwischen uns steht und wenn ich es nicht erzähle, wird es das früher oder später.«

Er nickte. Seine Augen strahlten eine ozeanische Ruhe aus. Ellie verlor sich darin.

»Lange bevor wir uns kennengelernt haben, hatte ich ein Verhältnis mit Christoph.«

Ians Brauen wanderten nach oben. Aus dem Jadegrün seiner Augen wurde ein dunkles Grau.

»Ich habe damals geglaubt, verliebt zu sein. Er war sicher, in mir das perfekte blonde Dummchen für eine Affäre gefunden zu haben. An der Geschichte ist nichts romantisch und ich komme nicht sonderlich gut dabei weg. Das weiß ich. Insbesondere, wenn man berücksichtigt, dass ich Becca inzwischen näher kennenlernen konnte und sie tatsächlich ziemlich mag. Damals habe ich nur an mich gedacht und geglaubt, es gäbe keinen anderen Weg zu meinem eigenen Glück.«

Ian zuckte mit den Schultern. »Passiert.«

Ellie schnaubte. Dann lächelte sie strahlend, als sie sah, dass ihn die Geschichte in keiner Weise beeindruckte. Er griff nach ihrer Hand.

»Das war, bevor wir uns kennengelernt haben, richtig?«

Sie nickte.

»Dann ist es mir egal.«

Sie küsste ihn.

»Warum erzählst du mir das jetzt?«

»Weil Christoph versucht hat, wieder mit mir anzubändeln. Er war ziemlich gemein und hat mir Vorhaltungen gemacht, weil ich jetzt mit dir zusammen bin.«

»Aha?«

»Ich habe einige schlechte Erfahrungen in den letzten Tagen mit Männern gemacht. Das erzähle ich dir nur, damit du mein Misstrauen vorhin besser einordnen kannst.«

Sie erzählte ihm von ihrer zweiten Begegnung mit René und dem kläglichen Versuch in ihrer Verzweiflung, Ians Wohnung aufzustöbern. Ian hörte sich alles in Ruhe an, ließ sie jedoch nicht ein einziges Mal aus seinen Armen.

»Du hattest vollkommen recht«, sagte er schließlich.

»Womit?«

»Als du mich vorhin zum Teufel gejagt hast. Nach dem, was sich hier in den letzten Tagen zugetragen hat, kann ich dich völlig verstehen. Da wäre ich auch völlig paranoid. Du Arme! Was hältst du davon, wenn wir ein paar Tage verschwinden? Nur du und ich. Damit du den Kopf freibekommst.«

»Das wäre ein Traum!«

»Dann lass uns das machen. Soll ich heute Nacht bei dir bleiben? Nur zum Schutz natürlich.« Er grinste schief.

»Haha!« Sie knuffte ihm in die Seite. »Aber danke. Das Angebot nehme ich gern an.«

»Wir können auch zu mir fahren, wenn du willst. Ist nicht so schön und es gibt ein Gemeinschaftsbad, aber du wärest hier raus. Himmel, es klingt, als würde an diesem Haus Blut kleben. Und im Keller verwest eine Katze!«

Ellie zog eine Fratze. Die Türglocke läutete. Ellie sprang auf. »Das muss das Sushi sein. Übrigens, da sagst du was. Vielleicht klingele ich doch noch mal nebenan. Becca hat die Nummer von Steve, dem Sohn von Frau Peters. Er wird sicher wissen wollen, dass eine Katze in seinem Keller verwest. Wer weiß. Eventuell kommt er ja noch vorbei und schließt auf, um sie beiseitezuschaffen.«

»Wenn du meinst.« Ian sah nicht übermäßig begeistert aus, als sie erwog, nebenan klingeln zu wollen. Sei's drum! Becca würde sich möglicherweise kümmern. Wahrscheinlich freute sie sich sogar auf eine Gelegenheit, den Mann zu kontaktieren. Ellie würde sich für sie freuen. Christoph war keine Zukunft, weder für sie noch für jemand anderen.

Ellie öffnete die Eingangstür über die Fernsprechanlage und ließ den Lieferanten ins Haus.

»Kannst du das kurz annehmen? Ich geh schnell rüber.« Sie sprang in den Flur, während sie den Fahrstuhl nach oben kommen hörte. Ellie klingelte bei Beckmann/Wolf. Er steht vorn, typisch für ihn, dachte sie. Es war Mittwoch und kurz vor Mitternacht, doch sie hoffte, dass die beiden Studenten noch wach waren. Sie selbst würde morgen früh auf der Arbeit ganz schön knülle sein.

Nach einer Weile hörte sie Schritte hinter der Tür. Dann eine ganze Zeit lang nichts. Sie runzelte die Stirn und drückte noch mal auf den Knopf. Christoph öffnete schlagartig die Tür. Sie schrak zusammen.

»Hey! Entschuldige die späte Störung. Ich will euch nicht lang belästigen.« Während sie redete, fiel ihr plötzlich auf, dass Christoph überhaupt nichts gesagt hatte. Weder einen Gruß noch eine abfällige Bemerkung über die Uhrzeit. Er stand einfach nur stumm da mit einem falschen Lächeln im Gesicht und atmete schwer. Die Ärmel seines Hemdes waren hochgekrempelt und ein Teil davon hing ihm aus der Hose. Offenbar hatte sie ihn kurz vor dem Schlafengehen erwischt. Ellie schluckte. Wie peinlich!

»Also, ums kurz zu machen. Ich habe herausgefunden, was im Keller so stinkt. Es ist die zweite Katze von Frau Peters. Sie liegt dort tot in ihrer privaten Parzelle. Ich bin leider nicht rangekommen, um sie wegzuräumen, aber Becca hat ja die Nummer von Steve, und da dachte ich, sie könnte ihm kurz eine Nachricht schicken, damit er sich kümmert. Es stinkt wirklich bestialisch.« Ellie kriegte kaum noch Luft, so schnell hatte sie geredet.

Christoph reagierte nach wie vor nicht, sodass sie es kaum erwarten konnte, zu Ian in ihre Wohnung zu kommen.

Bing!

Der Fahrstuhl öffnete sich und der Bote stieg aus.

»Hier hinten.«

Ellie drehte den Kopf zu Ian, der in ihrer Tür stand und einen eiskalten Blick in ihre, nein, Christophs Richtung warf.

»Ich sag's ihr.« Christoph knallte ihr die Tür vor der Nase zu. Irrte sie sich oder lief ihm Speichel aus dem Mundwinkel?

Ian schloss die Tür hinter ihr, schloss ab und zog sie mit dem Essen in der Hand ins Wohnzimmer.

»So, mein Schatz.« Er öffnete die Schachteln. »Jetzt erzählst du mir die Geschichte über deine Nachbarin ganz genau. Was ist passiert, nachdem du nach unten gegangen bist?«

»Wieso willst du das noch mal hören?«

»Hast du dir die Arme von dem Typen angesehen?«

»Nein.« Ellie hatte nicht mal hingeguckt.

»Du wolltest doch vorhin wissen, wieso jemand eine Katze zu Brei schlägt. Ich würde mal sagen, dass sie den Täter angegriffen hat, während er ihr Frauchen tötete.«

»Was? Christoph? Das ist nicht dein Ernst?«

»Hör zu, Ellie. Der Typ ist ein augenscheinliches Arschloch, und ich würde gern mit ihm persönlich darüber reden, wie er dich behandelt hat. Doch das ist es nicht. Hast du nicht gesehen, wie zerkratzt seine Haut war? Wenn er nicht ein gewaltiger Gartenfan ist und Rosen züchtet, dann sollte man das der Polizei melden.«

KAPITEL 31

»Glaubst du wirklich, das bringt irgendetwas?« Belustigt sah Christoph auf Becca herunter. Die lag auf dem Bett, gefesselt an Händen und Füßen. Den Mund hatte er ihr mit Panzertape verschlossen. Sie wand sich wie ein Aal auf den Laken. Die Augen weit aufgerissen.

»Verhältst du dich ruhig? Dann kann ich dich von deinem Maulkorb befreien. Wenn nicht, bleibt er die ganze Nacht dran. Entscheide dich!«

Er erhielt ein heftiges Nicken als Antwort. Christoph streckte den Arm aus und griff mit Daumen und Zeigefinger zu einer Ecke des silbernen Tapes. Sanft streichelte er Becca über die Wange. Mit einem kräftigen Ruck zog er das Band ab und gab ihre Lippen frei.

Ratsch! Sie quiekte wie ein Schwein. Beccas Wangen glühten. Ihre Reaktion erregte ihn. Übermannt von seinen Gefühlen lehnte er sich über sie und drückte sie mit seinem

Körper aggressiv nach unten auf das Bett. Er begrüßte ihre Zuckungen unter seiner Erektion. Mit seiner Zunge fuhr er ihren Hals entlang, um sie dann schließlich in ihrem Mund zu versenken. Becca sträubte sich wie eine Wildkatze, indem sie sich immer wieder versuchte abzuwenden.

Was für ein Spaß! Hätte er früher gewusst, wie schön es war, wenn sie sich wehrte, hätte er sie eher so hart rangenommen. Mit einem süßlichen Lächeln auf den Lippen flüsterte er ihr ins Ohr: »Ellie lässt dir ausrichten, du möchtest bitte den lieben toten Steve anrufen und ihm sagen, dass er seine tote Katze im Keller abholen kann.« Er lachte herzhaft. Das war einfach zu viel für ihn.

»Vielleicht lohnt sich für die Familie Peters eine Familiengruft. Meinst du nicht auch?« Er feierte, während er sein Becken immer heftiger an seiner Verlobten rieb.

»So, meine Liebe«, sagte er schließlich. »Es wird Zeit für dich, ein bisschen was abzulegen. Ich muss morgen früh raus. Lass mich dir helfen.« Mit einem Schwung rollte er sie auf den Rücken.

Becca hoffte inständig, sie könne sich gedanklich von ihrem Körper befreien und weit weg schweben. Mit Handschellen am Gitter des Kopfteils ihres Bettes fixiert, blieb ihr nichts anderes übrig, als ihr Schicksal zu akzeptieren. Ihre Beine fesselte eine Krawatte. Auf abstoßende Art und Weise glitt Christoph gerade an ihnen herunter und machte sich daran, sie zu lösen. Leider nur, weil er ihr die Hose ausziehen wollte. Becca standen am ganzen Körper die Haare zu Berge. Schussartige Salven an Schluchzern schüttelten ihren Körper und sie suchte händeringend einen Weg, um sich einfach abzuschalten, sich wegzubeamen aus der Realität, in der sie feststeckte. Jedes Mal, wenn er Steves Namen erwähnte, stieg die Übelkeit in ihr hoch, so übermächtig, dass sie nur mit übermäßiger Willenskraft verhindern konnte, sich nicht übergeben zu müssen.

Christoph streifte ihr die Hose vom Körper und schmiss sie in die Zimmerecke. Den Slip riss er ihr mit einer Hand herunter. Lüstern und vollkommen wahnsinnig starrte er auf sie herab.

Ich kann alles ertragen, nur fass mich bitte nie wieder an, dachte sie. »Erzähl mir vorher von ihnen!«, forderte Becca ihn auf. Mehr fiel ihr nicht ein. Offensichtlich musste es sein. Sie würde sich die Geschichte anhören müssen, um ihn sich vom Leib zu halten. »Von Steve und seiner Mutter.«

Auf Christophs Gesicht erschien ein Funkeln. Becca würgte leicht, als er mit diesem Strahlen langsam ihre Beine spreizte und zwischen ihnen zu ihr hoch robbte. Er brachte sein Gesicht ganz knapp über ihres.

»Was soll ich da groß erzählen? Ich hatte nicht vorgehabt, zu viel Dreck zu machen, doch als ich zu Irma runter bin, hat sie sich heftig gewehrt. Wer sollte denn damit rechnen? Hat die tatsächlich einen Baseballschläger unter dem Bett liegen!«

Becca zitterte. »Was hattest du eigentlich vor?«

»Erstochen hätte ich sie. Im Schlaf. Das wäre das Einfachste gewesen. Ich bin leise unseren Balkon hinuntergeklettert, als ich gesehen habe, dass ihre Tür offen stand. Das hat sie meistens gemacht, keine große Überraschung. Doch als ich reingegangen bin, haben die Katzen ein derartiges Theater gemacht, dass sie davon wachgeworden ist. Schwupps, hatte sie schon den Schläger in der Hand und hat versucht, Spielchen mit mir zu spielen. Die Frau war unglaublich zäh. Kannst du dir das vorstellen? Durch die gesamte Wohnung bin ich ihr gefolgt und hab weiß Gott wie oft auf sie eindreschen müssen, bis sie endlich liegen geblieben ist. Musste mich noch mal umziehen, bevor ich zu dir zurück ins Bett bin. Schade um den Pyjama, aber was soll's.«

»Aber sie saß am Ende auf der Toilette im Badezimmer.«

»Nur für dich, mein Schatz!« Seine Lider senkten sich gönnerhaft, ein Lächeln zuckte um seine Mundwinkel.

»Ich wusste doch, dass du mit runterkommen würdest. Womit ich nicht gerechnet hatte, war die dämliche Ellie.« Grimmig starrte er durch sie hindurch.

»Ich wusste, dass du an der Tür stehen bleiben würdest, wenn du das Spektakel siehst. Ich habe extra ein paar Blutstropfen der Katze hier und dort verteilt, um dich abzuschrecken.«

Er freute sich diebisch.

»Wieso?«

»Na, wenn wir Irma gleich im Flur gefunden hätten, hätte ich doch keine Chance gehabt hineinzugehen und meine Abdrücke überall zu hinterlassen. Ich musste sie ins Bad, in einen abgeschlossenen Raum schleppen.«

Becca schüttelte sich.

»Wieso? Wieso, Christoph?«

»Na, für uns!«

»Was?«

»Die Alte hat mir immer wieder gedroht. Sie hat mir keine Ruhe gelassen. Kleine fiese Bemerkungen ließ sie hier und da fallen: ›Sie ist liiert, respektieren Sie das. Sie sind es, soweit ich weiß, auch.‹« Er äffte Irma nach. Becca verstand kein Wort.

»Das musst du mir erklären. Was hat sie gemeint?«

Christoph wand sich hin und her. Schließlich sah er sie gutmütig an und ließ sich dazu hinreißen weiterzusprechen.

»Es ging um die Sache mit Ellie. Ich hab's dir ja eigentlich nicht erzählen wollen, aber was macht das jetzt schon. Ich hab's 'ne Weile ziemlich oft mit ihr getrieben. Ein halbes Jahr etwa, bis vor Kurzem. Doch dann hat sie das Ganze über Nacht beendet, ist vielleicht ein paar Wochen her. Dann hat sie vor einer guten Woche diesen bleichgesichtigen Bubi aufgetrieben.«

Becca hätte nicht gedacht, dass sie noch tiefer fallen konnte, doch selbst da, wo sie jetzt stand, öffnete sich eine weitere Tür unter ihr und ließ sie stürzen.

Ellie? Tatsächlich? Diese Frau hatte sie betrogen? Sie verharrte einen Moment, verwirrt darüber, dass sie von Ellie enttäuscht war und nicht diesem Monster, das vor langer Zeit einmal ihr Partner gewesen war.

»Du hattest ein Verhältnis?«

»Ja, Liebste. Die Peters hat eines Tages einen Streit zwischen mir und Ellie im Treppenhaus mit angehört und daraus ihre Schlüsse gezogen. Im Grunde nicht der Rede wert. Was ich leider nicht wusste … ihr gehörte der Service, den ich gern in Ausnahmefällen bemüht habe, wenn sich keine andere Möglichkeit bot, zum Schuss zu kommen.«

Er blickte sie tief an.

»Jetzt sieh mich nicht so strafend an, meine Liebe. Du hättest es in der Hand gehabt.« Missbilligend schüttelte er den Kopf.

»Der Hostessen-Service«, presste Becca resigniert heraus.

»Ja. Du willst doch seit Ewigkeiten keinen Sex mehr und Ellie hat mich auch hängen lassen. Die Peters muss schon länger gewusst haben, dass ich Kunde von ihr war. Nur ich habe es erst vor ein paar Tagen erfahren, als ich sie persönlich in der Leitung hatte. Bei der Gelegenheit hat sie mich darauf hingewiesen, dass meine Neigungen extra abgerechnet werden müssten. Verstehst du? Das Miststück wollte mich erpressen. Sie wusste ganz genau, wie wichtig mir eine Zukunft mit dir war. Und dass ich verhindern würde, dass alles rauskommt.«

Er streichelte ihre Wangen, während er weiterredete. »Ich konnte doch nicht zulassen, dass sie sich über kurz oder lang zwischen uns stellte. All die Planerei und Plackerei die letzten Jahre – umsonst! Wenn die angefangen hätte zu quatschen … über Ellie, die Schlampe und meine Buchungen bei ihr.«

»Was für Neigungen hat sie gemeint?«, Becca bereute ihre Frage sofort. Sie hatte sich in den letzten Stunden ein gutes Bild davon machen können.

»Nichts Wildes, Süße. Ich mag es halt etwas härter. Im Grunde nur das Übliche.«

Becca konnte sich selbst ausmalen, was er damit meinte. »Aber, Christoph«, flüsterte Becca. »Du hast mir doch jetzt auch davon erzählt.«

Er drückte sich mit den Armen nach oben und brachte mehr Abstand zwischen sie beide. Enttäuscht sah er sie an.

»Was soll's? Du wirst es niemandem erzählen.«

»Du kannst mich doch nicht ein Leben lang einsperren.« Ihre Stimme war nur ein Wispern.

»Ich weiß, mein Schatz. Deshalb genießen wir diese eine Nacht zusammen und dann muss ich dich leider bitten, dem Wunsch von Ellie zu entsprechen und mit Steve Kontakt aufzunehmen. Sei froh, dass du mich nicht schon an dem Morgen erwischt hast, als ich über den Flur zurück nach Hause gekommen bin.«

Becca hielt die Luft an. Den ganzen Abend hatte sie sich gefragt, wie es morgen früh weitergehen würde. Was passieren würde, sobald er zur Uni oder zur Arbeit musste. Sie sah sich bereits stundenlang im Badezimmer festsitzen. Irgendwann würde ihre Freundin nach ihr fragen, ihre Eltern. Er musste sich dafür eine Erklärung zurechtgelegt haben. Nichts dergleichen.

Sie sollte den Morgen nicht mehr erleben.

Ihr gesamter Körper begann zu zittern. Wellen aus Trauer, angereichert mit Furcht schüttelten sie. Becca wand sich, zuckte, schwang sich, so gut es ihr möglich war hin und her.

Ihre Beine machten mit. Frei, sie waren losgebunden. Das war ihr bisher entgangen. Sie trat nach ihm, heftig, mit aller Macht. Den besten Treffer landete sie direkt auf seiner Nase. Genussvoll hörte sie ein kleines Knacken begleitet von einem spitzen Schrei, den Christoph ausstieß. Sein Kopf flog nach hinten und zog ihn mit sich, runter vom Bett. So glücklich, wie sie dieser Glückstreffer machte, so schnell begriff sie, dass Christophs Wut durch ihn vollends entfesselt wurde. Wer war sie, dass sie gegen ihn den Kampf aufnehmen konnte? Gefesselt und halbnackt. Und wozu? Um ein paar Stunden früher zu sterben?

Christoph schnaufte wild, als er sich vom Boden hochzog. Er betastete sein Gesicht, zuckte zusammen und sah voller Zorn auf seine blutige Hand hinab. Er sprang mit grimmigem Gesicht auf sie zu und schlug mit geballter Faust auf ihren Rücken. Becca konnte sich im letzten Moment wegdrehen, sodass er sie nicht im Bauch traf, wie er es offensichtlich geplant hatte.

Sie schrie. Sie schrie, so laut sie konnte. All ihre Verzweiflung, ihre Enttäuschung, ihre Angst, die Abscheu, den Hass und den Mut – den Mut, diesem Sadisten die Stirn zu bieten – legte sie in diesen markerschütternden Schrei. Becca sah ihm dabei in die Augen, sah sie überrascht sich weiten, sah Zögern. All das peitschte sie an. Gab ihr Kraft, ließ sie stark sein für die letzten Sekunden in ihrem Leben, die letzten Momente, die sie sein konnte, wer immer sie wollte. Es war die mutige Frau, die sie sehen wollte, eine Frau, die aufstand, die die Stirn bot, die kämpfte, die bis zum letzten Moment aufrecht stand, komme was wolle. Er hatte nicht über sie gesiegt, sie war ihm haushoch überlegen.

Christophs Blick ließ die Temperatur im Raum um mehrere Grade fallen. Er machte sich nicht die Mühe nach einem Knebel zu suchen. Seine Hände schnellten vor und griffen beherzt nach ihrer Kehle. Sie wand sich unter ihm. Doch der Mann war schwer und kräftig. Einige Augenblicke später fehlte ihr jede Kraft, sich zur Wehr zu setzen.

Becca schloss die Augen.

Ein Knall schoss durch den dunklen Raum. Becca riss die Augen wieder auf. Eine Sekunde hielt Christoph in seinem Klammergriff inne. Die Gardine flog nach vorn am Bett vorbei, als würde ihr ein Sturm folgen. Becca glaubte zu fantasieren, als sie den Store durch den Raum laufen sah. Christoph flog nach hinten, löste seine Hände von ihrem Hals. Becca sog schmerzhaft dünne Luftfäden ein. Sie hustete, als wäre ihre Lunge gefüllt mit Sand.

»Bleiben Sie ganz ruhig.«

Jemand saß neben ihr. Eine dunkle Gestalt und strich ihr über den Rücken. Becca schloss die Augen und fiel.

»Sie kommt wieder zu sich.«

Mehrere Blinzler nacheinander nahm das Zimmer Gestalt an. Die Umrisse. Da war Licht. Ihre Nachttischlampe brannte. Das war ihr Schlafzimmer. Oh Gott! Ihr Schlafzimmer! Becca schrie.

»Bleiben Sie ganz ruhig, Frau Wolf. Es ist alles vorbei.«

Der nächste Schrei erstarb in ihrer Kehle. Diese Leute, lauter Fremde.

»Oh, Becca! Wie geht es dir?«

Ellie. Ellie saß auf ihrer anderen Bettseite. Becca leckte sich die Lippen. Die schmeckten nach Blut und nach ihm. Angewidert verzog sie das Gesicht. Eine Welle der Angst durchlief sie. Panisch sah sie sich um.

»Er ist weg. Sie haben ihn weggebracht. Mach dir keine Sorgen. Du bist in Sicherheit.« Ellie streichelte ihre Hand. Als hätte sie sich verbrannt zog Becca sie zurück. Sie ertrug keinerlei Berührung. Neben ihr saß Ellie, sie schaute besorgt. Im Raum standen zwei Fremde in Uniform. Polizei. Becca fiel ein Stein vom Herzen. Sie sah an sich herunter. Erleichtert erkannte sie, dass man sie zugedeckt hatte.

»Wir haben die Polizei verständigt, nachdem Ian vorhin die Spuren auf Christophs Armen gesehen hat. Wegen eures Panzerriegels haben sie gar nicht erst versucht, über die Tür einzudringen.«

Ein Beamter rückte dichter an Becca heran. »Wir werden Sie jetzt ins Krankenhaus bringen. Der Krankenwagen ist jeden Moment da. Ihre Freundin kann Ihnen noch kurz beim Ankleiden helfen. Wir warten so lange draußen. In Ordnung?« Becca nickte. Sie hatte sich nach ihrem Schwächeanfall wieder völlig gefangen.

›Ihre Freundin‹ ... Becca musste darüber nachdenken.

»Einen Moment, bitte.«

»Ja?«

»Sind Sie über den Balkon gekommen? Wie ist das möglich?«

»Wir haben es so gemacht wie Herr Beckmann höchstwahrscheinlich vor vier Tagen. Wir sind über die Wohnung Ihrer Nachbarin über Ihnen runtergeklettert. Da ihre Tür geschlossen war, im Gegensatz zu der von Frau Peters, sind wir durch das Glas gebrochen.«

Becca war beeindruckt. Erst jetzt bemerkte sie die Scherben überall auf dem Boden und die kalte Nachtluft, die sie frösteln ließ. Sie hatte geglaubt, es läge am Schock, dass sie so fror.

»Ich danke Ihnen und euch, Ellie! Ihr habt mir das Leben gerettet.«

Ellie nickte wortlos und drückte sie stürmisch. Becca hörte sie schluchzen. Das fühlte sich gut an.

»Ich lasse Sie und Ihre Freundin jetzt allein«, sagte der Polizist und ging mit seinem Kollegen raus.

Ihre Freundin, dachte Becca erneut. Sie beobachtete, wie Ellie geschäftig aufsprang und Beccas Hose aus der Ecke des Zimmers fischte.

»Soll ich dir helfen?« Ellie sah aus wie ein Häuflein Elend.

»Schon gut. Es geht schon. Ellie, ich bin dir sehr dankbar. Ich hatte mich vor ein paar Minuten von meinem Leben verabschiedet. Mit dieser neuen Chance habe ich nicht gerechnet. Tausend Dank!«

»Das hast du Ian zu verdanken. Er ist misstrauisch geworden, vom ersten Augenblick an, in dem er Christoph gesehen hat.«

»Ian? Wirklich?«

»Ja! Er ist wieder da. Oh, Becca, ich muss dir alles erzählen, sobald es dir wieder besser geht. Vorausgesetzt ...« Sie stockte. »Vorausgesetzt, dass es dir noch recht ist. Vielleicht hat Chris ...«

Becca nickte und sah dann einen entsetzten Ausdruck in Ellies Gesicht. Sie hatte keine Kraft, darauf einzugehen. Sollte sie der Frau vorwerfen, dass sie versucht hatte, ihr diesen Mann wegzunehmen? Sie schnaufte. Irrwitziger Gedanke. Überhaupt legte sich auf jedes Gefühl, dass sie einmal für Christoph empfunden haben mochte ein Schleier des Vergessens. Als wäre es nie passiert.

Das musste der Schock sein, dachte sie kurz. Mein Körper schützt sich. All die Jahre, in denen sie gegen ihren

Körper gekämpft hatte und all die verwirrenden Gefühle, die er in ihr ausgelöst hatte - die Ängste -, hatte sie sich viel belesen und mit dem Thema beschäftigt. Sie hatte versucht zu verstehen, warum sie die Dinge so sah, wie sie es tat, wieso sie nicht glücklich und unbekümmert sein konnte, wieso sie immer mit angezogener Handbremse fuhr. Deshalb wusste sie jetzt, dass es ein Schutzmechanismus war, der gerade in ihr ablief.

Sie sollte dem folgen. »Ellie. Egal, was dieses Monster getan hat, es wird niemals zwischen mir und meinem Leben stehen. Vergiss es einfach.« Damit war dieses Kapitel für sie abgeschlossen und sie beabsichtigte nicht, jemals wieder nach dem Schlüssel dafür zu suchen. Ellie kam zu ihr und drückte sie. Tränen glitzerten in ihren Augen.

»Du must ihn unbedingt kennenlernen, Becca. Er ist ein Traum, doch dieses Mal ein realer.« Sie lachte.

»Wo ist er?«

»Drüben in meiner Wohnung. Er wollte dich nicht überfordern, indem ein Fremder mehr hier bei dir auftaucht.«

Becca schluckte. Sie freute sich für Ellie und spürte den Verlust von Steve umso stärker.

»Ellie. Er hat Steve ...«

»Ich weiß.« Ellie legte ihr die Hand auf die Schulter. »Die Polizei hat uns bereits am Telefon darüber unterrichtet, dass man ihn angegriffen hat. Zu dem Zeitpunkt wussten sie nur noch nicht, wer es gewesen ist. Jetzt ist es eindeutig. Ich hoffe, sie können es ihm auch beweisen.«

Becca schluchzte. Das Wasser stieg in ihren Augen so hoch, dass sie nichts mehr sehen konnte. Nur verschwommene Umrisse. Ellie drückte sie.

»Alles wird gut, Süße. Reg dich nicht auf. Du wirst schon sehen. Lass uns dich erst mal anziehen.«

Becca stand träge auf und ließ sich helfen. Alles wird wieder gut.

An den Satz klammerte sie sich. Sie hatte nie gelernt, was sie tun musste, um diesen Satz wahr werden zu lassen. Sie biss sich auf die Backenzähne. Dann war eben heute der erste Tag. Sie würde lernen müssen, mit dem Schmerz zu leben.

KAPITEL 32

Nervös knetete Becca ihre Hände, pulte am Nagel ihres Daumens herum und starrte auf die große Tür ein paar Meter entfernt. Sie schloss für einen Atemzug die Augen, horchte in sich hinein und fand, dass ihr Herz immer noch zu schnell schlug. Mit kontrollierter Atmung kämpfte sie dagegen an.

Die Tür öffnete sich, zwei Männer und eine Frau traten heraus.

»Sie können jetzt«, forderte man sie mit einer winkenden Handbewegung auf. Becca presste die Lippen aufeinander und stand auf. Die weichen Knie halfen wenig. Abschied nehmen war noch nie ihre Stärke gewesen. Ihre ernsten Augen wurden mit jedem Schritt größer. Gleich war es so weit. An der Tür strich sie sich ihre Haare aus dem Gesicht, atmete tief ein, stieß sie auf und ging durch. Ein paar Schritte durch Dämmerlicht und da lag er. Allein, mit ihr.

»Was machst du für ein Gesicht? Wusstest du nicht, dass man Patienten im Krankenhaus aufheitern soll?« Er schickte ein unwiderstehliches Lächeln durch den Raum. Sie hatte alles erwartet, nur nicht das. In Anbetracht der Schuld, die sie ihm gegenüber empfand und in Anbetracht des kritischen Zustandes, in dem er mehrere Tage geschwebt hatte. Tagen, die sie als schlimmer empfand als ihr letztes Erlebnis mit Christoph vor einer Woche.

Ihre Spannung fiel und kristallisierte ein strahlendes, erleichtertes Lächeln auf ihrem Gesicht aus. Rasch ging sie näher und nahm seine Hand in ihre. Sie war weich und fühlte sich bei Weitem nicht so schwach an, wie sie vermutet hätte.

»Ich weiß nicht, was ich sagen soll, Steve. Es tut mir wahnsinnig leid. Ich könnte verstehen, wenn du mich bitten würdest abzuhauen.« Sie schlug die Augen nieder und sah auf seine Finger, die in ihren lagen. So nah waren sie sich bisher noch nie. Gern wäre sie ihm noch näher. Das Kopfteil des Bettes war hochgestellt, sodass er mit ihr auf Augenhöhe war.

»Ich bin wirklich sauer auf dich, Becca«, antwortete er. Sie liebte die Art, wie er ihren Namen aussprach.

»Das verstehe ich.« Sie blickte ihn nicht an. Er führte seine Hand zu ihrem Kinn und hob es hoch, sodass sie ihm in die Augen sehen musste.

»Wo warst du so lange? Wieso kommst du jetzt erst?«

Um ihre Mundwinkel zuckte ein Lächeln.

»Ich habe gedacht, ich wäre die Letzte, die du nach der ganzen Sache sehen willst.«

»Dummerchen. Du warst die Einzige, die ich sehen wollte.«

»Ich hatte Angst, du würdest mich wieder wegschicken.«

»Warum sollte ich das tun?« Gelassen sah er sie an. Seine Augen wanderten durch ihr Gesicht, als sie ihn anblickte.

»Mein … Christoph hat dich fast getötet. Er ist der Mörder deiner Mutter!«

»Ja.« Seine Kieferknochen verspannten sich. Er starrte an ihr vorbei zur Wand. Einen Atemzug später fing er sich wieder und sah sie offen an, als hätte er so mir nichts, dir nichts eben ein ganzes Kapitel geschlossen. Einfach so, ohne dem nachzutrauern. Becca bewunderte ihn insgeheim für diese Stärke.

»Das hat doch nichts mit dir zu tun.« Die Worte kamen sanft und umschmeichelten sie.

»Irgendwie schon. Er glaubte, es tun zu müssen, um unsere Beziehung und unsere Zukunft, wie er sagte, nicht zu gefährden.«

»Was dieser Abschaum glaubt und wie er seine Handlungen rechtfertigt, ist mir egal. Dafür wird er büßen müssen.«

Steves Stimme wurde hart. Nach einer Pause sagte er deutlich weicher: »Das hat aber nichts mit uns zu tun.«

Becca fing seinen Blick auf. Er drückte ihre Hand kräftig, zog sie auffordernd zu sich ran. Sie stand auf, ohne den Blickkontakt abzubrechen, beugte sich vor und tastete mit ihren Lippen vorsichtig nach seinen. Er schloss die Augen. Eine warme Welle der Erleichterung rollte durch ihren Oberkörper. Von dem Gefühl seiner Lippen hatte sie geträumt. Nie hätte sie es für möglich gehalten, sie eines Tages schmecken zu dürfen. Steve öffnete die Augen und sein Blick war verhangen. Er atmete tief ein und schien ihren Duft völlig in sich aufzunehmen. Becca setzte sich zu ihm aufs Bett und streichelte wieder seine Hand. Beide schmunzelten, bis Becca die schüchterne Stille brach.

»Was sagt der Arzt?«

»Er sagt, mein Angreifer muss Tomaten auf den Augen gehabt haben.«

Becca blies lachend die angehaltene Luft aus. »Soll heißen, du hattest Glück und er hat einfach danebengestochen?«

»Nein, das nicht. Wenn dieses Pärchen nicht gewesen wäre, säßen wir sicherlich heute nicht hier. Sie haben sofort erste Hilfe geleistet. Aber ich habe tatsächlich ziemliches Glück gehabt. Ich habe von Geburt an eine Art Anomalie – ›Situs Inversus‹ nennt sich das. Meine Organe, inklusive meines Herzens, liegen auf der jeweils gegenüberliegenden Seite. Er hat gut gezielt, aber dadurch mein Herz nicht getroffen.«

»Ist das dein Ernst?«

»Ja. Man könnte sagen, mein Herz liegt nicht am rechten Fleck. Oder eben doch.« Er grinste.

»Ich bin mir sicher, das tut es.«

»Er hat in die Lunge gestochen. Es hat sich relativ schnell Blut angesammelt, was mich auch hätte umbringen können, wären die Leute nicht gewesen, die sofort den Notarzt alarmiert haben und mit allen möglichen Mitteln versuchten zu verhindern, dass ich schnell größere Mengen Blut verliere. Zu meinem Glück sind die beiden nicht einfach weggerannt.«

»Oh Gott!«

»Es wird wieder. Ich bin auf dem besten Weg. Sie haben mich gleich notoperiert. Da er keine großen Gefäße verletzt hat und die OP gut verlaufen ist, musste ich nicht einmal auf die Intensivstation. Noch ein paar Tage hier und ich kann wieder raus.«

»Von den Zeugen mal abgesehen … hat die Staatsanwaltschaft genügend Beweise, um ihn für diesen versuchten Mord anzuklagen.«

»Ach, ja?«

»Ja. Sie haben dein Handy gefunden, noch an dem Abend. Er hatte es unweit des Planetariums in die Büsche geworfen. Dort lag es geschützt. Man hat ... sagen wir mal, sie haben Spuren von DNA daran gefunden. Seiner DNA. Dafür, dass ihr euch noch nie begegnet seid ...«

»Sie haben was?«

»Ja. Ich möchte das lieber nicht weiter ausführen.« Becca schüttelte sich. »Sagen wir einfach, er hat es an einem Kleidungsstück von sich abgewischt, um seine Fingerabdrücke zu beseitigen.«

Steve verzog das Gesicht. »Ich verzichte auf nähere Erklärungen.«

»Gute Entscheidung. Außerdem hat er vor Ort mein Handy fallen lassen. Mit meiner Aussage zusammen und dem Zustand, in dem sie mich aufgefunden haben, dürfte das wohl reichen. Hattest du an dem Abend zuvor noch einmal mit Madeleine gesprochen oder hat die Zeit dafür nicht gereicht?«

»Doch, doch. Ich rief sie aus dem Auto an, als ich bei dir weg bin. Sie hat sich natürlich erst versucht rauszureden.

Schließlich hat sie aufgegeben und gab zu, nach alten Abrechnungsbüchern gesucht zu haben. Sie wollte verhindern, dass nach dem Mord ein schlechtes Licht auf sie fällt, weil sie hier und da ein paar Sachen unterschlagen hat. Sie hat wohl gelieferte Ware mitgehen lassen und sich ein paar Euro nebenbei verdient.«

Er drückte ihre Hand fest.

»Vergessen wir Madeleine. Wie geht es dir? Alles, was ich bisher aus der Polizei herausbringen konnte, war, dass sie ihn in eurer Wohnung festgesetzt haben und er dich als Geisel gehalten hat. Mehr wollte man mir nicht sagen.« Er sah sie besorgt an.

»Mehr ist auch nicht wichtig. Das Einzige, das zählt ist, dass du lebst. Alles andere will ich vergessen.«

Seine Augen drückten so viel Schmerz aus. Becca musste schlucken.

»Ich wünschte, ich hätte die Chance nutzen können, mich an diesem Schwein zu rächen, als ich sie gehabt habe.«

»Ich weiß genau, was du meinst. Ich habe mich bemüht zu tun, was ich konnte.«

»Was meinst du?«

»Ich hab ihm mit einem gezielten Tritt die Nase gebrochen.« Sie lachte. »Eigentlich war es mehr Glück, aber was soll's.«

Er strahlte sie an. Ihre Hand hielt er immer noch fest in seiner. »Was meinst du, wenn sie mich wieder rauslassen, gehst du dann mal mit mir was essen?«

Becca beugte sich zu ihm vor und küsste ihn erneut. Ihre Lippen bekamen nicht genug voneinander. Ihre Zungen peitschten sich nach oben. Schauer durchliefen Beccas gesamten Körper. Sie ließ sich immer weiter und weiter davontragen, ohne dass sie ein Plateau erreichte. Sie ertrank in diesem Gefühl, von dem sie mehr wollte, viel mehr.

»Alles, was du willst«, hauchte sie ihm trunken entgegen.

Er atmete ein und streichelte ihre Nase mit seiner. »Nein. Alles, was du willst.«

Ellie schob den großen Koffer in den Flur und sah sich noch einmal prüfend in allen Räumen um.

»Das ist der letzte, Ian.«

»In Ordnung. Ich bring ihn runter zum Taxi. Komm einfach, wenn du so weit bist.« Er gab ihr einen Kuss und schnappte sich das Gepäckstück. Wenige Sekunden später knallte die Tür hinter ihm zu und Ellie hörte, wie er in den Fahrstuhl stieg.

Sie ging langsam durch alle Räume. Nirgends steckte noch ein elektrisches Gerät am Strom, die Heizungen waren abgestellt. Zuletzt betrat sie ihr Schlafzimmer. Das Bett war gemacht, als würde sie heute Abend wieder darin liegen.

Ellie ging daran vorbei zur Balkontür, schob die Gardine beiseite und öffnete sie. Sie trat aus der Tür in die warme Frühlingssonne. Unter ihr herrschte Hochbetrieb im Café. Teller klapperten, Gläser klirrten. Die italienischen Kellner summten die Texte gespielter Songs mit. Ellie hörte die Vögel, auch wenn sie sie nicht sah. Diese Stadt war voll Leben. Sie würde ihr fehlen.

Ellie warf einen Blick nach links zu Beccas Balkon. Sie war gerade auf dem Weg zu Steve ins Krankenhaus. Hoffentlich machte er sie nicht verantwortlich für das Drama, das in diesem Haus stattgefunden hatte.

Die zerstörte Scheibe war bereits am nächsten Tag ersetzt worden. Wenig später war Ellie zu Becca gegangen und hatte sich mit ihr ausgesprochen. Becca wollte nichts davon wissen, doch Ellie musste reinen Tisch machen. Für immer. Sie wollte Becca in die Augen sehen können, wenn sie sich das nächste Mal sahen. Ob dies hier, in diesem Haus, sein würde, stand noch in den Sternen.

Sie erinnerte sich an den Abend zurück, als sie mit Ian auf ihrem Balkon gestanden hatte und beobachtete, wie sich die Polizei von der Wohnung darüber abseilte. Mit kräftigem Schwung hatte ein Beamter die Scheibe durchbrochen. Anschließend konnten sie ein Gerangel und Tumult aus der Nachbarwohnung hören. Jemand rief: »Schnappt ihn«, und »Helft ihr«.

Ein bisschen später ließ man sie zu Becca. Ellie wollte sich nicht ausmalen, durch welche Hölle sie gegangen war. Lange nachdem man sie ins Krankenhaus gebracht hatte, saß sie noch mit Ian in ihrer Wohnung zusammen und sprach. Über die letzten Tage, ihre Nachbarin, dass Frau Peters der Welt so sehr vertraute, dass sie die Tür immer offenließ. Selbstverteidigungskurse, Kiezbesuche, beste Freundinnen, schlechte Liebhaber, Katzen und Hamburg im Frühling. Sie redeten die ganze Nacht und erst am nächsten Morgen schliefen sie ein, zusammen, Arm in Arm. Ian hatte ihr von seiner Familie berichtet, von dem Haus seiner Familie, dem Garten und dem Bach unweit davon. Ob sie mit ihm eine Weile dorthin kommen würde, hatte er sie gefragt. Kraft tanken, die Schönheit Irlands auf sich wirken lassen würde.

Ellie tat nichts lieber. Ab morgen war sie beurlaubt, kein richtiges Sabbatical, nur zwei Monate. Zwei Monate, die sie mit ihm gehen wollte, sehen, wo sie standen, wie sie miteinander umgingen und wie es sich anfühlte nicht mehr allein zu sein.

Ellie warf einen letzten Blick auf ihren Hinterhof. Dann schloss sie sorgsam die Tür, verließ das Schlafzimmer, nahm ihre Jacke und ging, ohne sich umzusehen. Es war kein Abschied für immer, nur einer auf Zeit. Zeit, die ein neues Kapitel in ihrem Leben einläutete. Sie nahm den Brief für Becca aus ihrer Handtasche und schob ihn unter ihrer Tür durch. Dann rief sie den Fahrstuhl, stieg ein und ging.

Liebe Becca,

die Zeit, in der wir uns als Fremde im Hausflur begegnet sind, war verschwendete Lebenszeit. Gott sei Dank ist sie vorbei. Danke, dass du mir die Chance gegeben hast wiedergutzumachen, was ich in deinem Leben zerstört habe.

Du bist eine wundervolle Frau und ich wünsche dir, dass dein Steve das sieht und zu schätzen weiß. Er ist ein intelligenter Kerl – er kann gar nicht anders ;).

Lass uns bitte in Kontakt bleiben. In acht Wochen bin ich wieder da. Halt durch und lass dir die Vergangenheit kein Hindernis für deine Zukunft sein.

Ich denk an dich und Ian schickt dir einen dicken Kuss!

In Liebe,

Ellie (Eigentlich Eleonora, aber den Namen habe ich noch nie gemocht. ;))

Das Luxushotel an der Ostsee wäre der perfekte Rahmen für die Traumhochzeit ihrer Schwester. Doch statt Familienidyll findet die unabhängige Nina nur Geheimnisse. Jeder einzelne der Gäste scheint etwas zu verbergen. Die perfekte Fassade erhält immer mehr Risse, als ein Toter in einer nahegelegenen Waldkapelle gefunden wird. Die schreckliche Tragödie zieht den kleinen Kreis aus Familie und Freunden schnell in einen Strudel aus Lügen und Intrigen. Überraschend geschieht kurz darauf ein weiteres brutales Verbrechen. Mit Intuition und einer gehörigen Portion Unerschrockenheit beginnt Nina, eigene Nachforschungen anzustellen. Unerwartete Hilfe erhält sie dabei von dem attraktiven Trauzeugen Erik. Doch kann sie ihm trauen?

ISBN 979-8767872534

Printed in Poland
by Amazon Fulfillment
Poland Sp. z o.o., Wrocław

87196014R00204